Ella Rosen
Von nun an Rückenwind

Weitere Titel der Autorin:

Sieben Tage am Meer

Über die Autorin:

Ella Rosen wuchs in einem kleinen Dorf in Süddeutschland auf, ging im Winter Skifahren und träumte immer davon, am Meer zu wohnen. Erst als sie ihren Debütroman *Sieben Tage am Meer* schrieb, klappte es. Sie wohnt jetzt mit ihrer Familie in Schwerin und weiß: Schreiben kann Wunder bewirken.

ELLA ROSEN

Von nun an Rückenwind

ROMAN

lübbe

Dieser Titel ist auch als E-Book erschienen.

Die Bastei Lübbe AG verfolgt eine nachhaltige Buchproduktion. Wir verwenden Papiere aus nachhaltiger Forstwirtschaft und verzichten darauf, Bücher einzeln in Folie zu verpacken. Wir stellen unsere Bücher in Deutschland und Europa (EU) her und arbeiten mit den Druckereien kontinuierlich an einer positiven Ökobilanz.

FSC www.fsc.org MIX Papier aus verantwortungsvollen Quellen FSC® C014496

Originalausgabe

Dieses Werk wurde vermittelt durch die
Literarische Agentur Thomas Schlück GmbH, 30161 Hannover.

Lektorat: Dr. Stefanie Heinen
Umschlaggestaltung: ZERO Werbeagentur, München
unter Verwendung von Illustrationen von © shutterstock:
mmphotographie.de | SUPREEYA-ANON | Flas100 | Ermakova Marina
Satz: Dörlemann Satz, Lemförde
Gesetzt aus der Baskerville MT
Druck und Verarbeitung: GGP Media GmbH, Pößneck
Printed in Germany
ISBN 978-3-404-18539-9

2 4 5 3 1

Sie finden uns im Internet unter luebbe.de
Bitte beachten Sie auch: lesejury.de

Für Karen, die mutig war und ging

Das Ende

So fühlt sich also das Ende an, dachte Helen, während sie zwei Möwen zusah, wie sie über das Haus in den blauen Himmel flogen.

»Sag doch was«, bat Jürgen. Er lehnte im Türrahmen. Seine Arme hingen hilflos an ihm herunter.

Helen drehte sich wieder zum Fenster und sprach mit dem Rücken zu ihm. »Ich fasse mal eben zusammen: Wir haben gerade gefrühstückt. Du hast die Zeitung gelesen, und als ich mein Ei köpfte, hast du mir in einem Satz eröffnet, dass du seit zwei Jahren eine Affäre hast und sie bei dir einziehen wird. Und dann«, Helen fuhr herum und sah ihn jetzt an, »hast du mich gefragt, ob ich es schaffen könnte, Ende des Monats auszuziehen.«

Jürgen nickte, dann schüttelte er leidend den Kopf. »So, wie du das zusammenfasst, klingt das schrecklich.«

Helen machte eine bestätigende Handbewegung. Es fühlte sich so unecht an. Als wären sie nur Schauspieler mit einem miserablen Drehbuch. »Vielleicht klingt es schrecklich, weil es schrecklich ist.«

Jürgen presste seine Fäuste unter sein Kinn. Er rang nach Worten. »Ich hätte es dir früher sagen müssen. Ich versuche seit Wochen, es dir zu sagen, aber es war nie der richtige Moment.«

»Ach, wirklich? Und heute Morgen, als ich mein Ei geköpft habe, dachtest du, jetzt, jetzt ist der Moment, um ihr zu sagen, dass unsere Beziehung am Ende ist. Ach nein, ich überspringe diesen Teil und komme gleich zu dem Punkt, dass sie ausziehen soll. Kürzen wir es doch ab.«

»Steffie hat mir die Pistole auf die Brust gesetzt. Sie wartet schon über ein Jahr darauf, dass ich es dir sage.«

Steffie, wie albern dieser Name klang. Steffie hieß man mit zwölf, aber doch nicht als erwachsene Frau!

»Wie alt ist sie?«, Helen konnte sich nicht überwinden, den albernen Namen auszusprechen.

Jürgen drehte den Kopf gequält zum Türrahmen. »Was tut das zur Sache?«

»Du hast nicht wirklich gedacht, du könntest nach zwanzig Jahren Beziehung mit drei Sätzen Schluss machen, ohne mir ein paar Fragen zu beantworten?«

»Natürlich nicht. Aber dann lass uns vernünftig reden.« Er machte eine Geste zum Frühstückstisch hin.

Helen konnte es nicht fassen. Dachte Jürgen tatsächlich, sie könnte jetzt ihr Ei weiteressen, sich ein Honigbrötchen schmieren und nebenbei erfahren, wie das denn so gelaufen war, in den letzten zwei Jahren mit Steffie und ihm?

Tausend Gedanken schossen ihr durch den Kopf. Die vielen Seminare in Hotels, das Abo im Fitnessstudio. Nach all den Jahren hatte er plötzlich trainiert. Er hatte sich ein Haarwuchsmittel gekauft, um sein dünner werdendes Haar zu retten. Jürgen war siebenundfünfzig. Sie hatte gedacht, das gehört eben dazu, wenn ein Mann älter wird. So wie sie eben Selleriesaft trank und sich die grauen Ansätze färbte. Der ganz normale Kampf gegen das Alter.

Nichts davon hatte er für sie getan, sondern für Steffie.

Mit zwei schnellen Schritten war sie am Tisch, nahm seine halb volle Kaffeetasse und warf sie in die Küche. Sie zersprang in tausend Scherben. Der Kaffee ergoss sich über den Boden.

»Wie alt ist sie?«, sagte sie bedrohlich leise zu Jürgen, der vor Schreck einen Satz zur Seite gemacht hatte.

»Siebenunddreißig«, sagte er ergeben.

Die nächste Tasse zersprang auf dem Küchenboden. Sie blickten einen Moment gemeinsam auf die Scherben.

»Das ist so ein Klischee, dass es schon beinahe lustig ist.«

Jürgen legte sich eine Hand auf den Kopf, als wollte er prüfen, dass seine Haare noch da waren. »Ich weiß, wie sich das anhören muss. Aber es ist anders, als du denkst. Steffie und ich sind Seelenverwandte.«

»Das hast du gerade nicht wirklich gesagt.« Helen musste lachen. Ein Teil von ihr hoffte, dass er mit einstimmen und sich die ganze Sache als makabrer Scherz herausstellen würde. Etwas, was Paare machen, wenn sie zu lange nebeneinanderher gelebt hatten. Jürgen aber sah sie nur traurig an.

Seine grauen Schläfen, die Falten um die Augen, der Bauchansatz, all das hatte sie über die Jahre jeden Tag beobachten können. Seite an Seite waren sie älter geworden, und sie hatte geglaubt, das sei so in Ordnung. Seine Falten auf der Stirn, ihre um den Mund – es war wie ein gegenseitiges Einverständnis gewesen, sich auch im Älterwerden zu lieben.

»Und was ist mit uns?«

Er zuckte mit den Schultern und stützte sich auf der Stuhllehne ab. »Was ist mit uns?«, fragte er zurück.

In den letzten Jahren hatte jeder von ihnen sein eigenes Leben gelebt. Aber war das nicht normal nach so langer Zeit? Sie hatten keine Kinder, hatten deshalb auch nie geheiratet, aber es war doch klar gewesen, dass sie zusammenblieben. Jedenfalls für Helen.

»Seit wann?«, fragte sie leise und setzte sich auf den Stuhl, der sich fremd anfühlte. Das geköpfte Ei lag vor ihr wie ein Objekt aus einer fremden Welt.

»Seit wann das mit Steffie geht?« Jürgen blieb hinter dem Stuhl stehen.

»Seit wann du mich nicht mehr liebst.«

»Seit dem 7. April 2020. Helen, ich meine, was soll ich darauf antworten?«

»Du liebst mich nicht mehr.« Es war eine Feststellung, keine Frage.

Jürgen nickte trotzdem leidend, und Helen hasste ihn dafür. War es das, was jetzt kam? Würde sich ihre Liebe in Hass verwandeln und ein peinlicher, entwürdigender Rosenkrieg folgen? So wie bei einigen Freunden von ihnen?

»Ich dachte immer, wir sind besser.« Helen nahm das Messer und legte sich die kühle Klinge an die Wange.

»Es tut mir leid.« Jürgen umklammerte die Stuhllehne.

»Was genau, Jürgen? Dass ich mein Ei nicht aufessen konnte? Dass du ein peinlicher älterer Mann in einer verspäteten Midlife-Crisis bist und mit einer zwanzig Jahre jüngeren Frau durchbrennst? Oder dass du so ein unfassbares Arschloch bist und mich Ende des Monats vor die Tür setzt? Was davon genau?«

Er sah sie schmerzerfüllt an. »Das ist nicht fair. Es ist mein Haus, mein Elternhaus. Das hast du immer gewusst.«

»Ja, nur die Tatsache, dass du so ein Oberarsch bist, die hast du mir verschwiegen.«

Das Haus war immer ihr gemeinsames Haus gewesen. Nicht auf dem Papier, aber im Herzen. Helen hatte den großen Garten gepflegt, gemeinsam hatten sie die vielen Obstbäume beschnitten und vor vier Jahren das Bad renoviert. Nicht mehr hier zu wohnen war unvorstellbar.

»Meine Therapeutin hat mir gesagt, dass du so reagieren würdest. Du projizierst deinen Frust –«

»Deine Therapeutin?« Das wurde ja immer besser. Helen stach das Messer in das halbe Brötchen auf ihrem Teller und biss davon ab. Vielleicht würde es gegen den dumpfen Schmerz in ihrem Bauch helfen.

»Ich gehe seit zwei Jahren zur Therapie. Das tut mir gut.«

»Aha.« Helen kaute. Ihre Zähne taten weh. »Gibt es noch etwas, das du vor zwei Jahren angefangen hast, von dem ich wissen müsste? Bist du der Mafia beigetreten oder hast vielleicht einen Sohn gezeugt?«

Der letzte Satz verfehlte seine Wirkung nicht. Jürgen war unfruchtbar. Sie hatten es vor vielen Jahren herausgefunden, als alle Versuche, schwanger zu werden, gescheitert waren. Seine Spermienqualität konnte nicht beurteilt werden, weil überhaupt keine Spermien vorhanden waren. Null Prozent. Azoospermie nennt man das im Fachjargon. Helen wusste, wie sehr Jürgen darunter litt, und hatte es in all den Jahren nie zur Sprache gebracht. Bis heute.

Jürgen sah aus, als hätte jemand die Luft aus ihm herausgelassen. Schweigend verließ er den Raum, und kurze Zeit später hörte sie die Haustür zufallen.

Steffie würde sich freuen. Er hatte es endlich getan.

Helen starrte auf die Scherben. Vielleicht zertrümmerte man Dinge nur, um dem inneren Chaos ein Bild zu geben. Was gerade passiert war, war so ungeheuerlich, und trotzdem gab es eine kleine Stimme in ihr, die flüsterte: »Ich habe es gewusst.«

Sie wartete auf die Tränen. Sie blieben aus.

Nachdem sie die Scherben und den Kaffee auf dem Boden ausgiebig betrachtet hatte und zu keinem eindeutigen Gefühl finden konnte, nahm sie ihre Jacke, setzte sich ins Auto und fuhr los.

Alles war auf den Kopf gestellt. Es war seltsam, dass es die Straßen noch gab und die Ampeln. Menschen liefen herum, als sei nichts passiert. Helen parkte im vertrauten Wohngebiet. Sie stellte ihr Auto wie immer unter den Kastanienbaum, unter dem keiner der Anwohner parkte. Offenbar hatte alle Angst vor herunterfallenden Kastanien, das ganze Jahr über. Helens kleines rotes Auto fürchtete sich nicht vor ein paar Dellen, schon gar nicht im April. Sie schloss die Tür und ging auf das Haus gegenüber der Kastanie zu. Die Klingel zu drücken war so vertraut. Sie hörte Michaels Schritte und wusste, er würde ihr öffnen, lächeln und sagen, Gitta sei im Garten. Ulla würde an ihr hochspringen, und alles wäre wie immer.

Michael öffnete, lächelte und sagte: »Gitta ist im Garten.« Er zeigte mit einer Handbewegung Richtung Tür, was unnötig war, denn Helen kannte sich gut aus in Michaels und Gittas Haus. War es eigentlich auch auf dem Papier auch Gittas Haus – oder nur seins? Die Frage war albern, denn er war ein Michael und kein Jürgen. Gitta hatte sich einen großartigen, liebevollen und geduldigen Mann geangelt, der sie nie im Leben rauswerfen würde. Schon gar nicht wegen einer anderen Frau. Ulla kam auf sie zugeschossen und sprang freudig an ihr hoch. Helen streichelte ihr seidiges weißes Fell. Nichts war wie immer.

Sie fand Gitta zwischen den Gräsern. Mit einer Gartenschere schnitt die Freundin energisch die vertrockneten alten Stiele ab. Ihr türkisfarbener Fleecepulli leuchtete hell zwischen den braunen Pflanzen. Ihre braunen Haare hatte sie zu einem kleinen Pferdeschwanz gebunden. Ein winziges Pferdeschwänzchen.

»Helen! Das ist aber eine schöne Überraschung, halt das doch mal eben.« Gitta zeigte auf die komplette Pflanze. Helen wusste nicht, was sie tun sollte. Gitta machte es ihr vor. »Du hältst die Gräser so, dass ich hier durchschneiden kann.«

Helen tat, was sie verlangte, und Gitta schnitt mit schnellen Bewegungen. »Na, wie läuft dein Samstag bisher?«

Gitta nahm ihr die abgeschnittene Pflanze aus dem Arm und stopfte sie in die Biotonne. »Ich hätte das schon im Herbst machen sollen. Jedes Mal lasse ich die Gräser den Winter über stehen, weil sie so schön aussehen, und dann bereue ich es im Frühjahr, weil es so eine Arbeit ist, das alte Zeugs runterzuschneiden.« Sie putzte sich die Nase und wandte sich der nächsten Pflanze zu.

Helen hielt wieder bereitwillig die alten Stiele, damit Gitta schneiden konnte. »Ich habe mein Ei nicht gegessen«, beantwortete sie die Frage nach ihrem Samstag.

»Zu viele Eier sind gar nicht gesund«, zitierte Gitta mit hoher Stimme einen Loriot-Sketch.

Ulla strich winselnd um Helens Beine.

»Kaffee?«, fragte Michael von der Terrassentür aus.

Beide Frauen nickten. Gitta redete weiter über die Vor- und Nachteile des Rückschnitts bei Stauden und Gräsern im Herbst oder Frühjahr. Sie war mit Leib und Seele Landschaftsgärtnerin. Auch im eigenen Garten konnte sie die Füße nicht stillhalten, was sie von vielen ihrer Kollegen unterschied. Der Schuster hat die schlechtesten Schuhe und der Gärtner den ungepflegtesten Garten, heißt es oft. Das traf auf Gitta allerdings nicht zu, wie so viele andere Klischees auch.

»Schnubbi, was ist denn los?« Gitta versuchte, den aufgeregten Hund zu beruhigen, der nicht von Helens Seite wich. Sie hatte alle paar Wochen einen neuen Kosenamen für Ulla. Mausbär, Hase, Kleine, Wilde, Wölkchen – Helen hatte schon alles gehört. Gitta und Michael waren beide völlig verliebt in den Hund und machten sich nichts daraus, wenn Freunde und Nachbarn meinten, er sei ihr Ersatzkind. Gitta hatte, anders als Helen, viele Jahre unter ihrer Kinderlosigkeit gelitten. Seit sie Ulla hatten, ging es ihr sehr viel besser.

Helen hingegen hatte damals, als Jürgen die Diagnose Azoospermie bekam, eine kleine, heimliche Erleichterung verspürt. Sie würde nicht Mutter werden. Sie würden keine Kinder bekommen müssen. Das Gefühl hatte sie irritiert.

Um sie herum bekamen alle Kinder. Kinder zu wollen war normal, es gehörte dazu. Sie hatte einfach angenommen, dass es bei ihr genauso wäre, und als Jürgen sie bat, die Pille abzusetzen, fühlte sich das wie der nächste logische Schritt an. Erleichtert zu sein, dass der Mann unfruchtbar war, fand Helen selbst ungeheuerlich. Sie hütete dieses Geheimnis gut und spielte vor Freunden und vor Jürgen die Tapfere, die sich nun wohl oder übel damit abfinden musste, keine eigenen Kinder zu bekommen.

Jürgen litt heimlich, und sie litt heimlich, dass sie nicht litt.

Gitta hätte sie in dieser Zeit sicher entlarvt. Aber damals kannten sie sich noch nicht.

Jetzt warf Gitta den Deckel der Biotonne zu. »Ich geh schnell Hände waschen, und dann kriegst du deinen Kaffee. Drinnen oder draußen?«

Helen spürte keine Kälte. Es war ihr egal. Draußen konnte sie besser atmen. »Draußen.«

Michael stellte zwei Tassen auf den kleinen Gartentisch. Er hatte Milch aufgeschäumt und Kekse in eine kleine Schale gefüllt. Es machte ihm Spaß, Gittas Freundinnen zu bewirten. Allerdings leistete er ihnen bei ihren Frauengesprächen nicht so gerne Gesellschaft. Er wollte nicht gefragt werden, wie er über eine Frage dachte – er als Mann. Er war froh, dass Gitta gewisse Dinge lieber mit ihren Freundinnen besprach als mit ihm. »Setz dich doch schon einmal.« Er machte eine einladende Geste zu Helen.

Ulla lief vor ihren Füßen herum, und als sie sich setzte, drückte sich der Hund wieder winselnd an sie.

»Ist alles okay mit dir?«, fragte Michael.

»Schnubbi benimmt sich seltsam, das ist mir auch schon aufgefallen.« Gittas Blick wanderte von Ulla zu Helens Gesicht. »Ach, du lieber Himmel. Was ist passiert?« Ihre Stimme wurde weich und liebevoll. Mit einer fließenden Bewegung setzte sie sich neben ihre Freundin.

»Ich hol noch Zucker«, verabschiedete sich Michael schnell. Genau vor diesen Themen fürchtete er sich.

»Ist das eigentlich euer gemeinsames Haus? Ich meine, steht ihr beide im Grundbuch? Wenn nicht, solltet ihr das dringend ändern, sonst …« Jetzt kamen die Tränen. Vermutlich lag es an Gittas besorgtem Blick und der Hand auf ihrem Unterarm. Vielleicht lag es aber auch an dem versteckten Platz zwischen den Gräsern. An diesem Tisch waren schon so viele Dinge besprochen und geheime Gedanken, Sorgen und Wünsche geteilt worden.

Die noch nicht beschnittenen Pflanzen rauschten im Wind und schirmten sie von der Straße ab.

Gitta zauberte eine Packung Taschentücher aus ihrer Fleecejacke und schüttelte den Kopf, während Helen von ihrem außergewöhnlichen Frühstück berichtete. Sie brauchte lange dafür, weil sie jetzt sehr viel weinen musste. Ulla blieb an ihren Beinen sitzen und wärmte sie. Gitta hörte zu und reichte Taschentücher. Michael und der Zucker versteckten sich im Haus.

Als Helen alles erzählt hatte, umarmte Gitta sie, so gut das im Sitzen eben möglich ist. »Ich weiß wirklich nicht, was ich sagen soll, und das …«, Gitta machte eine große Geste, »… ist selten!«

Helen schniefte. »Können wir es anders machen, als es normalerweise läuft?«

»Wie meinst du das?«

»Ich möchte das alles vorspulen: den Teil, in dem du sagst, wie konnte er nur und ich sei viel besser dran ohne diesen Idioten, und den Teil, in dem ich sage, dass ich nicht verstehe, was aus uns geworden ist, und wie er mir das antun kann und wie dämlich der Name Steffie ist.«

»Auch den Teil, in dem ich sage, so viel Klischee hätte ich ihm dann doch nicht zugetraut und was für eine erbärmliche Wursthaut er ist?«

Helen nickte. »Ja, den auch.«

Gitta atmete tief ein und aus. »Schade, den Teil werde ich vermissen, aber gut. Bis wohin möchtest du vorspulen?«

»Bis dahin, wo es nicht mehr wehtut?«

Als Antwort folgte noch eine Umarmung von Gitta. »Du weißt, dass das nicht geht, Süße, oder?«

»Vielleicht hat es nur nie einer versucht!« Wut stieg in Helen auf. Sie fuhr sich durch ihre schulterlangen Haare und hatte den absurden Gedanken, all ihre Haarkuren mitzunehmen, die Jürgen ab und zu heimlich benutzte. Er würde ab sofort die von Steffie benutzen müssen, falls die blöde Kuh überhaupt welche hatte. Ihr kam noch ein Gedanke: »Ich werde mir jedenfalls nicht die Haare abschneiden. Im Gegenteil: Ich werde sie wachsen lassen!«

Gitta konnte offenbar nicht ganz folgen, hob aber trotzdem ihre Tasse mit dem inzwischen kalten Kaffee. »Auf lange Haare und einen Neuanfang!«

»Bis dahin wollte ich vorspulen«, sagte Helen. Sie wischte sich mit den Händen über das Gesicht, hob dann auch ihren Becher und stieß mit Gitta an.

Sie nahmen beide einen Schluck und verzogen das Gesicht.

»Wir sollten das Ganze noch mal mit Sekt versuchen.«

Gitta lächelte. Helen würde es schaffen.

Gemeinsam statt einsam

Helen wachte auf und hatte wie an jedem Morgen seit dem Gespräch mit Jürgen diese wenigen glücklichen Sekunden, in denen ihr Bewusstsein noch nicht wach genug war, um zu realisieren, dass ihr Leben sich geändert hatte.

Das Schlafzimmer sah noch genauso aus wie immer. Sie schlief mit dem genau sieben Spalten geöffneten Rollo und mit gekipptem Fenster. Ganz wie Jürgen es am liebsten hatte. Dabei war das unnötig, denn Jürgen übernachtete seit dem Gespräch auf dem Sofa im Wohnzimmer.

Er taktete seinen Tagesablauf so, dass sie sich so wenig wie möglich über den Weg liefen. Die ersten zwei Tage waren die Scherben auf dem Küchenboden liegen geblieben. Es hatte etwas gedauert, bis Jürgen verstand, dass Helen sie nicht wegräumen würde. Am dritten Tag waren sie verschwunden, als Helen in die Küche kam. Jürgen stand nun früher auf als sonst, und Helen passte sich an und stand später auf. Sie wartete, bis die Tür ins Schloss fiel, und blieb dann noch etwas liegen, um sicher zu sein, dass im Erdgeschoss keine Energie mehr von ihm zu finden war, wenn sie herunterkam.

Gitta hatte ihr angeboten, eine Weile bei ihr zu wohnen. Aber Helen wollte die letzten Tage im Haus noch genießen, was ihr natürlich kaum gelang. Außerdem war es für sie zu schmerzhaft, sich den ganzen Tag lang ein so glückliches Paar wie Gitta und Michael angucken zu müssen.

Seufzend stand sie auf und ging ins Bad. Jürgens Sachen fehlten. Er hatte alles unten ins Gästebad geräumt. Vorübergehend, bis sie ausgezogen war. Dann würde er wieder oben einziehen, und Steffies Sachen würden auf der Ablage stehen, wo jetzt noch ihre standen.

Helen putzte sich die Zähne und schaute aus dem Badezimmerfenster in den Garten. Der Apfelbaum trug schon viele Knospen. Wenn er blühte, war sie vielleicht nicht mehr hier.

»Mein Gott, du stirbst ja nicht!«, sagte sie mit Zahnpastaschaum im Mund zu ihrem Spiegelbild.

Es wurde langsam Zeit zu handeln. Das Ende des Monats kam jeden Tag näher. Gitta meinte zwar, Jürgen könne gar nichts machen, wenn sie länger blieb, aber Helen wollte am liebsten mit den Fingern schnipsen und schon im neuen Heim sitzen. Stattdessen würde sie mühsam zusammenpacken und sich von dem Haus und ihrem Leben hier verabschieden müssen. Aber bevor sie das in Angriff nehmen konnte, musste sie erst mal eine neue Bleibe finden.

Helen presste den Selleriesaft, den sie jeden Morgen auf nüchternen Magen trank, und setzte sich mit der grünen Flüssigkeit im Glas an den Tisch. Die Zeitung lag unberührt da. Helen hatte jetzt morgens keine Zeit mehr, sie zu lesen. Sie schlug den Teil mit den Wohnungsanzeigen auf und fand kaum welche. Also klappte sie den Laptop auf und suchte online.

Es war Jahrzehnte her, dass sie eine Wohnung gesucht hatte. Jürgens Elternhaus war frei geworden, als sie gerade ein Jahr zusammen gewesen waren. Seine Eltern waren schon lange getrennt. Sein Vater hatte eine neue Familie gegründet und wohnte schon seit Jürgens Kindheit nicht mehr bei ihnen.

Seine Mutter Irma hatte damals im Urlaub einen reichen Franzosen kennengelernt und war mit fliegenden Fahnen zu ihm nach Bordeaux gezogen. Das Haus wurde frei, und weil Jürgen ihr einziges Kind war, überschrieb sie es auf ihn. Damals war Helen mit Irma zusammen durch den Garten gegangen und hatte sich von ihr in die Geheimnisse der Botanik einweisen lassen. Welche Pflanzen hier gut gediehen und von welchen sie lieber die Finger lassen sollte, weil sie doch nur »herummickerten«, wie Irma es nannte.

Innen renovierten sie nach Irmas Auszug langsam, ein Zimmer nach dem andern. Sie lebten ein Jahr lang zwischen Farbeimern und Tapetenrollen. Irgendwo stand immer eine Leiter im Weg rum. Irmas Blümchentapete im Schlafzimmer behielten sie. Helen fand, sie machte gute Laune, so wie Irma selbst.

Irma blühte auf in ihrem neuen Leben in Frankreich. Ihr Mann Jaques hatte eine große Familie und mehrere Häuser, und Irma hatte alle Hände voll zu tun.

Ab und zu besuchten sie sie, doch Jürgen und Helen fühlten sich fremd unter all den Franzosen. Helen sprach zwar als Übersetzerin fließend Französisch, aber Jürgen nicht, und es war ihm lästig, sich alles von ihr oder Irma übersetzen zu lassen. Irma, die in ihrem Leben kein Wort Französisch gesprochen hatte, kam, verliebt wie sie war, mit Leichtigkeit mit der neuen Sprache zurecht.

Die Häuser in Frankreich waren schick und toll eingerichtet, aber es fehlte an der alten Gemütlichkeit, die Helen früher bei Irma gefunden hatte. Statt Butterbroten, die man mit Tomaten und Gürkchen auf dem Sofa sitzend essen durfte, gab es jetzt fürstliche Vier-Gänge-Menüs an einem edel gedeckten Tisch, zu einer Uhrzeit, zu der Jürgen und Helen schon lange verhungert waren.

Ihre Besuche wurden seltener und hörten schließlich ganz auf. Irma kam alle drei Jahre mal auf einer Deutschlandtour vorbei, auf der sie alle alten Freunde besuchte. Sie schien weder die Ostsee noch ihren Sohn zu vermissen. Auch Jürgen machte die Entfremdung von Irma wenig aus, nur Helen vermisste die liebevolle, unkomplizierte Irma von damals sehr. Ihren Garten hielt sie in

Ehren. Ob Steffie sich auch so hingebungsvoll um die alten Hortensien kümmern würde?

Helen scrollte durch die Anzeigen, ohne sie wirklich zu lesen. Es war ja unglaublich, was das alles kostete! Häuser wurden zu unfassbaren Preisen zur Miete angeboten. Sicher, sie hatte jetzt über zwanzig Jahre lang auf der Insel der Glückseligen gelebt, auf der keine Miete und keine Tilgung erforderlich waren, aber wann genau waren die Mieten in Rostock denn so explodiert?

Sie schaute nach Wohnungen, aber auch die waren unerschwinglich. Sie tippte in der Suchmaske bei der Zimmeranzahl eine Eins ein und drückte hoffungsvoll auf »Suchen«. Das Portal spuckte ihr nur zwei Anzeigen aus. Beide unbezahlbar.

»Ich fürchte, wir haben ein Problem«, sagte sie zu dem Glas in ihrer Hand, kippte den grünen Saft in einem Zug herunter und schüttelte sich.

Ihre Freundin Kim hatte ihr versichert, dass der Saft mit der Zeit nicht mehr so scheußlich schmecken würde, aber der Effekt war in den letzten Wochen leider noch nicht eingetreten. Mit Mitte fünfzig konnte man es sich nicht mehr leisten, sämtliche Gesundheitstrends zu ignorieren. Man musste schon allein deshalb mitmachen, um das Gefühl zu haben, dem Verfall entgegensteuern zu können. Wenigstens ein bisschen.

Sie räumte die Küche auf, sodass es so aussah, als sei sie nie hier gewesen. Das war das neue Spiel zwischen Jürgen und ihr: Beide waren sie bemüht, dem andern so wenig Spuren wie möglich zu hinterlassen. Jürgen schaffte das nicht so gut wie sie. Krümel und liegen gebliebene Messer verrieten ihn regelmäßig. Aber sie konnte sehen, dass er sich bemühte. Noch vor Kurzem hatte er grundsätzlich alles Geschirr stehen lassen, das er benutzt hatte. Jetzt schaffte er es tatsächlich, es in die Spülmaschine zu räumen. Sie sah sich in der Küche und im angrenzenden Esszimmer um. Wie sollten sie es schaffen, das alles auseinanderzudividieren? Welche Teller waren ihre, welche waren seine? Nach so langer Zeit zusammen gab es kein Mein und Dein mehr. Sie hatten alles zusammen angeschafft. Also durfte sie von allem die Hälfte mitnehmen.

Helen stellte sich vor, wie sie Gabeln und Löffel abzählte und dann den Tisch und das Sofa in zwei Hälften sägte. Möbelpacker würden kommen und lauter Hälften in den Lkw laden und ihr in eine winzige Wohnung kippen.

Kann ich mir ein Leben alleine überhaupt leisten? Bei meinem mickrigen Verdienst?

Helen arbeitete als Übersetzerin. Ihre Mutter war Engländerin, sie war zweisprachig aufgewachsen. Als sie feststellte, dass sie mit ihrem abgeschlossenen Studium in Kunstgeschichte und Französisch so gut wie nichts anfangen konnte, hatte sie angefangen, kleine Sachen zu übersetzen: Bedienungsanleitungen, unwichtige Briefe und Formulare. Es kostete sie kaum Mühe und brachte ein bisschen Geld ein.

Dann lernte sie Jürgen kennen und sah keine Notwendigkeit mehr, ihren kleinen Job auszubauen. Nachdem sie zusammen in Irmas Haus gezogen waren, hatten sie ein gemeinsames Konto, und Jürgen verdiente genug für sie beide.

Helen übersetzte weiterhin Bedienungsanleitungen und ab und zu sogar einen schlecht geschriebenen Roman, aber das tat sie eigentlich nur, um auf Partys nicht sagen zu müssen, sie sei Hausfrau. Dabei kümmerte sich gern um den Haushalt, und Jürgen verdiente gerne das Geld. Man musste das ja keinem erzählen, aber für sie hatte die gute alte Rollenverteilung immer ziemlich gut funktioniert. Bis jetzt.

Helen fing an zu schwitzen. Sie riss das Fenster auf, aber der Anblick des Gartens verursachte nur noch mehr Panik in ihr. Mit zitternden Fingern holte sie das Handy heraus und schrieb Jürgen eine Textnachricht.

Wann bist du heute zu Hause? Wir müssen reden.

Es dauerte nicht lange, bis seine Antwort kam.

Okay. 17 Uhr.

Helen atmete tief durch. Vielleicht war ja noch nicht alles verloren. Vielleicht machte Jürgen einfach eine seltsame Phase durch. Vielleicht konnten sie das durchstehen. Zusammen.

Der Gedanke trug sie durch den Tag. Sie schaffte es sogar, die Anleitung für eine selbstaufblasende Luftmatratze zu übersetzen.

Bevor Jürgen kam, trug sie etwas Lippenstift auf und machte sich einen Pferdeschwanz. Er hatte ihr vor Jahren mal gesagt, dass sie dadurch jünger wirkte und ihm das gefiel.

Vier Minuten, nachdem Jürgen das Haus betreten hatte, begann der rettende Gedanke zu bröckeln.

Leidend hängte er seine Jacke auf. Leidend füllte er sich ein Glas Wasser. Leidend setzte er sich an den Tisch.

»Ist es so unerträglich, mit mir zu sprechen?« Helen setzte sich ihm gegenüber.

»Es ist keine leichte Situation für mich«, sagte er leidend.

Ach so. Natürlich. Helen nickte langsam. Sie versuchte, die aufkommende Wut zu unterdrücken. »Jürgen, ich habe nachgedacht. Wollen wir wirklich alles, was wir hatten, aufgeben? Zwanzig Jahre … Wir waren doch nicht zwanzig Jahre aus Versehen zusammen!«

Sie lächelte ihn an. Er sah sie nur kurz an, senkte dann den Blick wieder auf seine Hände.

»Mach es uns doch nicht so schwer, Helen«, sagte er und klang fast ärgerlich. »Lass uns lieber darüber sprechen, wie wir alles aufteilen wollen. Es gibt ja eine Menge Dinge, die größtenteils ich bezahlt habe …«

Helen stand auf und ging um den Tisch herum. Sie setzte sich neben Jürgen und griff seinen Arm. »Jürgen! Das kann doch nicht wirklich dein Ernst sein. Hat dir diese Steffie wirklich so den Kopf vernebelt?«

Jürgen seufzte tief und befreite seinen Arm aus ihren Fingern.

Sie griff nach seiner Hand. »Guck mich an. Guck mir in die Augen, und sag mir, dass du mich nicht mehr liebst. Nicht das kleinste bisschen mehr!«

Jürgen schaute sie mit seinem leidenden Blick an. »Helen, das ist doch albern! Was soll denn das? Jetzt mach doch nicht so eine Szene. Lass uns einfach eine vernünftige Trennung hinbekommen.«

»Eine vernünftige Trennung. Das ist ein Oxymoron. Ich kann einfach nicht glauben, dass es einfach so mit uns vorbei ist!«

»Mein Gott, Helen! Was soll ich dir sagen? Ich habe mich verliebt, solche Dinge passieren. Ich habe lange genug so getan, als wäre nichts. Ich kann das nicht mehr.« Er legte theatralisch seinen Kopf in seine Hand.

»Und dir ist nie in den Sinn gekommen, mal mit mir zu reden? Zwei Jahre lang hast du heimlich eine Affäre, gehst los und vögelst sie und liegst dann anschließend neben mir im Bett und tust so, als wäre nichts gewesen!« Helen war laut geworden, ohne es zu wollen.

Jürgen stand ruckartig auf und lief zum Fenster. »Meinst du etwa, mir ist das leichtgefallen? Glaubst du, es ist schön, die Frau, die du liebst, ständig zu vertrösten, und die Frau, die du mal geliebt hast, dauernd zu belügen? Versetz dich doch mal in meine Lage!«

Das konnte einfach nicht wahr sein. War er schon immer so gewesen? So egozentrisch und unempathisch? Oder hatte er sich im Laufe der Zeit so entwickelt?

»Du ahnst ja nicht, was für eine Zerreißprobe das war! Meine Therapeutin sagte ...« Jürgen fuhr fort, über die entsetzlichen zwei Jahre zu lamentieren, in denen er noch mit Helen hatte leben müssen. Während er sprach, beobachtete sie ihn und fragte sich, wie blind sie gewesen war. Hatte sich das zwischen ihnen so eingespielt, unbemerkt von ihr? Oder hatte er diese Metamorphose vollzogen, nachdem er diese Steffie kennengelernt hatte?

Sie hörte nicht mehr darauf, was er sagte. Sie wusste nun, dass es kein Zurück gab. Es spielte keine Rolle, ob er sie noch liebte oder nicht – und warum. Es war, als hätte jemand den Vorhang hochgezogen und hinter der Fassade des netten, treu sorgenden Partners erschien auf einmal ein selbstverliebter Egomane, der nur seine eigenen Interessen verfolgte.

»War er schon immer so?« Helen saß auf Gittas Couch und musste immer wieder die aufgeregte Ulla abwehren, die ihr über das Gesicht lecken wollte.

Gittas und Michaels Wohnzimmer war ein guter Ort, um sich ehrliche Fragen zu stellen. Der Kamin knisterte leise, und auf der Couch lagen so viele Kissen, dass man praktisch jedes einzelne Körperteil mit einem abstützen konnte.

Gitta wusste offenbar nicht, was sie sagen sollte.

»Ich will es wirklich wissen, Gitta.«

Gitta nahm einen Schluck Tee. Sie hatte sofort eine Kanne aufgesetzt, als sie Helens Wagen auf der Straße gesehen hatte. Hier im Norden, so nah an der Küste, gab es kein Problem, dem man mit einer Tasse Tee nicht beikommen konnte. Schließlich entschied sie sich für eine ehrliche Antwort: »Wir haben uns ja jetzt nicht so häufig zu viert getroffen, aber er kam mir immer schon sehr egozentrisch vor.«

»War das der Grund, warum wir uns nur so selten als Paar gesehen haben?« Helen schaute fragend von Gitta zu Michael, der gerade mit seinem Tee in der Hand die Treppe hochflüchten wollte.

Michael hielt ihrem Blick stand und kam näher. »Helen, ganz ehrlich, dieser Mann ist ein Idiot, der dir in keiner Weise das Wasser reichen kann. Es ging immer nur um ihn. Er hat uns nie auch nur eine einzige Frage gestellt. Ich wette, er weiß nicht einmal, was ich beruflich mache, weil er ständig nur von sich selbst geredet hat. Was hat er immer gesagt?« Er sah Gitta fragend an, und Helen begriff, dass die beiden wohl öfter über Jürgen geredet hatten.

»Er braucht das jetzt«, sagte Gitta, und Michael fiel mit ein: »Er muss sich das jetzt mal gönnen.«

Der Satz hallte in Helen wider. »Stimmt«, sagte sie fast tonlos. »Das waren seine Worte. Immer wenn er etwas für sich gekauft hat oder einen kleinen Urlaub ohne mich machen wollte.« Sie strich über Ullas weiches Fell und sah Gitta und Michael verzweifelt an. »Wieso habe ich das erst so spät gesehen? Wie blind war ich denn?«

»Du hast ihn einfach geliebt. Er hatte ja auch gute Seiten.« Gitta reichte ihr einen Schokokeks, und Helen aß ihn, obwohl sich ihr Geschmackssinn ausgeschaltet hatte.

»Das ist eigentlich das Schwierigste an der ganzen Sache: mir einzugestehen, dass ich nichts gemerkt habe, vielleicht auch nichts merken wollte.«

»Von der Affäre mit der anderen?«

Helen schüttelte den Kopf. »Ich meine eher seinen Charakter. Und unsere Beziehung. Streitet ihr oft?« Sie sah Michael an, der sich auf den Sessel gegenüber vom Sofa gesetzt hatte. Offenbar hatte er es sich anders überlegt und entschieden, dass er dieses Mal bleiben konnte.

Michael grinste und sah Gitta an. »Was ist oft?«

»Streitet ihr?«, formulierte Helen ihre Frage um.

»Oh ja, wir streiten«, gab Michael zu.

»Wir sind sogar richtig gut darin«, sagte Gitta lächelnd. »Ich schreie, und Michael wird ganz pedantisch und schwingt ewige Reden.«

»Die du dann mit fliegenden Orangen unterbrichst.« Michael zeigte anklagend auf seine Frau.

»Ein Mal, ein einziges Mal habe ich ein paar Orangen nach dir geworfen, aber ich habe dich ja nicht getroffen.«

»Aber du wolltest mich treffen!«

»Absolut!« Gitta nickte und sah dabei ziemlich zufrieden aus.

»Seht ihr. Ihr streitet. Ihr tauscht euch aus. Wir haben nie gestritten. Also in den ersten Jahren schon, aber dann habe ich gemerkt, dass ich damit bei Jürgen nicht weiterkomme. Er war auch nach jedem Streit immer sehr lange beleidigt, deshalb haben wir es dann einfach gelassen. Und das war die erste falsche Abbiegung in unserer Beziehung.« Helen schwenkte ihre Teetasse, als wäre sie ein Glas Wein.

Gitta verstand den Wink, verließ kurz das Wohnzimmer und kam mit drei Gläsern und einer Flasche Rotwein zurück. Ulla hatte sich zu einem weißen Fellbündel auf Helens Füßen zusammengerollt und schnarchte leise.

»Weißt du, es bringt eigentlich nichts, das jetzt im Nachhinein zu analysieren. Fakt ist, den Mann willst du nicht mehr in deinem Leben, richtig?« Michael sah sie fragend an.

Helen nickte. »Das könnte man so sagen. Auch wenn mich der Gedanke, allein zu leben, momentan ziemlich in Panik versetzt.«

Gitta schenkte allen ein und verteilte die Gläser.

»Was genau versetzt dich dabei in Panik?«, fragte Michael ruhig.

Helen zuckte etwas hilflos mit den Schultern. »Irgendwie alles. Ich habe kein Geld, um mir mein Leben alleine zu finanzieren, ich will nicht einsam in einer kleinen Bude sterben, ich kann keine Lampen anbringen …«

»Also die Lampen würde ich übernehmen«, bot Michael an und trank einen Schluck Wein. Es war nicht der Moment, um anzustoßen.

»Wunderbar, dann bleiben ja nur noch das Finanzielle und das einsame Sterben«, sagte Helen.

»Vielleicht kann man das Problem auch mit einer guten Idee lösen.« Gitta sah sie an. Ihr Augen glänzten. »Das klingt jetzt erst mal verrückt, aber warum ziehst du nicht in eine WG?«

»In eine WG?«, wiederholte Helen.

»Eine Wohngemeinschaft?«, fragte Michael.

Gitta nickte, begeistert von ihrer eigenen Idee. »Du teilst dir die Miete mit anderen und stirbst nicht allein, weil immer jemand in der Küche sitzt!«

»Dann stirbt sie nicht allein, sondern weil immer jemand in ihrer Küche sitzt! Würdest du das wollen? Mit fremden Leuten zusammenleben?« Michael schüttelte skeptisch den Kopf.

»Die sind ja nur am Anfang fremd. Ich erinnere mich gerne an meine WG-Zeit zurück. Wir haben nächtelang diskutiert und gekocht und –«

»Gitta, da warst du in deinen Zwanzigern! Das kannst du doch gar nicht vergleichen. Meinst du nicht, Helen ist ein bisschen zu alt für eine WG?«

»Wie unhöflich ist das jetzt, bitte? Helen ist doch nicht zu alt!« Gitta beugte sich empört zu ihrem Mann hinüber.

Er hob beschwichtigend die Hände. »Ich meinte damit einfach nur, dass wir alle jetzt, in unserem Alter, in einer anderen Lebensphase stecken. In einer, in der man nicht so gerne immer fremde Leute in der Küche sitzen hat.«

»Aber sie wären doch nicht fremd!« Gitta wurde laut.

»Also bevor Gitta mit Orangen wirft, darf ich vielleicht auch mal etwas zu dem Vorschlag sagen?« Helen sah von Gitta zu Michael.

Michael nickte, und Gitta lehnte sich zurück. »Bitte, sag was.«

»Ich finde die Idee gut. Ich suche mir eine WG, ziehe da erst mal hin, muss nicht allein sterben, und wenn ich meinen Job ausbauen kann und mich die vielen fremden Leute in der Küche sehr stören, kann ich wieder ausziehen. Ich werde sowieso nicht viel mitnehmen. Jürgen meint, das meiste habe ja eh er bezahlt.«

»Also, das sehen wir noch. Wenn du ein Zimmer hast, gucken wir, was reinpasst, und dann nimmst du mit, was du möchtest. Und wenn ich das persönlich aus dem Haus trage!«, sagte Gitta grimmig.

Michael schien immer noch nicht überzeugt von Gittas Idee. Als sie den Laptop holte und sich wieder zu Helen auf das Sofa setzte, verabschiedete er sich.

Ulla sah ihm müde nach, wedelte ein wenig mit dem Schwanz und entschied dann doch, lieber hier im Wohnzimmer zwischen Gitta und Helen weiterzuschlafen.

Gitta öffnete eine Immobiliensuchseite. »Also, du arbeitest von zu Hause aus. Dann kann ich den Radius etwas größer machen. Du musst nicht unbedingt mitten in Rostock wohnen, oder?«

Helen schüttelte den Kopf und sah zu, wie Gitta alles in die Suchmaske eingab. Hundertachtzehn Treffer wurden angezeigt.

»Hundertachtzehn Chancen, Helen!« Gitta hob ihr Glas, und die beiden Frauen stießen hoffnungsvoll mit ihren Weingläsern an.

Ziemlich bald mussten sie aber feststellen, dass Michael mit seiner Prognose nicht ganz unrecht hatte: Das Portal gab nicht nur die Größe der Wohnung und des Zimmers an, sondern auch das Alter der derzeitigen Mitbewohner und das gewünschte Alter des neuen Mieters. Selten lag die Altersgrenze über dreißig Jahren.

»Ich bin tatsächlich zu alt«, jammerte Helen. »Mein Mann wirft mich raus, weil ich zu alt bin, aber ich kann nicht ausziehen, weil ich dafür auch zu alt bin! Ich bin verloren. Alt und verloren. Da hilft jetzt auch kein Selleriesaft mehr. Oh Gott!«

»Schau mal hier, du kleine Mimose, das sieht doch gut aus.« Gitta zeigte unbeeindruckt von ihrem Gejammer auf eine Anzeige: *4er-WG in Warnemünde. Gemeinsam statt einsam!*

»Das klingt gut. Aber wenn die jetzt wieder jemanden suchen, der zwischen sieben und neunzehn Jahre alt ist –«

»Nicht schon wieder jammern«, sagte Gitta streng. »Los, klick drauf. Es bringt Glück, wenn du das machst.«

Helen klickte auf die Anzeige, und gemeinsam krochen sie beinahe in den winzigen Bildschirm. Die Wohnung war gar keine Wohnung, sondern ein kleines Haus. Die Küche sah gemütlich aus, es gab ein dunkles Badezimmer und ein Bild des Zimmers, das zu vermieten war. Fünfzehn Quadratmeter mit schönen großen Fenstern und Holzdielen. Die Miete war nicht supergünstig, aber erschwinglich, und das gesuchte Alter wurde mit »null bis neunundneunzig Jahre« angegeben.

»Du bist praktisch genau in der Mitte«, scherzte Gitta begeistert.

»Da bewerben sich sicher viele. Warnemünde! Da wohnst du praktisch direkt am Meer«, sagte Helen sehnsuchtsvoll.

»Ich fürchte auch. Los, ruf da an!« Gitta stupste sie in die Seite.

»Jetzt? Es ist halb elf!«

»Stimmt. Du musst trotzdem anrufen. Wenn du bis morgen wartest, ist das Zimmer vielleicht schon weg.« Gitta fuchtelte aufgeregt mit dem Arm durch die Luft. Ulla wachte davon auf, gähnte und sah auf den Bildschirm, als würde sie die Anzeige lesen.

»Ist sie nicht süß? Ja, du Feine, bist du meine Feine?« Gitta vergrub ihren Kopf in Ullas dichtem Fell.

»Gitta, hier steht gar keine Telefonnummer. Man soll sich hier bewerben.« Helen zeigte auf ein kleines Briefsymbol.

Gitta wischte sich mit dem Ärmel über die Lippen. Sie hatte das Gefühl, überall Haare von Ulla zu haben. »Na, dann los. Du schreibst doch beruflich, dann kannst du das.«

»Ich übersetze! Wenn du mir den Text auf Englisch vorsagst, tippe ich ihn dir fehlerfrei auf Deutsch ins Fenster.«

Gitta seufzte. »Du schreibst, dass du die Anzeige gesehen hast, und dann ein bisschen über dich und … Jetzt fang einfach an, los!«, kommandierte sie und trank energisch ihr Glas leer.

Helen feilte eine halbe Stunde am Text. Als sie fertig war, war Gitta auf dem Sofa neben ihr fast eingeschlafen. Sie drückte das Briefsymbol und schickte die Nachricht weg.

»Das wäre geschafft«, sagte Gitta zufrieden. »Willst du heute Nacht hier schlafen?«

Helen nickte. Sie war plötzlich hundemüde. Am liebsten hätte sie sich neben Ulla gelegt und wäre sofort eingeschlafen.

Als sie etwas später im Gästezimmer unter der von Gitta frisch bezogenen Decke lag, kreisten ihre Gedanken um den Auszug und um Jürgen, und an Einschlafen war nicht zu denken. Wie sollte ihr Leben nur weitergehen? Wie hatte es überhaupt so weit kommen können?

Helen, jetzt reiß dich zusammen! Du wolltest das alles vorspulen. Bis zum Neuanfang.

Sie atmete tief durch und versuchte, die düsteren Gedanken abzuhalten, aber die Sorgen krochen wie Schatten an den Wänden hoch und in ihr Bewusstsein. Wie so oft dachte Helen, wie unnötig Sorgen doch waren. *Nichts wird besser, wenn man nachts wach liegt und sich Sorgen macht. Im Gegenteil! Ich sollte damit aufhören. Einfach nichts Blödes mehr denken.*

Helen schaffte es zwei Minuten, dann schlichen sich die Sorgengedanken wieder von allen Seiten an. Wütend strampelte sie sich die Decke weg und knipste das Licht an. Auf dem Tisch fand sie zwischen vielen Unterlagen und nicht abgeheftetem Papierkram einen Block und einen Stift. Sie überlegte einen Moment und begann dann eine Liste mit allen Gegenständen, die sie gerne mitnehmen wollte. Schnell wurde ihr klar, dass sie sich auf wenige Möbel beschränken musste. Fünfzehn Quadratmeter war ja nicht gerade viel – sollte sie das Zimmer überhaupt bekommen. Und wenn sie als neue Mitbewohnerin ankam, konnte sie sicher auch schlecht sagen: So, und dann habe ich hier noch eine Couch und acht Schränke, die stell ich mal eben in die Küche.

Sie schrieb die Liste vier Mal, bis sie zufrieden war. Dann legte sie sich zuversichtlich zurück ins Bett und knipste das Licht aus.

Haus Nummer 13

Gitta war schon fast zur Tür raus, als Helens aufgeregte Stimme sie zurückrief. »Ich habe eine Mail bekommen, von den WG-Leuten!«

Aufgeregt tippte sie auf ihrem Handy herum. Gitta machte ungeduldige Bewegungen, bis sie endlich vorlas:

Liebe Helen, wir haben über dreißig Anfragen für das Zimmer bekommen, schön dass Du auch dabei bist. Wir wollen gerne allen eine Chance geben und haben uns für Sonntag eine Besichtigung mit anschließendem Speeddating ausgedacht. Sag uns bitte kurz Bescheid, ob Du um 11 Uhr dabei bist, und bringe etwas Zeit mit.
Liebe Grüße, Enna und Co.

Gitta presste sich aufgeregt die Hände vor den Mund.

»Du bist dabei!«

»Ich bin dabei.«

»Aber du musst Speeddaten, was meinen die denn damit?«

»Ich muss Speeddaten.« Helen wiederholte alles, was Gitta sagte, und umklammerte ihr Handy.

»Wahrscheinlich so eine Art Vorstellungsgespräch auf Zeit, mit allen Mitbewohnern?«, überlegte Gitta und zupfte an ihren neuen Gartenhandschuhen. Sie trug sie heute das erste Mal, sie fühlten sich noch steif und störrisch an. Gitta machte ein paar Fingerübungen, spreizte ihre Finger und ballte sie dann zu Fäusten.

»Gitta, ich kann das nicht. Oder kann ich das?« Helen sah sie unglücklich an.

»Natürlich kannst du das! Es sind nichts als Gespräche. Kurze

Gespräche, weiter nichts. Du rockst das!« Sie machte eine Gartenhandschuhfaust und hielt sie Helen vors Gesicht.

»Ich rocke das«, wiederholte Helen tapfer.

»So, ich muss jetzt echt los. Frau Bierhals bekommt heute endlich ihren Kräutergarten.« Gitta winkte mit ihrer behandschuhten Hand, und weg war sie.

Helen setzte sich an den verwaisten Frühstückstisch. »Frau Bierhals bekommt einen Kräutergarten, und ich rocke das«, sagte sie zu dem Ei, das klein und blass in seinem Eierbecher saß. Es sah sie zweifelnd an.

»Du bist echt keine Hilfe.« Helen schlug ihm den Kopf ab und aß es auf. Danach fühlte sie sich barbarisch und gemein. *Das kommt davon, wenn man mit Eiern spricht.* Sie räumte den Tisch ab und machte die Küche sauber. Es machte viel mehr Spaß, eine andere Küche zu putzen als die eigene.

Wieder zu Hause zu sein fühlte sich falsch an. Alles sah so vertraut aus, aber in Helens Kopf waren die Dinge schon aufgeteilt in »Nehme ich mit« und »Bleibt hier«. Sie ging noch einmal ihre Liste durch. Änderte, addierte viele Sachen und strich sie dann doch wieder durch.

Vielleicht sollte ich wirklich nur ganz wenig mitnehmen. Einen echten Neuanfang machen. Das ist die Chance, sich von allem Ballast zu befreien. Den ganzen alten Kram hätte dann Jürgen am Hals – und diese Steffie.

Sie musste ihren Job aufstocken, sie musste neue Aufträge an Land ziehen, sie musste klug entscheiden, was sie aus dem Haus hier mitnahm. Sie musste Speeddaten! Helen zwang sich, ein paarmal ruhig ein- und auszuatmen. *Eins nach dem andern.* Um den Job würde sie sich später kümmern.

Energisch lief sie die Stufen hoch zum Schlafzimmer und riss ihren Kleiderschrank auf.

Sie machte drei Stapel: Kommt mit. Bleibt einfach hier. Wird verschenkt.

Emsig sortierte sie und hatte richtig Spaß daran, nur ihre absoluten Lieblingsstücke auf den Kommt-mit-Stapel zu werfen.

Als alles sortiert war, lagen zwei große Berge und ein kleiner auf dem Bett. Helen schämte sich fast ein bisschen, so viele Anziehsachen zu besitzen.

Sie räumte den kleinen Bleibt-hier- und den etwas größeren Kommt-mit-Stapel zurück in den Schrank. Es sah seltsam aus. Nur etwa ein Viertel war jetzt mit Klamotten gefüllt. Der Rest war leer.

Dann holte sie schnell einige große Müllsäcke, ehe sie es sich noch mal anders überlegen konnte, und stopfte den letzten Berg hinein. Sie brauchte acht Tüten, um alles zu verstauen.

Bis zur Besichtigung am Sonntag würde sie für ihren Auszug alles parat haben. Als Nächstes war der Schreibtisch dran. Alte Unterlagen wollte sie auch nicht zurücklassen. Steffie sollte weder in ihren Klamotten herumlaufen noch ihre alten Briefe lesen.

Der Schreibtisch war eine Aufgabe für einen kompletten Tag. Helen nahm ihn sich für morgen vor. Sie übersetzte einen kurzen Text, machte ein bisschen Gartenarbeit und versuchte, möglichst wenig an ihr Vorstellungsgespräch am Samstag zu denken.

Sie hatte kein Mittagessen gehabt, darum gönnte sie sich nachmittags eine Packung Kekse und kochte früh ein Abendessen.

Helen war es nicht gewohnt, nur für eine einzige Person zu kochen. Wie sollte man denn bitte so lächerlich wenig Gemüse schneiden? Eine viertel Paprika? Eine halbe Möhre?

Schon für zwei zu kochen war ihr wenig vorgekommen. Am Herd hatte sie immer die Fantasie gehabt, für viele Leute zu kochen. Eine große Familie, die zusammen am Tisch sitzt und isst.

Direkt aus dem großen Topf schöpfen, und alle reden und lachen.

Wenn wir Kinder hätten, wäre das so.

Jürgen war außerdem nie ein genussvoller Esser gewesen, sondern eher mäkelig. Wenn das Gemüse nicht genau den Biss hatte, den er sich vorstellte, aß er es überhaupt nicht, sondern schob es an den Tellerrand. Von dort aus sah es Helen dann vorwurfsvoll an. Er beschwerte sich nie direkt, stellte dafür aber seine Mäkel-Fragen: »Wie lange hast du die Möhren gebraten? Hast du eine Uhr für den Reis gestellt? Du weißt, dass ich von Knoblauch Blähungen bekomme!«

Helen liebte es, für Freunde zu kochen. Leider wollte Jürgen nicht so oft Besuch. Er fand die Vorbereitungen immer zu anstrengend. Hinterher hatte er jedoch jedes Mal zugegeben, dass es ein schöner Abend war.

Helen aß alleine vor dem Fernseher. Sie konnte sich nicht entspannen, weil sie damit rechnete, dass Jürgen jeden Moment nach Hause kommen würde. Aber er kam nicht.

Auch am nächsten Morgen gab es keine Spur von ihm. Helen verbot es sich, darüber nachzudenken, dass er sicher bei Steffie übernachtet hatte.

Es konnte ihr egal sein. Sie wollte Jürgen nicht mehr. Trotzdem war es schwer, sich von dem »Wir«, das sie gewesen waren, zu verabschieden.

Helen hatte es genossen, mit Jürgen im selben Raum zu sein, auch wenn sie beide mit unterschiedlichen Dingen beschäftigt waren. Sie hatte die friedlichen Mahlzeiten gemocht, auch wenn sie nicht viel geredet hatten. Mit ihm zusammenzuleben war wie eine schöne Aussicht gewesen: Immer wenn man aus dem Fenster schaut, ist sie da. Egal, zu welcher Jahreszeit.

Hatte sie Liebe mit Gewohnheit verwechselt?

Den Schreibtisch aufzuräumen war noch viel mehr Arbeit, als

sie angenommen hatte. Genau genommen ging es um ihr ganzes Büro.

Helen war entsetzt, wie viele Ordner sie hatte, wie viele Briefe, wie viele alte Zeitschriften. Es kam ihr vor, als hätte sie nie etwas weggeworfen, sondern einfach nur immer mehr Schränke mit den Dingen gefüllt.

Sie geriet in einen Wegwerfrausch, stellte dann aber fest, dass sie doch einige der weggeworfenen Unterlagen noch brauchen würde, und fing wieder von vorne an.

Im ganzen Zimmer lagen Stapel, es war viel komplizierter als bei ihrem Kleiderschrank.

Sie war so vertieft in die Arbeit, dass sie nicht bemerkte, dass Jürgen schon eine Weile im Raum stand.

»Du sortierst aus?«

Helen zuckte zusammen und fasste sich an ihre Brust. »Hast du mich erschreckt. Ja, ich sortiere aus.«

Jürgen nickte. Er wollte etwas sagen, überlegte es sich dann aber anders und stand schweigend im Raum.

Helen sortierte weiter, war jetzt aber durch seine Anwesenheit abgelenkt, die sie mit Unbehagen füllte.

»Willst du einen Tee?«

»Gerne.«

Er nickte wieder und verschwand in Richtung Küche. Er hatte nicht gefragt, welchen Tee, weil er wusste, dass Helen nachmittags am liebsten Pfefferminztee trank. Diese Vertrautheit tat ihr weh. Sie atmete tief durch und arbeitete weiter, bis er mit der dampfenden Tasse zurückkam.

Er stellte sie auf ihren Schreibtisch und setzte sich dann an seinen Tisch. »Kann ich dir irgendwie helfen?«

Helen schaute ihn erstaunt an. Er sah verlegen aus.

»Du kannst mir beim Entsorgen helfen. Das in der Zimmermitte kann alles weg.« Helen versuchte, neutral zu klingen.

»Das mache ich. Und wenn du fertig sortiert hast …« Er ließ den angefangenen Satz hilflos im Raum schweben.

Helen wusste nicht, worauf er hinauswollte, und sah ihn fragend an.

Er seufzte. »Du sortierst aus, um zu packen?«

»Ja, klar.« Helen nahm sich einen neuen Ordner und ging die dort abgehefteten Unterlagen durch.

»Weißt du eventuell schon, wann …?«

Helen hielt inne und sah ihn an. »Wann *was*?«, fragte sie angriffslustig, obwohl sie ganz genau wusste, was er fragen wollte.

»Schon gut. Ich guck mal, wie viel ich davon in die Tonne stopfen kann, den Rest fahre ich zum Wertstoffhof.« Er stand hektisch auf und machte sich daran, so viel wie möglich von den Stapeln zusammenzuraffen. Dabei rutschten ihm die Papierberge unten durch den Arm.

»Wäschekorb.«

»Hm?«

»Nimm einen Wäschekorb.«

»Ja, das … gute Idee.« Er ging, um einen zu holen. Helen schüttelte den Kopf und warf den ganzen Ordner in die Mitte des Zimmers.

Wenig später kam Jürgen zurück und arbeitete, bis der Papierberg verschwunden war.

Helen schaute auf die leeren Regale und den aufgeräumten Schreibtisch. Das hätte sie tatsächlich schon früher einmal machen sollen. Es tat gut, all den alten Ballast loszuwerden.

Sie ging in die Küche, wo sie Jürgen vermutete, der nach dem Abtransport der letzten Fuhre Papier nicht zurückgekehrt war. Er machte sich gerade ein Sandwich mit sehr viel Schinken und ohne Gurken, so wie immer. Helen fragte sich, ob sie das jetzt für immer mit sich herumtragen würde: all das nutzlos gewordene Wissen, was Jürgen mochte und was nicht.

»Ich schaue mir am Samstag eine Wohnung an. Wenn ich sie bekomme, kann ich am Ersten einziehen«, sagte sie.

Er sah auf einmal viel zu glücklich aus, bemerkte es aber selbst und zwang sich zu einem neutralen Gesichtsausdruck. »Möchtest du, dass ich dir mit dem Umzug helfe?«

»Wäre das nicht etwas schräg?«

»Ja«, gab er zu, »aber ich könnte den Umzug bezahlen. Dann schleppen andere, und es ist vielleicht ein bisschen weniger schräg.«

»Vielleicht«, sagte Helen leise. »Ich weiß noch gar nicht, ob ich die Wohnung bekomme, es haben sich wohl viele beworben.« Sie erwähnte die WG nicht, weil sie keine Lust hatte, vor ihm auszubreiten, dass sie sich eigentlich gar nichts Eigenes leisten konnte und außerdem nicht einsam sterben wollte.

»Helen, wenn du sie nicht bekommst, was ich nicht glaube, aber … Niemand wirft dich hier raus. Du bleibst, bis du etwas gefunden hast.«

Er versuchte wirklich, nett zu sein. Dennoch klang es für Helen absurd: Sie durfte in ihrem Haus bleiben und würde nicht auf der Straße landen – wie gnädig! All die Jahre war es so klar gewesen, dass sie hier gemeinsam lebten, und plötzlich durfte sie nur noch so lange bleiben, bis sie etwas anderes hatte.

»Es tut mir leid. Das alles. Aber es ist auch für mich keine schöne Situation.«

»Schade«, sagte Helen. »Gerade hatte ich dir fast geglaubt, dass es dir leidtut.«

Er hob verständnislos die Arme.

Helen wollte nicht mit ihm streiten. Sie fühlte sich auf einmal einfach nur kraftlos. »Ich sag dir Bescheid.«

Sie verließ die Küche und ging eine Pizza essen.

Helen war schon seit fünf Uhr morgens wach. Sie hatte dreimal ihre Klamotten gewechselt. Sie wollte nicht zu alt aussehen, aber auch auf keinen Fall wie eine Alte, die sich zu jung anzieht. Sie hatte sich dezent geschminkt und ihre schulterlangen braunen Haare offen gelassen. Die grauen Ansätze färbte sie sich regelmäßig. Graue Haare würden ihr Alter also nicht verraten, aber ihr Gesicht sah eben aus wie das einer Fünfundfünfzigjährigen.

Blaue Augen sahen sie aus dem Spiegel an. Helen mochte ihre Augenfarbe. Sie ärgerte sich, dass sie überhaupt über ihr Alter nachdachte. Michael hatte sie da tatsächlich etwas verrückt gemacht. Sie hatte in ihrer Bewerbung deshalb auch ihr Alter verschwiegen. War das ein Fehler gewesen?

Vielleicht erwarteten ihre Mitbewohner eine Helen um die dreißig, und dann kam sie an – mit Mitte fünfzig.

»Alter ist relativ«, sagte sie zu ihrem Spiegelbild. Dann machte sie sich auf den Weg.

Das Haus lag in einer hübschen Straße mit Kopfsteinpflaster, in der sich ein hübsches kleines Haus an das andere reihte: Fachwerkhäuser mit spitzen Dächern, alle weiß, aber die Holzbalken waren bei den meisten nicht braun, sondern bunt gestrichen. Haus Nummer 13 hatte türkisfarbene Balken und sah fröhlich aus. Vor der Haustür stand schon ein Pulk junger Leute, die offensichtlich alle zur Besichtigung gekommen waren. Helen stellte sich mit etwas Abstand dazu.

Sie sah in die gut aussehenden jungen Gesichter um sich herum. Ihre Zuversicht begann zu bröckeln. War das Ganze nicht doch eine Schnapsidee?

Du rockst das, hatte Gitta gesagt und ihre Gartenhandschuhfaust gemacht.

Ich rocke das, dachte Helen tapfer.

Eine Frau um die dreißig öffnete die Tür. Sie hatte lange, dicke blonde Haare und grüne Augen. Sie hatte keine Schuhe an und stand auf Socken im Türrahmen. »Willkommen! Schön, dass ihr da seid. Ich bin Enna. Hallo!«

Jeder trat kurz vor die Haustür, um Enna zu begrüßen. Viele Namen wurden genannt. Enna wurde nicht müde, alle Hände zu schütteln, und auch als Helen ihr als Letzte die Hand reichte, bekam sie ein herzliches Lächeln.

Es war Helen unmöglich, Enna nicht sofort ins Herz zu schließen, was ihre Nervosität noch steigerte. Sie wollte das Zimmer unbedingt haben. Den anderen Bewerbern ging es offenbar nicht anders. Um sie herum strahlten und scherzten alle um die Wette und versuchten, so sympathisch wie möglich zu wirken. Helen hatte plötzlich das Gefühl, mitten in einem fröhlichen Schulausflug zu stehen.

»Also, wir machen am besten Fünfergruppen für die Besichtigung – sonst wird das hier zu eng.« Enna zählte die ersten fünf Leute ab. Helen war dabei, da sie vom Händeschütteln noch ganz vorne stand.

Sie betrat mit vier anderen aufgeregten Bewerbern das Häuschen. Jeder von ihnen hätte ihr Kind sein können. Keiner war älter als fünfundzwanzig.

»Sollen wir die Schuhe ausziehen?«, fragte ein langer Dünner, als alle im dunklen Flur standen.

»Das wäre super.« Enna wippte einmal auf die Zehenspitzen und zurück. Sie bewegte sich so geschmeidig, dass Helen vermutete, dass sie Yoga machte. Die Gruppe hatte kaum Platz, also fummelte sich jeder irgendwie im Stehen die Schuhe von den Füßen.

»Okay, das ist also der Flur, wie ihr seht. Er ist klein, so wie alles hier im Haus. Am besten gehen wir erst einmal weiter rein.« Sie öffnete eine Tür, und sofort standen sie in der Küche, einem Durchgangszimmer mit Küchenzeilen an beiden Seiten. An einer Seite des Raumes gab es zwei kleine Sprossenfenster, an denen rot-weiß karierte Gardinen hingen, die lange keiner gewaschen hatte. Auf dem Fensterbrett standen ein abgeernteter Basilikum und eine vertrocknete Petersilie. Davon abgesehen war die Küche aufgeräumt und sauber, was Helen nicht erwartet hätte. Enna schien ihren Blick richtig zu deuten. »Wir haben extra aufgeräumt und geputzt. Normalerweise sieht es hier etwas anders aus.«

Die Besichtigungsgruppe lachte, und einer nach dem anderen beeilte sich zu sagen, wie unaufgeräumt ihre Küchen waren und dass sie das kannten.

Enna öffnete ein paar Schränke und erklärte, dass jeder seinen eigenen Bereich habe und es zusätzlich ein Gemeinschaftsregal mit weiteren Vorräten gebe, aus denen gekocht wurde, wenn alle zusammen essen wollten. »Wir sehen das aber locker. Oft werfen wir auch alles zusammen, was wir haben. Aber wenn ihr mal etwas aus den anderen Fächern leiht, denkt beim nächsten Einkauf dran, es nachzukaufen. Sonst ist es echt ärgerlich, wenn man Nudeln machen will und keine mehr hat.«

Alle nickten verständnisvoll.

Von der Küche, die kaum mehr als ein Durchgangsflur war, kam man ins Esszimmer. Hier gab es einen großen Tisch, eine gemütliche Sitzbank und Stühle. Da die Räume nur durch einige Holzbalken getrennt waren, konnte man vom Tisch aus in die Küche gucken und auf die Treppe ins Obergeschoss.

»Früher waren das alles winzige Zimmer, irgendwann wurde daraus dieser offene Raum, der schön aussieht, für eine WG aber oft unpraktisch ist, weil man immer alles hört«, erklärte Enna. »Ein richtiges Wohnzimmer haben wir nicht. Wir sitzen aber immer zusammen am Tisch. Man kann sich hier unten also nicht zurückziehen, deshalb suchen wir jemanden, der gut zu uns passt.« Sie ließ ihren Blick über die Gruppe schweifen. Jeder versuchte, kurz Augenkontakt mit ihr aufzunehmen. Helen gelang es.

»Das freie Zimmer ist unten, alle anderen Zimmer – also die von Paul, Masha und mir – sind oben unter dem Dach.«

Allen in der Gruppe war anzusehen, dass sie auch lieber ein Zimmer unter dem Dach gehabt hätten. Nur Helen fand es ganz praktisch, auf einer anderen Etage zu sein als der Rest.

Enna ging vor und öffnete eine Tür, die vorher keiner wahrgenommen hatte, weil sie so versteckt hinter den Balken war.

Sie ließ die kleine Gruppe eintreten. Das Zimmer hatte einen Holzfußboden und ein Fenster zum Garten. Helen lief schnell quer durch den Raum, um mehr zu sehen.

Der Garten war klein, aber vielleicht sah das auch nur so aus, weil er ziemlich verwildert war. In der Mitte war wohl mal ein Rasen gewesen, momentan wurde er überwuchert von Sträuchern und Büschen.

»Gehört der Garten zum Haus?«

»Garten?« Enna lachte. »Eigentlich ja. Wir nennen ihn nur ›den Urwald‹. Es gibt merkwürdigerweise keinen direkten Zugang. Man muss durch das Fenster klettern, wenn man raus will, oder sich von hinten über den Zaun schwingen. Wir haben alle keinen grünen Daumen, aber wenn du Spaß an Gartenarbeit hast, kannst du dich hier austoben.«

Helen musste lächeln und nickte. Gitta würde ihr bestimmt dabei helfen.

»So, und jetzt könnt ihr zum Speeddating nach oben gehen. Das machen Paul und Masha in ihren Zimmern. Ich hole die nächste Gruppe rein. Wir melden uns dann bei euch!« Enna strahlte noch mal in die Runde und zeigte dann auf die Treppe, die vom Wohnzimmer nach oben führte.

Zwei junge Frauen aus der Besichtigungsrunde stürzten sich auf Enna und quatschten sie voll, wohl um in letzter Sekunde noch ein paar Punkte zu machen. Helen hingegen folgte dem Dünnen die Treppe hoch. Sie wollte es lieber sofort hinter sich bringen.

Ein junger Mann um die zwanzig empfing sie. Er hatte einen wilden Lockenkopf und trug ein T-Shirt mit der Aufschrift »TTLWBFI«. Automatisch fing Helen an, einen Satz mit diesen Buchstaben zu bilden.

Tina Trockenwand liebt wahre Brücken für immer. Vielleicht war es auch etwas auf Englisch. *To talk loud well behaved foxes I ... yell?*

»Hi, ich bin Paul«, unterbrach der junge Mann ihre Überlegungen. »Du kannst direkt mitkommen, und Sie ...«, er wandte sich an Helen, »Sie können schon bei Masha reingehen.« Er zeigte auf eine Tür.

Er hatte den Langen geduzt und sie gesiezt. Helen seufzte innerlich. Kein Wunder, sie war ja auch drei Mal so alt wie er. Jedenfalls kam sie sich gerade so vor.

Der Rest der Gruppe kam die Treppe hoch und durfte in Ennas Zimmer Platz nehmen und warten.

Mit vor Aufregung feuchten Händen öffnete Helen Mashas Zimmertür.

Das Zimmer war klein, aber so gemütlich, dass sie sich direkt wohlfühlte. Die offene Holzdecke war weiß gestrichen und hob sich sehr hübsch von den dunklen Holzbalken ab, die einen Teil des Raumes abtrennten. Masha hatte dort ihr Bett stehen. Es sah aus wie das Bett einer Sechzehnjährigen. Ein Stoffhund lag auf der weißen Überdecke, und viele kleine Kissen mit Fransen zierten das Kopfteil.

Es gab noch einen grünen Holzschrank – vermutlich der Kleiderschrank – und einen kleinen Schreibtisch, der so ausgerichtet war, dass man auf die Zimmertür schaute. Es sah so aus, als wollte Masha beim Lernen oder Arbeiten sichergehen, dass niemand unbemerkt hereinkam.

Sie saß an ihrem Schreibtisch und begrüßte sie schüchtern.

Helen durfte sich auf einen Hocker setzen, über den sie beim Reinkommen fast gestolpert wäre.

Nachdem sie ihre Namen genannt hatten, sah Masha unsicher auf den Zettel vor sich. Sie wirkte in dem großen Stuhl zierlich; ihre langen dunklen Haare glänzten.

»Du hast tolle Haare«, sagte Helen. Es war das Erste, was ihr eingefallen war.

»Oh, vielen Dank.« Masha sah gequält aus. Ihre dunklen Augen huschten unsicher zurück auf das Papier vor ihr. »Ich will sie eigentlich gerade abschneiden lassen.«

Helen wusste nicht, was sie darauf sagen sollte. »Und ich habe gerade beschlossen, meine wachsen zu lassen.«

Masha warf ihr einen kurzen Blick zu. Es entstand eine peinliche Gesprächspause. »Haben Sie irgendwelche Allergien?«, fragte sie dann und hakte eine Frage auf ihrem Zettel ab.

Helen musste grinsen. Es war doch bescheuert, was sie beide hier machten. »Du kannst mich duzen. Ich habe keine Allergien. Ich habe eigentlich nur Angst.«

Masha sah ihr das erste Mal direkt in die Augen. »Wovor?«, fragte sie sanft.

»Vor allem, was jetzt kommt. Mein Mann hat seit zwei Jahren eine andere, und ich muss mir jetzt eine Wohnung suchen, die ich mir gar nicht leisten kann. Außerdem wollte ich nicht allein in der Küche sitzen. Deshalb bin ich hier. Ich hab Angst, dass ihr mich alle zu alt findet, und ich hab Angst vor meinem neuen Leben.« Helen konzentrierte sich, um nicht feuchte Augen zu bekommen.

Masha brachte ihr trotzdem ein Taschentuch, blieb dann vor dem Schreibtisch stehen und lehnte sich an. »Ich kann das gut verstehen. Ich habe vor so vielen Dingen Angst, dass es fast schon einfacher ist, die aufzuzählen, vor denen ich mich nicht fürchte. Ich bin froh, hier gelandet zu sein. Paul und Enna … Sie lassen mich so sein, wie ich bin. Seit ich hier wohne, geht es mir etwas besser.« Sie sah Helen aus ihren dunklen, traurigen Augen an.

Helen hatte das Bedürfnis, sie in den Arm zu nehmen. »Hast du Angst vorm Haareschneiden?«, fragte sie.

Masha schüttelte den Kopf.

»Dann bist du mutiger als die meisten Frauen, Masha.« Helen lächelte sie an, und Masha erwiderte das Lächeln. Ein penetrantes Piepsen störte den Moment.

Masha drückte auf ihr Handy und sah sie entschuldigend an. »Das ist der Timer. Unsere Zeit ist schon um.«

»Kurze Haare stehen dir sicher gut«, sagte Helen, während sie zur Tür ging.

Masha hob zum Abschied die Hand.

Helen verspürte Mitleid. Die junge Frau sah so verletzlich aus. »Frag einfach deine Fragen auf dem Zettel. Es ist gut zu wissen, ob jemand Allergien hat«, sagte sie aufmunternd, bevor sie das Zimmer verließ und eine der übereifrigen Frauen hineinstürmte, die in Ennas Zimmer gewartet hatten.

Der lange Dünne stand im Flur und zeigte auf Pauls Zimmertür. »Du kannst jetzt da rein, und ich sollte eigentlich zu Masha …«

»Warte am besten vor der Tür, sonst rennt gleich wieder die Nächste rein!«

Er nickte und setze sich auf den Boden vor der Zimmertür. Er sah aus wie ein zusammengeklapptes Känguru.

»Viel Glück«, wünschte Helen ihm noch, dann ging sie in Pauls Zimmer.

Es war, als hätte sie durch ein Tor eine andere Welt betreten. Sie hielt sich an der Türklinke fest, um sich an die Dunkelheit zu gewöhnen. Das Zimmer schien kein Fenster zu haben, nur ein großes Aquarium fiel ihr sofort auf. Im dunklen Wasser schwammen fluoreszierende Quallen.

Das Zimmer war mit Schwarzlicht beleuchtet, und nach und nach gewöhnten sich ihre Augen an die Dunkelheit. Sie konnte jetzt einen Tisch mit zwei leeren Stühlen sehen. Einen davor und einen dahinter.

»Hallo?«, sagte sie fragend in die Dunkelheit hinein. Die Quallen schwebten lautlos durch das Wasser.

»Trink das!« Jemand stand direkt hinter ihr und reichte ihr ein Reagenzglas mit einer grünen Flüssigkeit.

Helen drehte sich um. Der Mann, zu dem der Arm mit dem Reagenzglas gehörte, war offensichtlich Paul.

»Das ist eine harmlose Droge, ein Wahrheitsserum, damit meine Fragen ehrlich beantwortet werden. Die Wirkung hält nur etwa zehn Minuten an. Du kannst also, wenn du hier rausspazierst, direkt wieder Leute anlügen.« Er reichte ihr das Reagenzglas und setzte sich hinter den Tisch. Mit einer Geste lud er sie ein, ebenfalls Platz zu nehmen.

Helen roch vorsichtig an der Flüssigkeit. Sie roch angenehm, nach Waldmeister.

»Es kann übrigens auch sein, dass du zur Placebo-Gruppe gehörst, die bekommt keine echten Drogen.«

»Aha«, sagte Helen, die diese Methoden wenig überzeugend fand. Sie nippte vorsichtig an der Flüssigkeit. Zum einen, weil er sie duzte und sie sich das nicht verscherzen wollte, zum anderen, weil sie wirklich neugierig war, wie es schmeckte. »Riecht wie Waldmeister und schmeckt auch so.« Sie trank das schmale Gläschen leer.

Zufrieden grinsend nahm Paul es entgegen. »Jetzt hast du den ersten Test schon bestanden.«

»Hat der Lange es getrunken?«, fragte Helen interessiert.

»Darf ich nicht sagen. Forschungsgeheimnis. Ich kann dir aber verraten, dass er insgesamt nicht bestanden hat.«

Helen musste grinsen. Dieser Paul gefiel ihr. »Wie machst du das mit den leuchtenden Quallen?«, fragte sie. »Die sehen toll aus!«

»Das mache nicht ich, sondern die Kalziumionen. Man

glaubte erst, dass Leuchtquallen mit demselben Stoff leuchten wie Glühwürmchen. Luziferin. Aber statt Luciferin fand man Aequorin. Wenn das mit Kalziumionen in Verbindung kommt, entsteht Licht.«

Beide schauten fasziniert auf die schwebenden Tiere im Wasser.

»Wir müssen zu den Fragen kommen«, sagte Paul schließlich. »Die Zeit läuft: Kannst du kochen und, wenn ja, tust du es auch?«

»Ja und ja.«

Paul nickte zufrieden. »Wie lang brauchst du durchschnittlich im Bad, inklusive Duschen und Styling?«

Helen blies die Wangen auf. Darüber hatte sie noch nie nachgedacht. »Lange, vermutlich, aber«, beeilte sie sich zu sagen, »ich arbeite von zu Hause aus und kann morgens als Letzte ins Bad gehen.«

Paul nickte und notierte sich etwas. »Schlafwandelst du?«

»Nein.«

»Hast du andere absonderliche Macken, von denen wir Kenntnis haben müssten?«

»Nicht dass ich wüsste.«

Helen fühlte sich seltsam leicht. War in dem Waldmeistertrunk doch etwas drin gewesen? Sie schaute sich im Zimmer um und konnte weiter hinten im schummrigen Licht ein Bett entdecken. Davon abgesehen konnte sie nur vermuten, dass Pauls Zimmer ebenso gemütlich war wie Mashas. Auch hier gab es Dachschrägen und eine offene Holzdecke. Das alles hatte sie in dem Zimmer unten nicht. Allerdings kamen ihr die Zimmer hier oben sehr viel kleiner vor.

»Was studierst du?«, fragte sie Paul, bevor er seine nächste Frage stellen konnte.

»Was schätzt du denn?«

»Biologie?«

Er lächelte und schüttelte den Kopf. Es machte ihm offensichtlich Spaß, dass sie danebengetippt hatte.

»Chemie?«, riet Helen ein zweites Mal.

»Bingo. Und was machst du beruflich?«

»Ich bin Übersetzerin.«

»Amicus certus in re incerta cernitur.« Paul sah sie herausfordernd an.

»Einen sicheren Freund erkennt man in unsicherer Lage«, übersetzte Helen. »Aber Latein übersetze ich normalerweise nicht.«

Sein Handy machte ein außerirdisches Geräusch, und er stellte es ab. Die Zeit war um.

Paul kam hinter dem Schreibtisch hervor. Er hielt ihr seine geschlossenen Hände hin und öffnete sie. In seiner rechten Hand lag eine ovale blaue Tablette, in der linken eine rote. »Dies ist deine letzte Chance. Danach gibt es kein Zurück. Schluckst du die blaue Kapsel, ist alles aus. Du wachst in deinem Bett auf und glaubst an das, woran du glauben willst. Schluckst du die rote Kapsel, bleibst du im Wunderland, und ich führe dich in die tiefsten Tiefen des Kaninchenbaus …«, verkündete er mit einer dramatischen Stimme.

»Schmeckt die rote nach Erdbeeren?« Helen nahm die rote Kapsel.

Schweigend reichte Paul ihr ein Glas Wasser und sah zu, wie sie die Kapsel schluckte. Er schien sich wie ein kleines Kind darüber zu freuen. Seine Augen leuchteten. »Kennst du den Film?«, fragte er, als er sie zur Tür begleitete.

Sie schüttelte den Kopf. »Nein, keine Ahnung, was du meinst. Welchen Film?«

»*Die Matrix*! Das ist eine Szene aus *Die Matrix*. Ich bin Morpheus, und du bist Neo! Du hast alles richtig gemacht und die rote Kapsel geschluckt. Wenn du den Film nicht kennst, haben wir allerdings 'ne Menge Arbeit vor uns.« Er schüttelte den Lockenkopf angesichts ihrer Bildungslücke. »Mach's gut, wir rufen dich an!«

Mit diesen Worten wurde Helen aus der Tür geschoben, zurück in die Wirklichkeit.

Hinter den Tannen

»Was für ein Gefühl hast du?« Gitta sah sie gespannt an. Der Wind blies heute heftig, und beide Frauen waren froh um ihre Mützen.

Helen sah auf die Ostsee und atmete tief ein. Der Blick auf das Meer tat einfach immer so gut. Es löste sofort ein Gefühl der Freiheit in ihr aus. Sie hakte sich bei Gitta unter, und sie gingen weiter den Strand entlang. Sie hinterließen Spuren, die der Wind eifrig mit neuem Sand auffüllte, den er über den Strand vor sich hertrieb. »Wenn man sich nackt ausziehen und auf den Boden legen würde, hätte man ein perfektes Peeling«, sagte Helen.

Gitta schaute auf den kleinen Sandsturm zu ihren Füßen. »Das will ich sehen. Los!« Auffordernd ruckelte sie an Helens Arm.

Helen lächelte. »Ich kann es gar nicht sagen«, beantwortete sie Gittas Frage von vorhin. »Ich habe mich seltsamerweise sehr wohl dort gefühlt. So, als wäre ich gar nicht viel älter als der Rest der Bewohner. Ich weiß aber natürlich nicht, ob die das auch so empfunden haben. Abwarten.« Sie seufzte. Abwarten war nicht ihre Stärke.

Gitta seufzte mit. »Haben sie gesagt, wann sie sich melden?«

»Nein, nur dass sie sich melden.«

Die Wolken rissen auf, und die Sonnenstrahlen tanzten und glitzerten auf den heranrollenden Wellen.

Sie passierten leere Strandkörbe, die aus dem Winterquartier zurück waren und auf die ersten Gäste warteten.

Ulla rannte an der Wasserkante entlang. Geschickt wich sie den Wellen aus. Sie wurde nicht gerne nass. Gitta rief sie heran und belohnte sie mit einem Leckerchen, als sie kam.

»Wenn du das Zimmer kriegst, kannst du jeden Morgen am Meer spazieren gehen.« Gitta sah sie mit funkelnden Augen an.

»Das kann ich jetzt auch. Und du ebenfalls. Was tun wir denn gerade?«

Gitta winkte ab. »Ja, aber wir müssen uns ins Auto setzen und hierherfahren. Wenn du hier wohnst, könntest du einfach aus der Haustür rausspazieren und herlaufen!« Sie klang so begeistert wie ein Kind.

In der Nähe des Meeres zu wohnen war für beide Frauen ein großes Glück. Gitta kam ursprünglich aus dem Ruhrgebiet, und Helen hatte ihre Kindheit in Köln verbracht und war nach ihrem Studium nach Rostock gekommen. Alle ihre damaligen Freunde hatten sie für verrückt erklärt. Man ging nach Berlin oder nach München, bestenfalls aber blieb man in Köln. Keiner hatte eine Vorstellung von Rostock. Nur dass die Stadt im Osten lag, wusste man.

Helen kannte Rostock von Urlauben in ihrer Jugend. Ihre Eltern waren nach der Maueröffnung jedes Jahr mit ihr an die Ostsee gefahren, nach Kühlungsborn, Warnemünde, Stralsund. Helen hatte sich am Meer immer lebendiger gefühlt als zu Hause in Köln. Die Luft war klarer, die Wolken plastischer, und das Licht war komplett anders als im regnerischen Westen.

Nachbarn und Freunde fuhren alle nach Holland an die Nordsee und fanden es seltsam, dass Helens Familie so viele Kilometer mehr in Kauf nahm, um an die Ostsee zu kommen.

»Das Wetter ist besser«, hatte ihr Vater immer erklärt und ihr dann heimlich zugeblinzelt. Helen und ihn verband eine Liebe zur Ostsee, die man anderen schwer erklären konnte. Vielleicht lag es an den Bäumen, die oft so nah am Strand standen und dem Wetter trotzten; an den Steinen, die verteilt im Wasser lagen, oder einfach am Meer, das still wie ein See und wild wie ein Tiger sein konnte, je nachdem, wann man es besuchte.

»Gehen wir gleich mal an deinem Haus vorbei?«, fragte Gitta, während sie einträchtig durch den Sand spazierten.

Helen hatte selbst auch schon mit dem Gedanken gespielt. Sie hätte Gitta das hübsche Fachwerkhäuschen gern gezeigt, aber was, wenn einer sah, wie sie da herumschlichen?

»Wir machen das total unauffällig«, versprach Gitta und warf einen Stein ins Meer. Eine Möwe tauchte hinterher, wohl in der Annahme, Gitta habe ihr da einen leckeren Fisch zugeworfen. Auch Ulla rannte in die Richtung, lief aber zurück, sobald die Wellen an ihre Pfoten kamen.

»Du wasserscheuer kleiner Fellball!«, lachte Gitta.

Sie drehten um und liefen, bis sie die charakteristische Muschel des Teepotts und den Leuchtturm unmittelbar vor sich sahen, und verließen dann den Strand. Je näher sie der Straße kamen, desto schneller schlug Helens Herz.

Sie schlenderten an einigen Imbissbuden vorbei, die schon von Weitem an den kreisenden Möwenschwärmen zu erkennen waren. Ahnungslose Touristen verloren häufig ihr Fischbrötchen an einen der frechen Luftpiraten. Helen beobachtete die Vögel, die ihre Kreise zogen. Möwen waren beliebte Fotomotive, aber sobald sie einem das Essen klauten, hörte die Freundschaft meistens auf.

Sie parkten Ulla im Auto, um unauffälliger zu sein. Der Hund sah aus wie ein kleiner Eisbär und zog mit seinem puscheligen weißen Fell immer alle Blicke auf sich. Ulla war daran gewöhnt, dass Gitta sie im Auto ließ, sprang gleich auf ihre Decke auf der Rückbank und rollte sich zu einem Ball zusammen.

Gitta streichelte ihre weichen Ohren zum Abschied.

Die kleine Straße lag wie ausgestorben da.

»Welche Hausnummer?«, flüsterte Gitta theatralisch.

»Dreizehn. Und benimm dich bitte normaler!«

»Was soll das denn heißen?«, flüsterte Gitta in Bühnenlautstärke zurück.

»Das soll heißen, dass du aufhören sollst, durch ein Megaphon zu flüstern, und nicht so vorgebeugt und schleichend laufen sollst!« Helen bereute bereits, zugestimmt zu haben, mit Gitta an dem Haus vorbeizugehen. Nicht nur Gitta benahm sich unnormal, auch ihr Kreislauf spielte völlig verrückt. Ihr war heiß, und gleichzeitig fröstelte sie.

Atmen, einfach normal atmen. Es ist nur ein Haus, nur ein Haus.

Gitta gab sich jetzt alle Mühe, sagte gar nichts mehr und lief kerzengerade neben ihr her.

»Das ist es.«

Gitta nickte unauffällig und versuchte, ohne den Kopf zu drehen, möglichst viel vom Haus zu sehen. Es gelang ihr nicht, also blieb sie stehen und sah direkt hin. »Es ist tatsächlich sehr hübsch. Und es ist albern, dass wir hier heimlich herumschleichen. Du möchtest das Zimmer gerne haben, und es ist nichts dabei, dass wir hier stehen«, sagte sie bestimmt.

Helen nickte nervös. Gitta hatte recht, trotzdem wäre es ihr lieber gewesen, wenn Enna, Paul und Masha sie nicht sahen.

»Die sind um diese Uhrzeit sowieso wahrscheinlich alle nicht zu Hause«, beruhigte Gitta sie. »Wo ist dein Zimmer?«

»An der Rückseite, komm!« Helen zog sie weiter. Doch so einfach war es nicht, denn die kleinen Häuser der Straße standen Wand an Wand, bildeten eine Kette, als würden sie sich an den Händen halten. Gitta und Helen mussten die ganze Straße entlanglaufen, bevor sie abbiegen konnten, um in die Parallelstraße zu gelangen.

Helen ließ die Schultern sinken. Um an die Rückseite von Nummer 13 zu gelangen, müssten sie ein fremdes Grundstück betreten. »Wir kommen nicht ran«, sagte sie enttäuscht.

»Das wollen wir mal sehen.« Gitta schnaubte durch die Nase

und zog aus ihrer Jackentasche ein Paar Gartenhandschuhe. Schnell streifte sie die über und ging auf die Einfahrt zu, hinter der sie Haus Nummer 13 vermuteten.

»Gitta, was wird das?« Helen schlich leise hinter ihrer Freundin her.

»Ich bin Garten- und Landschaftsarchitektin und habe mich in der Hausnummer geirrt. Wenn einer fragt, halt die Klappe, lass mich reden, und versuche, wie meine Assistentin auszusehen.«

Helen hatte zwar keine Ahnung, wie die Assistentin einer Garten- und Landschafsarchitektin wohl aussehen könnte, aber sie gab sich alle Mühe, assistentinnenhaft zu laufen.

Das Grundstück war groß. In der Einfahrt waren sie noch vor Blicken aus dem Haus geschützt, aber dann mussten sie den Garten durchqueren. Helen war sich sicher, gleich einen lauten Ruf von der Terrasse zu hören, aber Gitta lief unbeirrt voran und zeigte ab und zu auf Büsche und Bäume, die jetzt im Frühjahr dringend beschnitten werden mussten.

Diese Rolle würde ihr jeder abnehmen.

»Du bist sehr überzeugend«, lobte Helen.

Gitta lachte. »Wenn ich meine Gartenschere mithätte, würde ich direkt anfangen.«

Endlich hatten sie es bis zur Grundstücksgrenze geschafft, die aus einigen Tannen bestand. Froh, aus der Schusslinie zu gelangen, schlugen sie sich durch die grünen Nadeln.

Haus Nummer 13 stand jetzt direkt vor ihnen. Verglichen mit dem Garten in ihrem Rücken war der von Helens Wunsch-WG recht klein. Es waren vielleicht fünf Meter bis zum Haus. Fünf sehr verwilderte Meter.

»Was meinst du, kann man da was draus machen?«, fragte Helen leise und hielt sich an dem hüfthohen Holzzaun fest, der die Grundstücke trennte.

Gittas Augen scannten die Büsche und die Fläche, die irgendwann einmal ein Rasen gewesen war. »Du kannst aus jedem Garten etwas machen …«

»Oha, das klingt nicht gerade vielversprechend.«

»Lass mich doch ausreden! Er ist klein und hat keine gute Substanz. Ich würde das alles rausreißen, bis auf die Felsenbirne, die ist toll.« Gitta zeigte auf einen Baum, der keinen ausgeprägten Stamm hatte, sondern wie ein Busch wuchs. Er trug schon kleine Blätter und trieb eifrig Knospen. »Aber es ist ein Südgarten, und das macht alles einfacher. Allerdings werfen die Tannen hier natürlich Schatten.«

»Schneiden wir sie runter!«, schlug Helen fröhlich vor.

»Ja, schneiden wir sie runter!«, kam eine Stimme von Haus Nummer 13.

Helen und Gitta zuckten zusammen.

Es war weit und breit niemand zu sehen.

»Hallo?«, rief Gitta.

»Hallo!«, antwortete die Frauenstimme ohne Körper.

»Wo bist du?«, fragte Helen, die glaubte, Ennas Stimme erkannt zu haben. Jetzt war auch schon alles egal, sie waren offenbar ohnehin längst entdeckt.

»In meinem Zimmer, warte, ich komme in den Garten.« Eine Hand winkte aus dem Dachfenster, das leicht geöffnet war. Man konnte nicht hineinsehen, und vermutlich hatte Enna auch sie nicht sehen können, aber gehört hatte sie eventuell alles.

Helen spürte, wie sie rot wurde. Eine Eigenschaft, die sie auch mit über fünfzig noch nicht hatte ablegen können.

Sie warteten am Zaun, bis das Fenster des noch nicht vergebenen Zimmers aufging und Enna geschmeidig über den Rahmen stieg. Sie trug Jogginghose und Shirt und hatte darüber einen langen Wollmantel gezogen. Als sie wenig später mit ihren glänzenden goldenen Haaren mitten im Gestrüpp stand, sah sie aus, als sei sie einer Werbung für ein Wollwaschmittel entsprungen.

»Hallo, Enna. Erinnerst du dich? Ich bin Helen. Und das ist meine Freundin Gitta, die Garten- und Landschaftsarchitektin. Sie hat euren Garten begutachtet.« Helen versuchte möglichst souverän zu klingen, was ihr mit ihrer roten Gesichtsfarbe nicht so leicht gelang.

Enna schien das nicht zu stören. Sie begrüßte die beiden, als wäre es normal, dass sie auf dem Nachbargrundstück hinter den Tannen auftauchten. »Man bekommt von der Seite abends und morgens Sonne, falls das bei der Planung wichtig sein sollte«, knüpfte sie umstandslos an Helens und Gittas Gartengespräch an, das sie zweifellos mitgehört hatte.

»Kommt man nur durch das Fenster in den Garten?«, fragte Gitta.

»Leider ja, darum pflegt und nutzt ihn auch niemand.«

Gitta sah nachdenklich aus. »War denn hier früher mal eine Tür?«, fragte sie und zeigte auf eine Stelle im Mauerwerk, die aussah, als hätte man sie neu verputzt.

»Das kann sein. Das weiß ich nicht«, gab Enna zu und besah sich die Stelle von Nahem.

Gitta schwang sich über den Zaun und untersuchte die Hauswand. »Das kann gut sein. Es ist ja auch eine echte Fehlplanung, wenn man nicht in den Garten kommt. Was ist dahinter?«

»Das freie WG-Zimmer. Es liegt länglich im Haus. Vielleicht hatte es früher eine Tür, das kann gut sein.« Enna zog den Wollmantel vorne zu. Es war noch etwas zu kühl, um in Jogginghose draußen zu stehen.

Helen war sich nicht sicher, ob sie auch noch ungefragt in den Garten klettern konnte. Aber allein hinter dem Zaun zu stehen fühlte sich auch falsch an.

»Das ist ja wunderbar, dann kannst du die Tür doch einfach wieder einbauen!«, sagte Gitta strahlend zu Helen.

Helen war das alles sehr unangenehm. Sie hatte das WG-Zimmer noch gar nicht, und schon standen Gitta und sie im Garten und planten Baumaßnahmen. Sie warf Gitta einen vielsagenden Blick zu. Die hatte aber gerade einen Lauf und stellte direkt die nächste peinliche Frage: »Wisst ihr schon, wann ihr euch entscheidet?«

Enna lächelte. »Ich denke, das schaffen wir bis morgen. Wir waren uns ziemlich einig bei der ersten Auswertung.«

Helen und Gitta wechselten einen Blick.

»Ich muss jetzt leider wieder rein und mich endlich anziehen. Ich arbeite heute später, aber jetzt muss ich los. Schön, dass ihr da wart!« Enna eilte auf das Fenster zu und schlüpfte anmutig zurück ins Haus. Sie lehnte sich noch einmal zu Helen heraus. »Hat Paul dich wegen der Katzenhaarallergie gefragt?«

Helen schüttelte den Kopf. »Hat er nicht, aber ich habe keine Katzenhaarallergie.«

»Gut!« Enna lächelte noch einmal, winkte, schloss schnell das Fenster und verschwand.

»Ulla wird also bald Bekanntschaft mit einer Katze machen«, sagte Gitta grinsend und kletterte zurück über den Zaun. Sie sah dabei nicht halb so elegant wie Enna aus.

Schweigend schlichen sie über das fremde Grundstück zurück zur Straße. Kaum hatten sie sicheren Boden erreicht, platzte es aus Helen heraus: »Was heißt das denn jetzt? Was meinst du: Kriege ich das Zimmer?« Sie legte sich vor Aufregung beide Hände an die Wangen.

»Mein Bauchgefühl sagt mir, es sieht gut aus!«, sagte Gitta und tanzte ein paar Schritte die Straße entlang.

Helen ließ sich mitreißen und tanzte hinterher. Ein Eichhörnchen sah ihnen von einem Baum aus zu und dachte sich seinen Teil.

Abschied

Helen hatte sich Umzugskartons besorgt und haderte jetzt mit sich, ob sie schon anfangen sollte zu packen. Wenn sie das Zimmer doch nicht bekam, würde sie auf gepackten Kisten sitzen. Andererseits war es unerträglich, nur zu warten. Sie hatte so gehofft, endlich etwas von Enna zu hören, aber ihr Handy war stumm geblieben.

Das war kein gutes Zeichen. Die drei hatten sich gestern bestimmt geeinigt, wer bei ihnen einziehen durfte, und die Glückliche oder den Glücklichen sofort angerufen. Mit Absagen ließ man sich immer mehr Zeit. »Jetzt warte erst mal ab«, sagte sie laut zu sich selbst.

Energisch baute sie einen der Umzugskartons zusammen. Sie brauchte drei Anläufe, bis der Boden nicht mehr herausfiel. Sie fing mit dem Schreibtisch an. Schwungvoll stellte sie ihre Aktenordner in die Kiste und legte dann kleine Pappkartons, gefüllt mit Briefen und Fotos, obendrauf. Sie hatte in den Kartons immer gesammelt, was ihr wichtig war, und sie deshalb auch nicht aussortiert. Sie warf einen Kontrollblick in eine der Schachteln und fand unter vielen Bildern und Geburtstagskarten einen Brief von Jürgen. Sie erkannte ihn sofort an der sorgfältigen, kleinen Handschrift.

Sie hatte keine Erinnerung an den Umschlag, nahm den Brief heraus und las ihn.

Es war ein lustiger, romantischer Brief, den Jürgen in den ersten Jahren ihrer Beziehung geschrieben hatte. Früher hatten sie einander oft kleine Botschaften und auch ganze Seiten geschrieben. Es war beiden so viel leichter erschienen, ihre Gefühle und Gedanken auf dem Papier auszudrücken.

Heute aber konnte Helen kaum mehr glauben, wie witzig und klug Jürgen einmal gewesen war. Der Brief quoll über vor Wortwitz, liebevollen Anspielungen und Gedankenspielen.

Zwischen den Buchstaben fand sie den Mann, in den sie sich verliebt hatte. Einen Jürgen, der jung war und verrückt nach ihr. Einen Jürgen, der das Wort Azoospermie noch nicht kannte.

Hätten sie damals etwas anders machen können? Wären sie dann heute noch zusammen?

Wann hatten sie sich voneinander entfernt?

Und welche Rolle spielte sie dabei? Was würde Jürgen denken, wenn er heute einen Brief von ihr lesen würde? Hatte sie sich auch so von der damaligen Helen wegentwickelt?

War sie inzwischen eine faltige, langweilige Alte, die viel zu oft Sätze sagte wie: »Zieh deine Schuhe aus, ich hab gerade gewischt«, oder: »Bring Toilettenpapier mit, aber das vierlagige, bitte!«

Sie schloss die Schachtel und stellte sie in den Karton. Die nächsten Umzugskisten konnte sie schon schneller aufbauen. Helen räumte zügig ein und vermied es, sich andere Sachen genauer anzusehen. Sie wollte vorankommen und nicht in der Vergangenheit verweilen.

Die Haustür wurde aufgeschlossen. Jürgen kam nie mittags nach Hause, aber das konnte nur er sein. Helen hörte es schon an der Art und Weise, wie er die Tür öffnete und hereinkam.

»Alles okay?«, fragte sie.

»Ja, sicher, warum?«

»Du kommst nie so früh nach Hause.« Es klang anklagend, sogar in ihren eigenen Ohren.

Jürgen zuckte mit den Schultern. Er sah müde aus. »Ich dachte, ich mach heute mal früher Schluss und entspanne etwas.«

Hier?, hätte Helen am liebsten gefragt. Schließlich verbrachte

Jürgen die meisten Nächte gar nicht mehr zu Hause. Aber vermutlich war das auch der Grund für seine Müdigkeit.

Er zog seine Schuhe aus und ging ins Wohnzimmer. Als Helen kurze Zeit später hinterherkam, war er schon auf dem Sofa eingenickt.

Sie betrachtete den schlafenden Mann und verstand erst nicht, was sie so wütend machte. Doch dann erkannte sie es: In seiner Erschöpfung lag eine große Befriedigung. Sie hatte das Bedürfnis, zu schreien oder etwas mit voller Wucht auf ihn zu werfen.

Ihr Telefon klingelte. Sie rannte die Treppe hoch, schloss die Schlafzimmertür hinter sich und nahm den Anruf an.

»Hallo!«, meldeten sich gleich mehrere Stimmen.

Helens Herz setzte einen Schlag aus. »Hi«, sagte sie atemlos.

»Helen?«, fragte Enna.

»Ja, ich bin's, Helen!«

»Du hast das Zimmer!«, brüllten alle im Chor.

Helen schossen Tränen in die Augen. »Echt jetzt? Ihr wollt mich alte Tante?«

»Jep«, bestätigte eine Männerstimme. »Du wirst unsere WG-Omi, das wird lustig! Kannst du stricken?«

»Nein, aber wenn es sein muss, lerne ich das!«

Gelächter am anderen Ende. »Wir haben alle für dich gestimmt«, sagte Enna. »Na ja, fast alle«, warf Masha ein. »Paul wollte anfangs so eine vollbusige Dumpfbacke …«

Helen war erstaunt, wie ausgelassen und entspannt Masha klang, wenn sie mit Enna und Paul zusammen war.

»Es ist ganz normal in meinem Alter, auf sexuelle Reize stärker zu reagieren als auf intellektuelle. Gegen Dopamin sind wir alle machtlos, der Hypothalamus –«

»Wir freuen uns auf dich, Helen!«, unterbrach ihn Enna.

»Ich freue mich auch. Ich kann euch gar nicht sagen, wie

sehr!« Helen umarmte ihr Kopfkissen, weil sie jetzt einfach jemanden – oder wenigstens etwas – drücken musste.

»Wenn du möchtest, kannst du morgen schon einziehen. Du musst erst ab dem Ersten zahlen, aber das Zimmer steht leer, wie du weißt.«

»Ich … bin gerade etwas überfordert, aber ich guck mal, wie schnell ich den Umzug organisieren kann. Ich rufe an, wenn ich es weiß, okay?«

»Mach das.«

»Frag, ob sie ein Waffeleisen mitbringen kann«, verlangte Paul aus dem Hintergrund.

»Ein Saugroboter wäre mir lieber«, sagte Enna zu ihm. »Helen, du meldest dich, ja?«

Helen versprach es und legte auf. Mit ausgebreiteten Armen ließ sie sich rückwärts auf ihr Bett fallen. Das Kopfkissen landete auf ihrem Bauch. Sie warf es in die Höhe und rollte sich vor Freude einmal quer über das Bett.

Jetzt war sie die WG-Omi, die ein Waffeleisen mitbringen sollte. Nun, warum nicht?

Und sie konnte sofort einziehen. Kurz stellte Helen sich vor, wie sie heimlich und schnell alles am schlafenden Jürgen vorbei aus dem Haus schleppte. Wenn er aufwachte, wären sie und ihre Sachen einfach verschwunden.

Blöderweise würde sich Jürgen so einen Abgang vermutlich wünschen.

Sie machte es ihm viel zu leicht, wenn sie tatsächlich Ende des Monats hier raus war, ganz so, wie der Herr es sich gewünscht hatte.

Auch die meisten Möbel würde sie hierlassen müssen. Aber musste sie das, nur weil sie nicht in ihr Zimmer passten?

Ihr Telefon klingelte. Enna war noch mal dran, diesmal ohne die beiden anderen im Hintergrund. Sie kam sofort zur Sache:

»Helen, falls du einen Transporter und ein paar starke Jungs brauchst, mein Cousin Max macht das nebenverdienstmäßig für kleines Geld. Er hat mich gerade wegen einer anderen Sache angerufen und erwähnt, dass ihm am Sonntag jemand abgesprungen ist. Wenn du magst, kann er dich also am Sonntag umziehen.«

Helen jubelte innerlich. »Enna, das wäre ja fantastisch! Und ich habe eine Frage: Weißt du zufällig, wo man im Internet am besten einen Flohmarkt inseriert?«

»Inseriert?« Enna klang, als wäre ihr das Wort nicht so vertraut. »Du meinst, du willst einen Flohmarkt ankündigen?«

»Genau das will ich. Ich habe so viel Sachen, die ich nicht mitnehmen kann, das würde sich sicher lohnen.«

»Ja, dann poste das doch auf Instagram oder irgendwo sonst in den sozialen Medien.«

Helen zögerte. Natürlich hatte sie von Instagram, Facebook und Co. gehört, aber sie nutzte das alles nicht, und sie wollte sich nicht als rückständig outen, indem sie fragte, wie genau das ging.

Als Helen nicht antwortete, fragte Enna: »Soll ich das für dich machen? Mein Account hat eine ganz gute Reichweite.«

Helen wusste vor lauter Dankbarkeit nicht, was sie sagen sollte, also bedankte sie sich etwa vier Mal hintereinander. Enna lachte, sie besprachen Ort und Zeit, und als Helen schließlich auflegte, war ihr schwindelig.

Sie würde ein neues Leben anfangen. Und sie würde Jürgen nicht alles kampflos überlassen!

Jürgen war gegen Abend gegangen, wundervoll ausgeschlafen, um eine weitere Nacht mit seiner Liebsten zu verbringen.

Helen hatte Gitta angerufen, sobald er aus dem Haus war.

Keine zwanzig Minuten später stand sie vor der Tür. Sie hatte Ulla mitgebracht und einen Hefezopf.

Während Helen das weiche weiße Fell streichelte, bestrich

Gitta einige Scheiben des Hefezopfs dick mit Butter und Marmelade. »Stärkung. Wer abends packt, muss vorher essen.«

Helen seufzte. »Du kannst es dir leisten, Gitta, du bewegst dich im Job den ganzen Tag. Ich werde schon moppelig, wenn ich dir nur beim Essen zugucke!« Sie biss trotzdem in die Scheibe, die Gitta ihr unbeeindruckt reichte.

Es schmeckte herrlich. Man konnte wirklich neidisch auf Gitta und ihre vielen Talente sein. Helen konnte auch kochen und backen, aber bei Gitta schmeckte alles noch einen Tick besser. Sie hatte ständig kleine Tricks: Hier etwas Zimt, da etwas Schalotte in Zucker karamellisiert, und schon schmeckten ein Hefezopf oder ein Burger einfach nur himmlisch.

»Der Plan ist jetzt welcher?«, fragte Gitta, als sie gegessen hatten.

»Der Plan ist, alles einzupacken, was ich in die WG mitnehme, und dann alles zu kennzeichnen, was ich auf dem Flohmarkt verkaufe.«

Gitta schaute sich sorgenvoll um. »Das würde die ganze Nacht dauern. Ganz ehrlich: Deine Aktion ist sowieso schon so schräg, ich würde gar nichts kennzeichnen und spontan entscheiden, was du verkaufst. Guck doch mal, wer was haben will.«

Helen nickte, Gitta hatte recht. »Es kommt mir nur so verrückt vor, eine Horde fremder Leute in unser Haus zu lassen, die dann die Bude ausräumt.«

»Das ist es auch!« Gitta sah sie durchdringend an. Dann grinste sie. »Aber es ist auch eine geniale Idee. Warum soll Jürgen alles behalten? Und von dem eingenommenen Geld kannst du zu IKEA fahren und dich mit neuen Sachen eindecken. Das Ehebett willst du dir ja wohl kaum ins Zimmer stellen, oder?«

Helen machte ein zustimmendes Geräusch. Sie baute einen Karton auf und reichte ihn Gitta. »Los jetzt!«, forderte sie die Freundin auf, zu packen statt zu reden.

Seite an Seite füllten sie Kartons. Als drei voll waren, reichte Gitta ihr eine weitere Scheibe Hefezopf. »Mehr kannst du eigentlich nicht mitnehmen. Die haben in der WG ja sicher auch Geschirr und so etwas.«

»Wer weiß«, nuschelte Helen mit vollem Mund. »Ich zieh da nicht ein ohne meine guten Töpfe und Messer und Schneidebretter und all das. Ach, ich soll ja ein Waffeleisen mitbringen!« Sie schob sich noch den Rest der Hefezopfscheibe in den Mund und kroch dann in einen Unterschrank. Ächzend kam sie mit dem Waffeleisen in der Hand wieder raus.

Sie füllten vier weitere Kartons, bis Helen einsah, dass sie jetzt wirklich nichts mehr mitnehmen konnte.

Erschöpft ließ Helen sich auf einen Stuhl sinken. Gitta machte die Packerei viel weniger aus als ihr. Man merkte, dass sie sich bei ihrer Arbeit viel bewegte. Helen nahm sich vor, in ihrem neuen Leben mehr Sport zu machen.

»So, jetzt müssen wir nur noch die Möbel kennzeichnen, die du mitnehmen willst, damit die dir am Samstag keiner wegkauft. Der ganze Rest kann dann weg!« Euphorisch zeigte Gitta auf das Wohn- und Esszimmer. Dann stockte sie und sah Helen an. »Wie stellst du eigentlich sicher, dass Jürgen am Samstag nicht da ist?«

»Er verbringt die Wochenenden jetzt immer bei ihr.« Helen betonte das letzte Wort. »Ich werde ihm sagen, dass ich am Sonntag ausziehe und das Wochenende für mich brauche.«

Gitta nickte und strich über einen pinkfarbenen Post-it-Zettel, den Helen an einem Regal, das sie mitnehmen wollte, befestigt hatte. Ulla hatte sich inzwischen einen von Jürgens Schuhen vorgenommen. Sie bemerkten es erst, als sie schon ein Loch in die Spitze geknabbert hatte.

»Was soll's«, sagte Gitta leichthin, »er wird noch mehr als diesen Schuh verlieren.«

Helen hatte eigentlich nur ein paar ausgewählte Möbel verkaufen wollen. Möbel, die Jürgen nicht mehr brauchen würde, wie ihren Büroschrank, der hierblieb. Aber als die vielen Menschen ins Haus strömten, nach Preisen fragten, bezahlten und anfingen, die neu erworbenen Sachen herauszutragen, verselbstständigte sich das Ganze schnell. Gitta und noch zwei andere Freundinnen von ihr waren da, um zu helfen, und bei dem Ansturm an Käufern war es irgendwann gar nicht mehr machbar, dass Helen zu jedem Verkauf ihr Okay gab.

Jürgen blieben am Ende der Couchtisch ohne Couch, der alte Fernseher ohne Untertisch, der Esstisch ohne Stühle und die große Schrankwand, die keiner mitnehmen wollte.

In den Küchenschränken befanden sich noch zwei Tassen, eine sehr hässliche Salatschüssel und Jürgens alte Filterkaffeemaschine. Im Schlafzimmer waren ihm immerhin das komplette Ehebett und sein Teil des begehbaren Kleiderschranks geblieben. Dort, wo Helens Hälfte gestanden hatte, klaffte jetzt eine Lücke. Nur die Staubmäuse auf dem Boden erinnerten daran, dass hier einmal ein Regalsystem gestanden hatte.

Kim, Gitta und Helen hatten verkauft wie verrückt und damit genug eingenommen, um das neue WG-Zimmer einzurichten und Helen wenigstens eine Zeit lang die Miete zu finanzieren.

Sonntagfrüh kamen die Jungs mit dem Transporter. Es dauerte keine Stunde, bis sie Helens Sachen verstaut hatten.

Sie ließ sie vorfahren und nahm sich einen Augenblick, um sich von dem Haus und dem Garten zu verabschieden. Sie verzichtete darauf, ein letztes Mal durch alle Räume zu gehen. Sie hatte in den letzten Tagen oft versucht, sich den endgültigen Abschied vorzustellen. Jetzt also war es so weit. Alles sah immer noch vertraut aus, nur leerer. Platz für Neues.

Platz für die Neue.

Helen zwang sich, nicht an Steffie zu denken, die demnächst, vielleicht schon morgen, hier wohnen würde.

So viele Jahre, die nun einfach vorbei waren. Sie ging ein paar Schritte in den Garten, betrachtete die Rosen. Sie winkten ihr zu. Helen hockte sich hin und berührte mit beiden Handflächen das Gras. Leise dankte sie dem Garten für die schöne Zeit. Sie hätte Samen sammeln sollen für den neuen, auch wenn es zu dem bisher nicht einmal eine Tür gab.

Helen erinnerte sich noch genau daran, wie Irma ihr alles gezeigt hatte. Die Rosen waren noch von ihrer Hand gepflanzt worden. Jetzt war ihr Schicksal ungewiss. Helen unterdrückte die Tränen und ging hoch erhobenen Hauptes zurück in die Küche und von dort aus dem Haus. Es wurde Zeit zu gehen. Den Haustürschlüssel warf sie in den Briefkasten.

Der Weg nach Warnemünde zum Haus Nummer 13 kam ihr ewig vor. Als sie ankam, stellte sie fest, dass es keinen Parkplatz für ihr Auto gab. Alle Parkplätze waren nur für Anwohner. Niemand in der WG besaß ein Auto, und Helen hatte sich bisher nie um einen Anwohnerparkausweis kümmern müssen.

Helen fuhr immer größere Schleifen und parkte schließlich so weit weg, dass sie lange zum Haus zurücklaufen musste.

»Du kannst einen Anwohnerparkausweis beantragen, oder du verkaufst das Auto einfach«, schlug Paul vor, als sie von ihrer Wanderung berichtete. Die Transporterjungs hatten schon alles in ihr Zimmer gestellt und mussten weiter, sie hatten spontan einen neuen Auftrag bekommen.

Helen bezahlte sie schnell und zeigte Enna danach ihre sieben Küchenkartons die von ihren neuen Mitbewohnern sofort ausgepackt wurden. Paul, Enna und Masha sortierten fröhlich in »Brauchen wir« und »Brauchen wir nicht«. Das ging so schnell, dass Helen gar nicht dazu kam zu intervenieren.

Die brauchbaren Sachen wurden in die Schränke sortiert, die für die WG unbrauchbaren kamen kurzerhand zurück in die Kartons. Helen war es ein wenig peinlich, als Paul ihren alten Eierkocher hochhielt, ihn drehte und wendete und dann fragte: »Was um Himmels willen ist das?«

»Ein Eierkocher«, erklärte sie kleinlaut.

»Wozu? Hattet ihr früher keine Töpfe?« Kopfschüttelnd legte er ihn in den Brauchen-wir-nicht-Karton.

Das Wort »früher« tauchte auch bei einigen anderen Utensilien auf, und nach kürzester Zeit fühlte sich Helen uralt. Die junge Generation kam offenbar mit sehr viel weniger Küchenutensilien aus als sie.

»Willst du das in deinem Zimmer lagern, oder kann das weg?«, fragte Enna, als alles sortiert war.

Helen seufzte. »Das kann wohl weg.« Es gab so viel Veränderung in ihrem Leben, da kam es auf die Küchensachen nun auch nicht mehr an.

Masha bemerkte, dass all das Helen ziemlich mitnahm. »Wir sollten erst mal anstoßen«, schlug sie vor.

»Bier ist alle«, sagte Paul bedauernd.

»Dann nehmen wir eben Orangensaft.« Enna holte eine Saftpackung aus dem Kühlschrank. Masha nahm die Gläser von Helen, die es in den Schrank geschafft hatten.

Enna schenkte ein, Paul verteilte die Gläser. Als jeder eins hatte, sagte er feierlich: »Es gibt keinen Zufall. Jeder Weg ist vorherbestimmt. Alles passiert, wann es passieren muss. Zur richtigen Zeit, am richtigen Ort. Als wäre der Teppich der Welt ein Geflecht von unendlichen Fäden. Jeder an seinem Platz. Aber die wenigsten von uns wissen, wohin ihre Reise geht.«

Helen nickte anerkennend. Das war gut.

»Welcher Film?«, fragte Masha.

»Aus einer Serie, *Dark*.« Enna und Masha nickten und erinnerten sich. Helen notierte »Dark« auf ihrer inneren Liste der Dinge, die sie googeln musste.

»Auf eine wunderbare Zeit mit uns! Willkommen in Haus dreizehn«, fügte Enna herzlich hinzu. Alle stießen an und tranken. Helen war ein wenig schlecht von den ganzen Ereignissen.

Eine Katze schlich in den Raum.

»Das ist Mrs Norris. Mrs Norris, das ist unsere neue Mitbewohnerin Helen«, stellte Masha vor.

Der Name passte gut zu der Katze. Helen kniete sich hin und versuchte, sie zu streicheln, aber Mrs Norris wich aus und sprang stattdessen auf Pauls Schoß. Genau wie die Katze von Hausmeister Filch in Hogwarts aus *Harry Potter* war sie nicht unbedingt eine Schönheit.

»Sie liebt leider nur Paul«, sagte Enna bedauernd. »Da kann man nichts machen.«

Paul grinste zustimmend und streichelte sie.

»Ist sie deine Katze?«

Er schüttelte den Kopf. »Mrs Norris lebte hier schon, bevor wir alle eingezogen sind. Sie gehört der alten Dame, der das Haus gehört. Als sie ins Altersheim kam, konnte sie das Fell nicht mitnehmen, also haben wir gesagt, sie darf gerne bei uns bleiben.«

»Wir kaufen alle reihum Futter für sie, auch wenn sie uns meistens ignoriert«, ergänzte Enna.

»Ich muss los, kochen wir heute Abend?« Masha stellte ihr Glas in die Spülmaschine. Helen war froh zu sehen, dass es eine gab.

Während die anderen die Abendplanung besprachen, zog Helen sich leise in ihr Zimmer zurück und schaute auf all die Kartons und Möbel, die kreuz und quer herumstanden. Ihr war zum Heulen zumute, aber dafür war jetzt keine Zeit.

Kannst heute Abend im Bett heulen, jetzt werden erst mal Möbel gerückt und ausgepackt.

Kurz entschlossen fing Helen an, ihr Zimmer um- und einzuräumen. Sie stellte erst mal alles dahin, wo es gut aussah, und begann dann, ohne lange darüber nachzudenken, auszuräumen. Sie hätte wahrscheinlich wirklich angefangen zu weinen, hätte sie länger darüber nachgedacht, dass sie jetzt nicht mehr in ihrem Haus wohnte, sondern in einem kleinen Zimmer in einer WG mit einer schlecht gelaunten Katze.

Neuanfang

Den ersten WG-Abend verbrachte Helen nicht mit Masha, Paul und Enna in der Küche, sondern in ihrem Zimmer – mit einem fassungslosen Jürgen am Telefon, der sich maßlos über die leer geräumte Wohnung aufregte. Helen bereute, überhaupt ans Telefon gegangen zu sein. Sie diskutierte und stritt stundenlang mit ihm, bis er ganz plötzlich auflegen wollte, vermutlich weil seine Steffie vor der Tür stand.

Erleichtert legte sie das heiße Handy aus der Hand und streckte sich auf ihrer alten Matratze aus. Die würde auf den Sperrmüll fliegen, sobald sie ein neues Bett hatte.

Sie fühlte sich, als hätte sie einen seltsamen Urlaub in einer Jugendherberge gebucht. Ihre Sachen sahen seltsam fremd aus in diesem Zimmer.

Das liegt sicher nur am fehlenden Bett. Gleich morgen fahre ich los und kaufe eins. Wo ein Bett ist, ist auch ein Zuhause.

Ihr Telefon klingelte. Wieder Jürgen? Nein!

»Gitta! Wie schön, dass du anrufst!«

»Entschuldige, es ist etwas spät geworden. Jürgen hat hier angerufen …«

»Nicht wirklich! Was wollte er?«

»Er wollte wissen, ob es meine bescheuerte Idee war, dass du ihm die Bude praktisch leer hinterlässt.« Gitta klang belustigt.

Helen seufzte. »Und was hast du gesagt?«

»Ich habe ihm gesagt, dass man ein Wohnzimmer mit Couchtisch und einem Esstisch und einem Fernseher ja nicht gerade als leer bezeichnen könnte. Daraufhin hat er rumgeschrien. Er würde einen Anwalt einschalten, das sei Diebstahl.«

Helen verdrehte die Augen. »Ja, genau das musste ich mir auch anhören. Ich habe ihn dann daran erinnert, dass die Anwältin, die er immer zurate zieht, vor einem Jahr von ihrem Mann verlassen wurde, wegen einer anderen.«

Gitta lachte. »Und was hat er dazu gesagt?«

»Anwälte gebe es wie Sand am Meer. Er wollte meine Adresse, um seine Möbel wieder abholen zu kommen.«

Gitta machte ein vergnügtes Geräusch. »Tja, das wird schwer. Er hat natürlich versucht, deine Adresse von mir zu bekommen. Als ich ihm gesagt habe, dass wir alles verkauft haben, war er sprachlos. Das war ganz angenehm, da konnte ich ihm noch ein schönes Leben wünschen und auflegen.«

Helen war plötzlich ganz furchtbar froh, eine Freundin wie Gitta an ihrer Seite zu haben. »Ich denke, der beruhigt sich wieder. Mit dem Anwalt droht er immer gerne, auch wenn jemand ihm eine Parklücke wegnimmt«, redete sie sich selbst Mut zu. Der Streit mit Jürgen war an ihr nicht so spurlos vorbeigegangen wie an Gitta.

»Bist du gut angekommen? Sind sie alle nett zu dir?«, fragte Gitta nach.

»Ja, alles okay«, bestätigte Helen.

»Und wie fühlst du dich jetzt?«

»Fertig, einsam, traurig, aufgekratzt, neu«, versuchte Helen, das Gefühlschaos in sich zusammenzufassen. »Gehst du morgen mit mir ein Bett kaufen?«

»Fünfzehn Uhr könnte ich schaffen, vorher geht es nicht.«

»Das passt.«

»Schlaf schön. Und vergiss nicht: Der erste Traum im neuen Zuhause wird wahr!«

Helen träumte in dieser Nacht überhaupt nichts.

Vielleicht bekam sie mit dem neuen Bett eine neue Chance.

Gitta und sie hatten gerade die IKEA-Kartons ins Zimmer geschleppt, als Paul auf einmal in der geöffneten Zimmertür stand. Er hielt eine Salatgurke in der Hand, von der er winzige Stücke abbiss, die er wie ein Hamster kaute. »Kann man euch helfen?«

»Ist das ein Angebot?«, fragte Gitta und stand auf. »Hi, ich bin Helens Freundin Gitta.«

»Hi, ich bin Paul, und das ist meine Gurke.«

Gitta und Helen sahen sich an.

Paul schlug sich die Gurke an die Stirn. »Das klang jetzt schräg. Die Damen, ich eile zu Hilfe.« Er zog ein Taschenmesser aus der Hosentasche und schlitzte damit geschickt die Kartons auf.

Während Paul die Einzelteile von Helens Bett ordnete, kam Masha ins Zimmer und kurz darauf auch Mrs Norris. Die Katze sah sich kurz um und flüchtete dann schnell zurück in die Küche. Nur Helen bemerkte die beiden, denn auch Masha blieb nur kurz in der geöffneten Tür stehen und verschwand dann ebenso lautlos wie die Katze. Kurze Zeit später kehrte sie mit einem Krug Wasser und Gläsern zurück.

Gitta und Paul arbeiteten schnell Hand in Hand, während Helen das Gefühl bekam, nur im Weg zu stehen. Sie trank das Wasser, das Masha ihr reichte, und machte eine hilflose Geste.

»Ich komme mir überflüssig vor«, raunte sie Masha zu, die genauso tatenlos im Raum stand wie sie.

»Ich hab da eine Idee.« Masha bedeutete ihr mitzukommen. In der Küche blieb sie stehen. »Die zwei schaffen das am besten ohne uns. Aber wenn sie fertig sind oder eine Pause machen, dann brauchen sie …« Sie sah Helen erwartungsvoll an.

Helen wusste erst nicht, worauf sie hinauswollte, dann huschte ein Lächeln über ihr Gesicht. Sie kramte ihr Waffeleisen aus dem Schrank. »Wir brauchen sechs Eier, zweihundertfünfzig Gramm Butter, fünfhundert Gramm Mehl …«

Masha sah sie erstaunt an. »Woher weißt du das?«

Helen verstand die Frage nicht. »Das ist das Rezept für Waffelteig. Also … ich verdopple es gerade.«

»Das kannst du auswendig? Ohne Google?«

Helen nickte und war ein kleines bisschen stolz auf sich. *Omas wie ich können so was.*

Der WG-Kühlschrank gab leider nur zwei Eier her, und das Mehl reichte höchstens, um sich damit die Hände zu pudern. Masha fand, das sei eine gute Gelegenheit, Helen den Supermarkt um die Ecke zu zeigen, und zog sie mit sich aus dem Haus.

Als sie wiederkamen, hatten Gitta und Paul schon den unteren Teil des Bettes zusammengesetzt und hörten eine seltsame Musik, die aus einer kleinen Box kam, die aussah wie ein Rugby-Ei in Tarnfarben.

Helen holte ihre Küchenmaschine aus dem Schrank. Es war das erste Mal, dass sie etwas in der neuen Küche zubereitete. Doch sie fand schnell eine passende Steckdose, und es fühlte sich gar nicht an wie das erste Mal, sondern seltsam normal. Masha half ihr eifrig wie ein kleines Mädchen, den Teig zu rühren.

»Die erste Waffel misslingt meistens«, sagte Helen, als sie die erste Kelle Teig in das heiße Eisen füllte.

»Warum?«

Helen zuckte mit den Schultern. »Vielleicht weil das Waffeleisen noch nicht die richtige Temperatur hat oder weil man am Anfang nicht gleich die richtige Menge Teig einfüllt.«

»Aller Anfang ist schwer«, sagte Masha.

»Und jedem Anfang wohnt ein Zauber inne«, zitierten beide gleichzeitig.

»Kannst du kochen und backen?«, fragte Helen, während sie das Waffeleisen vorsichtig schloss. Masha hatte beim Teigmischen nicht besonders routiniert gewirkt.

Sie schüttelte den Kopf. »Also, ich kann natürlich so ein paar Basics, aber …«

»Hast du früher nicht gern mit deiner Mutter in der Küche gestanden?« Helen hatte diese Kindheitserinnerungen an gemeinsame Stunden mit ihrer Mutter und hätte diesen Teil auch gern an eine Tochter oder einen Sohn weitergegeben.

Masha schüttelte den Kopf. Ihr Gesicht wurde abweisend. »Meine Mutter hätte mich nie einen Teig mischen lassen. Dazu war ich ihr viel zu doof und ungeschickt.« Es lag so viel Verachtung in ihren Worten, die wohl das Denken ihrer Mutter widerspiegelte, dass sich die Härchen an Helens Armen aufstellten.

Sie klappte das Waffeleisen auf und reichte Masha eine Gabel. Masha pikste die Waffel vorsichtig auf und bugsierte sie auf einen bereitstehenden Teller. »Manchmal haben Mütter keine Ahnung«, sagte sie, weil sie Mashas Satz nicht unkommentiert lassen wollte.

»Hast du Kinder?« Gleichzeitig fragte Masha mit einem Blick, ob sie als Nächstes das Waffeleisen mit Teig füllen durfte. Helen fand das rührend, trat einen Schritt zur Seite und überließ ihr das Feld.

»Nein. Mein Mann war unfruchtbar. Wir konnten keine kriegen.«

»Das tut mir leid.«

Helen nickte. Nie konnte sie auf diese Reaktion erwidern »Ist nicht so schlimm«, dabei war es das, was sie dachte.

»Ist das genug Teig?«, fragte Masha und zeigte auf das kleine bisschen, das sie in das Waffeleisen gefüllt hatte.

»Nimm etwas mehr«, ermutigte Helen sie.

»Du findest es nicht schlimm, keine Kinder zu haben, stimmt's?«, sagte Masha leise.

Erstaunt sah Helen sie an.

»Ich will auch lieber keine«, flüsterte sie. »Ich verstehe das.«

Helen musste schlucken. Sie tat so, als müsste sie etwas am Waffeleisen prüfen, und legte dabei ihre Hand auf Mashas.

»Hab ich es doch richtig gerochen!« Paul trat in die Küche und strahlte sie an.

»Du kannst gleich die hier haben, wenn sie fertig ist!« Masha stand stolz am Waffeleisen.

»Ich kann doch auch schon die hier essen, oder?« Noch während er fragte, stopfte Paul sich schon die erste Waffel in den Mund.

»Die erste misslingt immer«, sagte Masha wie ein Profi.

»Quatsch, die war super.«

Helen öffnete ein Päckchen Puderzucker. »So, und jetzt fehlt mir mein Puderzuckerstreuer!«, klagte sie.

Paul zeigte auf die Brauchen-wir-nicht-mehr-Kisten im Flur. Helen suchte und fand ihn direkt in der ersten Kiste. Wenig später reichte sie ihm eine wundervolle Waffel, mit einer dicken, gleichmäßigen Schicht Puderzucker.

»Dieses Streudings behalten wir!«, sagte er glücklich. »Kann ich noch eine?« Er sah bittend Masha an, die schon Nachschub produzierte.

»Erst bekommt ... Entschuldigung ... Wie heißen Sie?«, fragte sie an Gitta gewandt, die nun ebenfalls in die Küche gekommen war.

»Du kannst du sagen. Ich bin Gitta.«

Alle bekamen reihum Waffeln, und Masha ließ sich bis zum Schluss nicht am Waffeleisen ablösen. Enna kam aus ihrem Zimmer runter, auch sie hatte der verlockende Duft in die Küche gelockt. Gitta stellte sich ein drittes Mal vor, dann kochte sie schnell Kaffee für alle.

Sie holte Helens Tassen aus dem Schrank und musste bei dem Gedanken kichern, dass Jürgen nur noch zwei Tassen in der ansonsten komplett leeren Küche stehen hatte. Und natürlich die hässliche Salatschüssel.

Als sie den andern die Geschichte erzählte, meinte Paul: »'ne hässliche Salatschüssel hätten wir auch noch brauchen können.«

»Na, dann hol ich die noch schnell!«, sagte Helen. Alle lachten.

»War Jürgen ein Arsch? Ich meine, schon vorher, bevor er die Affäre hatte?«, fragte Enna erschreckend direkt.

Masha warf ihr einen tadelnden Blick zu. Helen seufzte. »Das habe ich mich in den letzten Wochen auch oft gefragt. Er war sehr egozentrisch, das ja. Aber ein Arsch … Ich denke nicht.«

»Jemand, der egozentrisch ist, ist ein Arsch.« Paul sah das pragmatisch. Gitta grinste und hielt ihm die Hand für ein High five hin. Er schlug nicht ein, sondern hielt ihr die Faust hin. Gitta machte auch eine Faust, und er buffte leicht mit seiner gegen ihre. »So macht man das.«

»Wer will die letzte Waffel?«, fragte Masha.

»Du!«, riefen Paul und Enna im Chor. »Wir passen ein bisschen auf unser Blümchen hier auf. Manchmal isst sie nicht genug«, erklärte Enna.

Helen schaute unwillkürlich auf Mashas Figur. Sie war tatsächlich etwas dünn.

Masha zog eine Grimasse und setzte sich mit der letzten Waffel an den Tisch zu den anderen.

Gitta sprang plötzlich auf. »Kinder, ich habe ja ganz vergessen, dass ich Glühwein dabeihabe!« Sie kramte eine riesige Thermoskanne aus ihrer Tasche.

»Wein! Jawoll!« Paul klatschte in die Hände.

»Lasst uns *Ich hab noch nie* spielen!« Enna sah mit strahlenden Augen in die Runde.

Masha nickte begeistert und holte kleine Schnapsgläser aus dem Schrank.

»Och nö!«, jammerte Paul. Gitta und Helen sahen sich ratlos an.

»Kennt ihr nicht *Ich hab noch nie*?« Enna konnte es nicht glauben. »Das geht ganz einfach. Einer denkt sich eine Behauptung aus, zum Beispiel: Ich hab noch nie Elch gegessen. Alle, die doch schon mal Elch gegessen haben, müssen dann trinken.«

Helen und Gitta nickten, obwohl sie den Sinn des Spiels nicht erkennen konnten.

Paul schenkte schon mal die kleinen Schnapsgläser mit Glühwein voll.

»Ich fange an!«, entschied Enna. »Ich habe noch nie eine Frau geküsst!« Sie sah Paul, der neben ihr saß, erwartungsvoll an. Der grinste und exte das erste Schnapsglas. Neben ihm saß Masha, sie schüttelte den Kopf, dann war Helen an der Reihe, auch sie schüttelte den Kopf. Gitta griff zum Schnapsglas und trank.

»Echt jetzt?«, fragte Helen erstaunt.

Gitta grinste.

»Wen?«, wollte Helen wissen.

»Das bleibt mein Geheimnis. Ist aber schon ewig her.«

»Und wir kriegen keine Details?«, fragte Paul.

»Nee, los, du bist dran!«, forderte Enna ihn auf. Paul dachte nach. »Ich habe noch nie versucht, das Passwort eines anderen zu knacken!« Er nahm sich ein Schnapsglas und trank.

»Der Fragesteller trinkt auch?«, fragte Gitta.

Ihre Frage blieb unbeantwortet, weil Masha, Enna und Helen alle gleichzeitig tranken.

»Du? Bei wem?«, wollte Gitta von Helen wissen.

Enna kicherte. »Die beiden lernen sich ganz neu kennen!«

»Bei Jürgen. Als er mit seiner Affäre rausrückte, habe ich versucht, sein Handy zu knacken. Ich wollte sehen, was er dieser Steffie so schreibt.«

»Hast du es geschafft?«, fragte Paul gespannt und schenkte für die nächste Runde nach.

Helen schüttelte den Kopf.

»Oft sind es Namen von Haustieren, und ganz Doofe nehmen ihr Geburtsdatum«, sagte Paul.

»Ich habe in meinem Leben noch nie Erfolg gehabt«, sagte Masha fröhlich.

Paul trank, Enna trank, Gitta trank. Gitta sah Helen auffordernd an. Sie seufzte und trank dann auch.

»Was ist mit dir?«, fragte Helen Masha.

Masha schüttelte den Kopf. »So richtig erfolgreich war ich noch nie.« Sie klang unbeschwert, als sei das eben eine Tatsache, die man nicht ändern konnte.

»Definiere ›Erfolg‹«, forderte Paul.

»Wenn du etwas Außergewöhnliches leistest, was den wenigsten gelingt.«

»Das ist eine viel zu enge Definition.« Er zückte sein Handy, googelte kurz und las dann vor. »›Um einen Erfolg handelt es sich, wenn Personen die gesetzten Ziele erreichen.‹« Er machte eine Handbewegung, um das Gesagte zu unterstreichen.

»Dann ist ja alles ein Erfolg. Morgens aufstehen – Ziel erreicht!«, mischte sich Gitta ein.

»Bleiben wir mal bei deiner Definition«, lenkte Paul das Gespräch zurück zu Masha. »Du meinst, du hast noch nie etwas Außergewöhnliches geleistet? Nichts, was nur den wenigsten gelingt?«

Masha schüttelte sanft den Kopf.

»Allein bei deiner Zeugung hast du dich gegen etwa hundertfünfzig Millionen anderer Spermien durchgesetzt. Du hast es in die Eizelle geschafft! Wusstest du, dass es neunzig Prozent der Spermien gar nicht bis in die Gebärmutter schaffen?«

»Er redet sehr gern über Spermien«, raunte Enna Helen zu. »Sie sind sein Hobby.« Sie verdrehte die Augen.

»Ich weiß noch etwas Besseres«, sagte Helen und reichte Masha ein Schnapsglas. »Du hast es in diese WG geschafft!«

Alle schauten Masha an. Sie nahm das Glas, lächelte und exte es.

Alle johlten.

Als Helen später im Bett lag, fühlte sich ihr Zimmer tatsächlich mehr nach einem Zuhause an als letzte Nacht. Das lag allerdings weniger an ihrem neuen Bett, sondern viel mehr an dem Tag, den sie heute mit ihren Mitbewohnern verbracht hatte. Die drei hatten einfach etwas Herzerfrischendes.

Diese Nacht würde sie sicherlich etwas Wundervolles träumen.

Schlaflos

Mitten in der Nacht wurde Helen von einem Krampf in ihrem linken Fuß geweckt. Sie machte sich die Nachtschiene ab, die der Arzt ihr für ihren schmerzhaft verformten großen Zeh verschrieben hatte, einen Hallux valgus. Helen sollte sie tragen, um den Zeh zu entlasten und ihn daran zu hindern, sich noch weiter zu verbiegen. Ab und zu verursachte das blöde Schienending eine schmerzhafte Unterbrechung der Nacht. Ohne Schiene tat ihr der gebogene Zeh aber tagsüber oft weh.

Na, klasse!

Helen wälzte sich im Bett von der einen Seite auf die andere. Jetzt war sie wach, und es dauerte nicht lange, bis ihre Sorgen sie fanden. Sie musste dringend Geld verdienen. Sie musste die Zahl ihrer Aufträge verdoppeln oder – besser noch – verdreifachen. Von dem Geld, das sie durch den Hausflohmarkt eingenommen hatte, würde sie nicht lange leben können. Das Bett hatte schon einen guten Teil davon gefressen. Sie hatte sich ein Boxspringbett gegönnt. Schon als Teenager hatte sie solche Betten in amerikanischen Filmen gesehen und bewundert. Leider war das auch bei IKEA nicht gerade günstig.

Sie setzte sich auf und massierte ihren Fuß. Niemand hier in der WG hatte einen Hallux valgus oder nächtliche Schlafprobleme, die Frauen jenseits der fünfzig gerne ereilten. Auf einmal kam sie sich furchtbar alt vor.

Jetzt ist aber mal gut mit dem Selbstmitleid! Los, steht auf und mach dir einen Tee!

Sie ging, so leise sie konnte, in die Küche. Die Gestalt, die am Esszimmertisch saß, bemerkte sie trotzdem.

»Enna? Was machst du hier?« Helen musterte ihre Mitbewohnerin überrascht.

Enna sah aus, als ob sie geweint hatte, setzte jetzt aber ein Lächeln auf. »Club der Schlaflosen«, scherzte sie. Sie sah umwerfend schön aus in ihrem Nachthemd, unter dem sich zwei absolut perfekte Brüste abzeichneten. So perfekt sahen Helens Brüste nicht einmal in einem Push-up-BH aus.

Helen zwang sich, nicht auf Ennas Busen zu starren, und schaute stattdessen in ihr junges, schönes Gesicht.

»Was treibt dich nachts in die Küche?«, fragte Enna.

Ich bin alt und schlaflos und von einem Krampf wegen meiner Hallux-valgus-Schiene aufgewacht.

»Ich habe schlecht geträumt«, log sie und suchte in der Teeschublade nach einem Beruhigungstee.

Sie fand die Packung und machte Enna gleich auch eine Tasse. Schweigend saßen sie sich gegenüber. Helen kannte sie noch viel zu wenig, um nachzufragen, warum sie geweint hatte. »Studierst du noch?«, fragte sie schließlich.

Enna schüttelte den Kopf. »Ich arbeite bei Schaio. Kennst du den Laden in der Innenstadt?«

Helen nickte begeistert. »Die haben doch die schönen Pflanzen, und jedes Mal, wenn man reingeht, glaubt man, man müsste unbedingt neue Teller und Tassen kaufen.«

Enna lächelte. »Genau der. Ich bin da so eine Art Social-Media-Manager.«

»Du kümmerst dich um die sozialen Medien?«

Enna nickte. »Ich bin dafür verantwortlich, dass auf allen Kanälen stimmiger Content verbreitet wird, der auch einen Mehrwert hat.«

Helen verstand nur Bahnhof. Sie konnte sich »Content« zwar mit »Inhalt« übersetzen, das half ihr aber nicht wirklich weiter.

Enna sah ihr offenbar an, wie ratlos sie war. Sie stand auf, setzte sich neben sie und hielt ihr Handy so, dass Helen draufschauen konnte. »Zum Beispiel hier auf Instagram: Es gibt den Account ›Schaio‹. Da poste ich jeden Tag ein schönes Bild von den Sachen, die wir verkaufen. Das allein reicht aber nicht.«

»Warum nicht?«

»Weil es langweilig wird. Deshalb brauchst du Mehrwert. Wenn du dir nur eine Tasse anschaust, die dir eh zu teuer ist, bringt das gar nichts, aber wenn du dazu ein Rezept von einem Tassenkuchen bekommst, den du mit deiner Tasse zu Hause nachbacken kannst, dann hast du einen sogenannten Mehrwert.« Enna wischte geschickt über den Bildschirm, und es erschien ein Bild des fertigen Tassenkuchens. Sie scrollte runter und zeigte Helen das Rezept.

Helen las es sich durch. »Meine Freundin Gitta würde sicher noch etwas Zimt hinzufügen.«

Ennas Finger flogen über den Bildschirm, und kurze Zeit später stand im Rezept noch eine Messerspitze Zimt.

»Toll. Und das denkst du dir alles aus?«, fragte Helen.

Enna zuckte mit den Schultern. »Na ja, ist nicht so schwer. Und ich schaue mir auch viel ab, gucke, was andere so machen.«

»Machst du deinen Job gerne?«

Enna nickte. Helen beneidete sie.

»Und du? Machst du deinen Job gerne? Ist es schön zu übersetzen?«

Helen dachte einen Moment lang nach. »Es fällt mir leicht«, sagte sie dann. »Aber ich habe nicht die Aufträge, die mich … sagen wir mal: erfüllen.«

»Wie meinst du das?«

»Na, ich übersetze hauptsächlich Bedienungsanleitungen. Das ist natürlich hilfreich für diejenigen, die sie auf Englisch nicht verstehen würden, aber es ist kein Spiel mit der Sprache, keine echte Übersetzung.«

»Was ist denn eine echte Übersetzung?«

Helen überlegte kurz. »Wenn du ein Gedicht übersetzt, zum Beispiel. Dann kannst du nicht einfach nur Wörter nehmen, die dasselbe bedeuten, du musst Wörter finden, die sich reimen, denselben Rhythmus oder dieselbe Stimmung erzeugen. Das ist, glaube ich, erfüllend, wenn man so was macht. Oder einen Roman übersetzt.«

»Warum hast du nicht solche Aufträge? Bist du nicht gut genug?«

Da war wieder Ennas Direktheit, die Helen immer ein bisschen aus der Bahn warf. Sie wusste nicht, was sie antworten sollte. »Vielleicht.«

Danach kam das Gespräch nicht mehr recht in Gang. Der Tee war ausgetrunken, und es war Zeit, wieder ins Bett zu gehen.

Wieder in ihrem Zimmer, versuchte Helen, eine gemütliche Einschlafposition zu finden. War sie wirklich nicht gut genug? Sie würde es nur herausfinden, wenn sie Gedichte und Romane übersetzte. Leider hatte sie keine Ahnung, wie sie es anstellen sollte, an solche Aufträge zu kommen. Vielleicht konnte Gitta ihr helfen, die war schließlich auch selbstständig …

Am nächsten Morgen waren alle schon unterwegs, als Helen aufstand. In der Küche waren noch Spuren des Frühstücks zu sehen. Mrs Norris saß auf einem Stuhl und sah sie erwartungsvoll an.

»Was kann ich Ihnen bringen? Ein Omelett, oder French Toast?«, scherzte Helen.

Die Katze schaute sie durchdringend aus ihren grünen Augen an. Es hatte etwas Unheimliches, wie sie so mit ihrem struppigen Fell in der Küche thronte. *Du gehörst hier nicht hin*, sagte ihr Blick.

Helen wusste nicht, wo das Katzenfutter stand und wie Mrs Norris gefüttert wurde, sonst hätte sie ihr tatsächlich auch ein kleines Frühstück hingestellt. Vielleicht konnte sie die Katze ja bestechen und sie so davon überzeugen, dass es okay war, dass Helen jetzt auch hier wohnte.

Helen hatte jetzt selbst Lust auf French Toast. Aber bevor sie sich etwas zu essen machte, würde sie laufen gehen, am Meer.

Wer neue Wege gehen will, muss auch joggen. Die selbst ausgedachte Weisheit beflügelte sie.

Ihre alten Joggingschuhe, die sie glücklicherweise nicht weggeworfen hatte, fand sie in einer der noch nicht ausgepackten Kisten. Sie fummelte sich einen Zehenspreizer zwischen den großen Zeh und den Zeigezeh, damit der blöde Hallux kein Theater machte, wenn sie ihm eine ungewohnte Belastung zumutete. Dann verließ sie in langer Gymnastikhose, Fleecepulli und Stirnband das Haus. Es war sicher windig am Meer, da konnte es nicht schaden, die Ohren zu schützen.

Auf den Straßen war schon einiges los. Sie lief an den Imbissbuden mit den kreischenden Möwen vorbei und erreichte, die Teekanne zu ihrer Rechten, bald den Strand. Die Sonne konnte sich noch nicht entscheiden, ob sie scheinen wollte.

Helen atmete tief ein, als sie das Meer sah. Sie joggte ungeschickt durch den Sand. Es war schwerer, als sie vermutet hatte. Das würde sie nicht lange durchhalten. Tapfer kämpfte sie sich durch, bis sie unten am Wasser auf festeren Sand stieß. Hier war es wieder leichter zu laufen, und Helen ging in einen langsamen Dauerlauf über. Das Meer rauschte rechts von ihr an den Strand. Sie lief zickzack, um nicht auf Seegras zu treten. Alle fünfzig Meter begegneten ihr andere Spaziergänger, die ihr verschwörerisch zulächelten, so wie es Menschen machen, die das Glück haben, den Dienstagmorgen mit einem Strandspaziergang zu beginnen.

Wolken zogen am Himmel entlang, der hier so unendlich weit zu sehen war. Möwen zogen ihre Kreise, landeten am Strand und hüpften, wenn sie vorbeilief, nur etwas zur Seite.

Immer wieder wich Helen gestrandeten Quallen aus. Es tat

gut, sich in der frischen Luft zu bewegen, das Brausen des Meeres neben ihr.

Ein Glücksgefühl durchströmte sie. Sie ließ ihre Schritte länger und weiter werden und jagte schließlich wie eine Gazelle über den Strand.

»Wie eine Gazelle, ja?«, Gitta grinste, als Helen ihr vom ersten Lauf am Meer erzählte.

»Ausgesehen hat es vermutlich nicht wie eine Gazelle, aber angefühlt hat es sich so!«, verteidigte sich Helen.

»Ist nicht mehr viel von übrig von deinem Gazellengefühl, oder?«, kommentierte Gitta ihr leichtes Humpeln.

»Das ist nur der bescheuerte Zeh. Ich habe es etwas übertrieben. Jedenfalls musste ich mit Seitenstechen zurückschleichen. Aber das war es wert!« Helen strahlte. Sie sah sich neugierig um, während Gitta zielstrebig auf einen Tisch zumarschierte. Das Café war gemütlich eingerichtet, mit erhöhten Holztischen. Die Beleuchtung bestand aus Stehlampen, die ein warmes Licht verbreiteten. Hinten im Raum stand eine große Theke, hinter der zwei Leute eifrig Kuchenstücke abschnitten. Helen kletterte auf den bequem gepolsterten hohen Stuhl. Es war schön, mit baumelnden Beinen hier zu sitzen. Beinahe so, als wäre man wieder ein Kind.

Beide bestellten Apfelkuchen mit Sahne und einen Latte macchiato.

»Gitta, ich muss mit dir über etwas Geschäftliches sprechen«, sagte Helen, noch bevor sie das erste Stück auf ihre Gabel gepickt hatte.

»Na, denn man tau.« Gitta sah sie erwartungsvoll an. Sie brachte das Plattdeutsch ihrer Oma gerne ab und zu an; obwohl sie selbst nicht mehr als ein paar Sätze sprechen konnte, verstand sie doch das meiste.

»Wie akquirierst du neue Kunden?«, fragte Helen und fuchtelte aufgeregt mit ihrer Gabel herum.

»Gar nicht«, sagte Gitta leichthin und leckte etwas Sahne von ihrer Gabel.

Helen schaute sie verständnislos an.

»Die Leute rennen uns von selbst die Bude ein. Es spricht sich rum, wenn du gut bist. Wir haben viel mehr Anfragen, als wir annehmen können. Das ist ja momentan in vielen handwerklichen Betrieben so. Wir haben echt Glück.« Sie legte die Hände zusammen und sah nach oben. Einen kurzen Moment lang sah sie abwesend aus, so als wäre sie mit einer höheren Macht verbunden.

Helen fühlte sich ausgeschlossen. »Gitta, kann ich dich was fragen?«

»Tust du das nicht schon?« Gitta aß weiter ihren Apfelkuchen, während Helen ihre Gabel an die Seite legte.

»Glaubst du an Gott?«

Gitta sah sie an. Sie zögerte. »Ja«, sagte sie schließlich. »Früher nicht unbedingt. Aber ich habe vor einiger Zeit etwas erlebt, was mich umgestimmt hat. Und du?«

Sie hatten noch nie über solche Themen gesprochen, und obwohl sie diejenige gewesen war, die zuerst gefragt hatte, fühlte Helen sich etwas unwohl. »Ich weiß es nicht. Ich bin so eine Wechselgläubige.«

Gitta lachte. »Das würde ihm gefallen! *Wechselgläubig!*«

»Wem würde das gefallen? Gott?«

Gitta winkte ab. »Manche Dinge sind zu verrückt, als dass man sie erzählen könnte.«

»Jetzt machst du mich aber wirklich neugierig. Du hast eine verrückte Geschichte erlebt und glaubst seitdem an Gott? Ist dir etwa ein Engel erschienen?« Helen lachte über ihren Witz.

Gitta sah sie nur an.

»Nein, Gitta, jetzt hör auf! Dir ist nicht wirklich ein Engel erschienen? Dir? Du bist die unesoterischste Person, die ich kenne!« Helen konnte es nicht glauben.

Gitta sagte nichts. Sie pustete nur sorgfältig in ihren Kaffee.

»Jetzt erzähl schon!«, forderte Helen sie auf.

Gitta seufzte. »Ich war mit zwei alten Schulfreundinnen ein Wochenende auf Sylt. Wir haben getrunken, und in dieser Nacht hatten wir alle denselben Traum von einem Engel. Er hat uns ziemlich den Kopf gewaschen. Wir sollten aufhören zu jammern und Gutes tun, hat er gesagt.« Sie lehnte sich zurück, als sei damit alles gesagt, aber Helen wollte noch mehr hören.

»Und wie ging es weiter?«

Gitta räusperte sich. Helen sah ihr an, dass sie nicht alles erzählen wollte.

»Ich habe viel gelernt in der Zeit«, sagte sie schließlich, ohne weiter auf den Engel einzugehen. »Anderen zu helfen hat mir geholfen, über meine Kinderlosigkeit hinwegzukommen.«

»Das ist schön«, sagte Helen leise. Sie hatte das Gefühl, Gitta habe ihr mehr anvertraut, als sie wollte. Sie hatten schon über Kinderlosigkeit gesprochen, und jedes Mal hatte sich Helen wie eine Verräterin gefühlt, weil sie Gitta nicht anvertraute, dass es für sie eigentlich nie ein großes Problem gewesen war.

Eine Weile löffelten sie Milchschaum und rührten in ihren Tassen.

»Aber wir waren beim Thema Kundenakquise. Du musst mehr Aufträge an Land ziehen, richtig?«

Helen war Gitta dankbar, dass sie zum Ausgangspunkt ihres Gesprächs zurückkehrte. »Richtig. Ich muss irgendwie an mehr und bessere Aufträge kommen.«

»Wie kriegst du denn momentan deine Aufträge?«

»Ich habe ein paar Firmen, für die ich immer mal wieder etwas mache.«

»Recherchiere doch mal. Vielleicht gibt es Portale, auf denen sich Übersetzer präsentieren können. Oder du schreibt die Firmen selbst an.« Aus Gittas Mund klang das alles kinderleicht, aber in Helens Bauch baute sich sofort ein unerklärlicher Widerstand auf. Sie wusste nicht, ob sie das konnte.

»Was soll ich den Firmen denn schreiben? Das bringt doch nichts!«, sagte sie frustriert.

Gitta schüttelte vehement den Kopf. »So fangen wir gar nicht an!«

Ich würde auch am liebsten gar nicht erst anfangen.

Helen zerbröselte trotzig das letzte Randstück ihres Kuchens.

Gitta legte ihr die Hand auf den Arm. »Was ist denn los?«, fragte sie.

»Ich weiß es selbst nicht. Immer wenn ich an die Jobsuche denke, ist da so eine Wut in mir. Es war doch alles gut: Jürgen hat das Geld verdient, und ich habe mich um den Haushalt gekümmert. Jetzt soll ich auf einmal da raus in die Welt und … kann das alles nicht!« Tränen traten ihr in die Augen.

Gitta legte ihre Hand auf Helens. »Wenn du Jürgens Affäre ungeschehen machen könntest: Würdest du wirklich zurückwollen in dein altes Leben?«

Helen zuckte mit den Schultern. »Vielleicht.«

»Aber nur weil du Angst hast. Angst ist kein guter Berater. Du hast den Umzug geschafft und ein Zimmer in einer tollen, verrückten WG mit jungen Leuten. Du bist den egozentrischen, langweiligen Mann los, der dich in den letzten Jahren ausgebremst hat. Den Rest schaffst du auch!« Gitta lächelte sie an.

»Du bist lieb, danke. Aber ehrlich gesagt habe ich mich selbst ausgebremst.«

»Sag es: ›Den Rest schaffe ich auch‹«, forderte Gitta sie auf.

»Den Rest schaffe ich auch«, sagte Helen folgsam.

»Und jetzt noch mal mit mehr Überzeugung, bitte.«

Wider Willen musste Helen lächeln. Sie nahm zwei tiefe Atemzüge und sagte: »Den Rest schaffe ich auch!« Dann schob sie das zerkrümelte Randstück auf ihrem Teller zusammen und löffelte es sich in den Mund.

Gitta hielt ihr zufrieden die Faust hin, wie sie es bei Paul gelernt hatte, und Helen hielt ihre Faust dagegen.

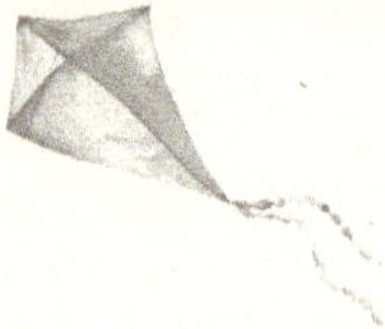

Amor spielen

»Was ist im Bad passiert?«, fragte Helen, als sie Masha in der Küche traf. Irgendwie sah Masha heute anders aus als sonst.

»Ach das.« Masha lächelte. »Paul hat Waschtag. Dann sieht das immer ein paar Tage lang so aus.«

Helen konnte es nicht glauben. Das Badezimmer sah aus, als hätte sich eine Fußballmannschaft darin innerhalb von nur zwanzig Sekunden umgezogen. Überall lagen und hingen schmutzige Klamotten. »Wie organisiert ihr das denn generell mit der Wäsche?«, fragte sie vorsichtig.

»Wieso organisieren? Was meinst du? Jeder macht halt irgendwann seine Wäsche.« Masha goss sich einen Tee ein. Sie trug ihre Brille, die nun durch den Wasserdampf beschlug. Vielleicht sah sie deshalb so anders aus.

Helen wusste inzwischen, dass Masha ihre Brille vor allem dann aufsetzte, wenn es zu spät war und sie Kopfschmerzen von der Überanstrengung ihrer Augen bekam. »Hast du wieder Kopfschmerzen?«

Masha nickte und nahm die Brille kurz ab, um die Feuchtigkeit auf den Gläsern loszuwerden.

»Das mit der Wäsche ist bescheuert so, ganz ehrlich. Es wäre viel effizienter, wenn wir alles zusammen waschen würden.« Helen nahm ihr die Brille ab, zauberte ein Brillentuch aus ihrer Hosentasche, wischte sie sauber und reichte sie Masha zurück.

Masha lachte. »Das haben wir schon durch. Es scheitert schon daran, die Schmutzwäsche irgendwo aufzubewahren. Der Korb im Bad ist nach einem Tag voll. Und wenn du dann die Wäsche von vier Leuten sortieren musst, reicht der Platz im Bad nicht.«

Endlich fiel Helen auf, warum Masha so anders aussah. »Du warst beim Friseur!«

»Na, das hat ja gedauert«, antwortete Masha grinsend.

»Du siehst toll aus!« Helen betrachtete den neuen Haarschnitt. Masha hatte jetzt nur noch kinnlange Haare, einen Pagenschnitt, der ihr unheimlich gut stand. Ihre dunklen Haare glänzten und umrahmten ihr hübsches Gesicht.

»Findest du? Es ist noch etwas ungewohnt, ich denke dauernd, etwas fehlt!« Masha fasste sich an die kurzen Haare und befühlte sie.

»Du siehst aus wie Mireille Mathieu.«

Masha schaute ratlos. »Wie wer?«

Helen winkte ab. »Eine französische Sängerin. Ich muss eben mal jemanden anrufen.« Sie ging in ihr Zimmer und wählte eine Nummer.

»Kim, hier ist Helen, wie geht es dir?« Sie machte eine Weile Small Talk mit ihrer Freundin und kam dann zum Punkt. »Pass auf, ich habe eine Frage: Deine drei Kinder, du und Ingo, ihr habt doch sicher Wäsche ohne Ende, richtig?«

»Das könnte man genau so sagen.« Kim seufzte. »Wäsche ohne Ende, was bedeutet, man ist nie fertig mit dem Waschen, nie. Und selbst wenn du dich total disziplinierst und gerade alles gewaschen hast. Keine Stunde später hast du den nächsten Korb voll, es ist grauenhaft, wirklich grauenhaft!«

Helen nutzte die Stelle, an der Kim kurz Luft holen musste: »Verstanden. Grauenhaft. Aber wie organisierst du die grauenhaft mächtigen Wäscheberge? Sammelst du in drei Körben? Oder in vier?«

Kim lachte. »Drei Körbe, du bist ja süß! Wir haben ein ausgeklügeltes System mit sechs Körben, wobei wir ab und zu noch einen siebten für Wollwäsche haben, aber meistens ist der Korb sowieso verschollen, wenn man ihn braucht. Dann sammelt sich alles auf dem Boden, worüber Ludwig sich sehr freut. Er liebt es, auf der Wäsche zu liegen, – je stinkiger sie ist, desto besser für ihn …«

Es folgte ein langer Bericht über den Familienhund und seine Vorliebe für Dreckwäsche, aber nach und nach konnte Helen die für sie relevanten Informationen herausfiltern.

Sie verabschiedete sich von Kim, legte auf und stürmte in Pauls Zimmer. Ihr Mitbewohner lag mit Kopfhörern auf dem Bett und erschrak sichtlich, als sie plötzlich vor ihm stand.

»Kannst du nicht anklopfen?«

»Hab ich. Du hast nichts gehört.«

Er richtete sich seufzend auf.

»Wir müssen reden. Über die Wäsche.« Sie hielt ihm eine Zeichnung hin. »Das ist eine Skizze des Wäscheturms, den wir bauen.« Paul sah sie verständnislos an. Helen musste ganz von vorn starten und erklärte ihm, wie sie die Wäschesituation in der WG verbessern wollte.

»Und warum sammelt sie nicht jeder wie bisher in seinem Zimmer?«

»Weil es dann ein Chaos gibt, wenn wir sie sortieren.«

»Wieso sortieren?«

Alarmiert schaute Helen ihn an. »Paul, wie wäschst du deine Wäsche?«

»Nach Möglichkeit gar nicht, aber das kann man nur eine begrenzte Zeit lang durchhalten.«

Helen nickte verständnisvoll.

»Und dann wasche ich natürlich alles nach Dringlichkeit. Also, die Sachen, die ich morgen anziehen will oder übermorgen, zuerst. Wie sonst?«

Helen seufzte und gab ihm einen Basiskurs in Dreißig-, Vierzig- und Sechzig-Grad-Wäsche. Sie erklärte auch, dass man nach Farben sortiert.

»Damit so was nicht passiert?« Paul zog an seinem rosafarbenen Shirt.

»War das mal weiß?«

Er nickte. »Es leuchtet jetzt nicht mehr richtig im Schwarzlicht«, sagte er bedauernd.

»Und damit so etwas in Zukunft nicht mehr passiert, bauen wir einen Wäscheturm!«, erklärte Helen.

Paul sprang auf. *»O Captain! My Captain!«*

»Das kenne ich«, sagte Helen aufgeregt. »*Club der toten Dichter*!«

Paul klopfte ihr anerkennend auf die Schulter.

Es stellte sich heraus, dass sie beide ein gutes Team waren. Helen wusste genau, wie der Turm aussehen sollte, und Paul hatte das handwerkliche Geschick, es umzusetzen.

Sie bauten den Turm in Pauls Zimmer auf. Die Quallen schienen unbeeindruckt davon und schwammen wie immer im Aquarium hoch und runter.

»Meinst du, sie kriegen etwas von der Welt hier draußen mit?«, fragte Helen.

»Kaum. Quallen haben kein Gehirn.«

»Wie überleben sie dann?«, wollte Helen wissen und reichte ihm eine neue Schraube an. Paul lag mit dem Oberkörper im Schrank und schraubte mit einem Akkuschrauber die Bretter an.

»Sie haben Sinnesorgane und ein Nervensystem. Der Reiz einer bestimmten Wahrnehmung löst automatisch eine Reaktion aus. Beutefangen zum Beispiel. Die machen das, ohne nachzudenken, so, zack!« Er krallte sich plötzlich in Helens Arm.

Sie schrie kurz auf, weil sie sich so erschreckt hatte.

»Kein Gehirn«, sagte sie staunend und sah sich die Tiere genauer an, die im Wasser hoch und runter waberten.

»Manchmal würde ich mir wünschen, ich wäre auch eine Qualle. Dann würde ich zwar immer noch alles fühlen, aber es gäbe kein Gehirn, das das alles verwerten muss.«

Helen wurde hellhörig. »Hast du das Gefühl, du fühlst mehr als andere Menschen?«

»Hochsensibel«, sagte Paul im Schrank. Er hatte die letzte Schraube längst verschraubt. Es gab keinen echten Grund mehr, weiter dort zu verharren.

»Und wie ist das?«

»Kann ich nicht sagen. Ich kenne ja nur diese Version des Lebens. Ich kriege einfach dauernd alles mit, ob ich will oder nicht. Ich weiß immer, wie es allen geht. Manchmal macht mich das wahnsinnig.« Er kroch aus dem Schrank hervor und spielte mit dem Schraubenzieher herum, ohne Helen anzusehen.

»Du wirkst gar nicht so«, sagte Helen. Sie fühlte sich unbeholfen, weil seine Offenbarung sie wirklich überraschte.

Er zuckte mit den Schultern. »Ich versuche, es nicht so raushängen zu lassen. In der Schule hatte ich oft Probleme deshalb. Aber hier«, er machte eine Bewegung um sich herum, die wohl auf das Haus und die WG verwies, »komme ich gut klar. Und ich habe meine Kopfhörer.« Sie lagen in Reichweite. Er zog sie kurz zu sich heran und umarmte sie wie ein kleiner Junge.

Helen verstand jetzt, warum sie ihn so oft mit Kopfhörern gesehen hatte. »Weißt du noch: das Vorstellungsgespräch hier bei dir im Zimmer?«, fragte Helen und sah zu seinem Schreibtisch.

Paul nickte. »Du hattest Spaß an dem Spiel mit dem Wahrheitsserum. Und zwischendurch hast du sogar geglaubt, es wirkt!« Bei der Erinnerung daran bog er sich vor Lachen.

Helen lachte mit. Es tat gut, mit Paul hier auf dem Boden zu sitzen. Zu bauen und zu reden. »Das war einfach nur Brause mit Waldmeistergeschmack, oder?«

Paul nickte. »Einer meinte, er würde seine Füße nicht mehr spüren, nachdem er sie getrunken hatte.«

Helen kicherte. »Die Macht des Placebo-Effekts.«

»Wusstest du, dass der Militärarzt Henry Beecher im Zweiten Weltkrieg einer der Ersten war, der ihn beobachten konnte?

Helen schüttelte den Kopf und reichte ihm das letzte Brett an.

Paul verschwand wieder im Schrank. »Er konnte im Lazarett nicht mehr alle, die mit Wunden und Schmerzen dort lagen, mit Morphin versorgen. Da hat er ihnen eine Kochsalzlösung gespritzt und behauptet, es sei Morphium. Die hatten dann tatsächlich weniger Schmerzen.«

»Weißt du auch, woran das liegt?«

»Der Körper schüttet Endorphine aus. Man muss ihn nur überlisten. Hab es selbst versucht, es klappt aber nicht, wenn man weiß, dass es ein Placebo ist.« Paul schüttelte bedauernd den Kopf und schraubte energisch die Schrauben fest.

Abends stellten sie dem Rest der WG den neuen Wäscheturm im Badezimmer vor.

»In jedem Fach steht ein Korb. Ich habe sie beschriftet, damit ihr sehen könnt, welche Wäsche ihr wohin sortieren müsst«, erklärte Helen.

Paul, der mit verschränkten Armen danebenstand, ergänzte: »Ja, man kann nicht einfach alles zusammen waschen, sonst wird es rosa!«

»Tatsächlich?«, fragte Enna ironisch.

Helen fuhr mit ihrer Erklärung fort: »Jeder sucht sich einen Tag in der Woche aus, an dem er eine Ladung Wäsche macht. Und was bedeutet Wäsche machen, Paul?«

»Man nimmt den vollsten Korb, wäscht den Inhalt auf der exakt richtigen Temperatur, hängt ihn auf, legt alles zusammen und liefert die frische Wäsche in die Zimmer der Mitbewohner.«

Helen nickte ihm zu.

»Das heißt, Paul legt dann auch meine Höschen und BHs zusammen?«, fragte Masha entsetzt.

»Ja, Mann! Feier ich!«, grinste Paul.

»Da stehen wir doch drüber, oder?«, fragte Helen. Enna schaute zweifelnd. »Zeig ihnen, wo die Wäsche aufgehängt wird«, forderte sie Paul auf, bevor er sich allzu lange mit der BH-Fantasie aufhielt.

Paul löste ein rotes Seil an der Wand und ließ einen Wäscheständer voller frischer Wäsche, der von niemandem bemerkt an der Decke gehangen hatte, herunter.

»Das ist ja mal genial!«, freute sich Enna.

»Die Idee haben wir aus dem Internet geklaut. Die anderen Tipps sind von Helens Freundin Kim, die eine Fußballmannschaft an Kindern hat.«

»Und ihr seid jetzt meine Fußballmannschaft«, sagte Helen zufrieden mit einem Blick auf die drei jungen Leute.

»Darauf sollten wir anstoßen!« Enna klatschte in die Hände.

In der Küche teilten sie sich zwei Flaschen Bier, die Paul aus seinem Geheimvorrat zauberte.

Helen wollte eigentlich nicht zusammen mit Masha aus einer Flasche trinken, aber es schien niemanden sonst zu stören, und da wollte sie nicht die Spießige sein, die ein Glas verlangte.

Sie tranken und teilten nebenbei die Wäschetage auf. Helen bot an, am Wochenende noch zusätzlich zu waschen, falls die vier Maschinen pro Woche nicht reichen sollten. Sie hatte keine Vorstellung davon, wie viel Wäsche anfallen würde. Mit dem kleinen Zwei-Personen-Haushalt, den sie gewohnt war, konnte man das hier sicherlich nicht vergleichen. Aus dem Nichts heraus bekam sie plötzlich Heimweh nach ihrem alten Leben. Um sie herum wurde gelacht und gewitzelt, aber sie sehnte sich auf einmal nach dem stillen Jürgen, der zeitungsraschelnd in seinem Sessel saß.

Als könnte Masha Gedanken lesen, fragte sie: »Vermisst du ihn?«

Alle schauten sie gespannt an. »Ja«, gab Helen zu und erwartete heftigen Protest. Doch der blieb aus.

Enna sah sie mitfühlend an. »Das verstehe ich gut«, sagte sie. »Ich habe auch immer die größten Idioten vermisst …« Sie sprach nicht weiter, sondern knibbelte am Flaschenetikett herum.

Helen nahm noch einen Schluck Bier. Es schmeckte nicht, aber irgendwie tat es ihr gut, mit den anderen zu trinken.

»Ach!« Masha legte sich die Hände auf den Kopf und machte einen erstaunten Gesichtsausdruck, als hätte sie ganz plötzlich festgestellt, dass ihr die langen Haare fehlten. »Ich hab eine Idee! Enna, dein Kumpel Oliver! Erinnerst du dich an das Konzert im E-Werk in Schwerin? Da hat Olivers Vater doch Klavier gespielt, und wir sind danach mit Oliver auf diese Musikerparty gegangen.«

Enna schaute nachdenklich. »Ja, ich erinnere mich. Henning heißt er. Und?«

Masha sah sie eindringlich an. Dann schaute sie demonstrativ auf Helen und wieder zurück zu Enna. Enna stieß einen kleinen Schrei aus. »Masha! Das ist brillant!«

Paul sah verständnislos zwischen den beiden jungen Frauen hin und her, genauso wie Helen. »Würdet ihr uns bitte einweihen?«, verlangte er und trank heimlich das ganze Bier aus, ohne Enna einen letzten Schluck anzubieten.

»Wir verkuppeln Helen mit Henning«, sagte Masha strahlend.

Enna nickte aufgeregt. »Das ist so perfekt! Henning ist seit vielen Jahren Single – Olivers Eltern sind schon ewig getrennt –, und er ist nett und gut aussehend, er spielt Klavier, und sein Name passt zu deinem!« Sie verschränkte die Finger ineinander und sah Helen entzückt an.

Helen hob abwehrend die Hände. »Kinder, ich bin zu alt für so was!«

»Ich bin zu alt für den Scheiß!«, sagte Paul mit verstellter Stimme.

»*Lethal Weapon*!«, schrie Enna und hielt ihm die Faust hin.

»Für die Liebe ist man nie zu alt«, sagte Masha und klang wie ein Teenager.

»Ist das auch ein Filmzitat?«, fragte Helen. »Es klingt jedenfalls so.«

Masha zuckte mit den Schultern. Enna war schon einen Schritt weiter: »Ich rufe Oliver an, und dann arrangieren wir ein Treffen für euch!« Sie klang sehr begeistert und tippte schon auf ihrem Bildschirm herum.

Helen stand auf. »Hallo? Fragt mich mal jemand, ob ich das will? Ich bin noch nicht mal einen Monat von meinem Mann getrennt! Ich habe nicht vor, direkt den nächsten zu daten, oder wie ihr das nennt.«

»Jetzt stell dich nicht so an. Der Typ ist voll nice!« Paul sah sie aufrichtig an. Mit seinen Locken und den braunen Augen sah er aus wie ein wuscheliger, treuherziger Hund.

»Ich habe überhaupt keine Informationen über diesen Henning. Was macht er beruflich? Wie alt ist er? Was sind seine Interessen?« Helen hatte das Gefühl, es sei eigentlich egal, welche Argumente sie vorbrachte. Für ihre Mitbewohner war das Blind Date beschlossene Sache.

»Dann hast du doch gleich Fragen, die du ihm stellen kannst, wenn ihr euch seht. Ist doch super!« Masha klopfte ihr aufmunternd auf den Arm.

Enna telefonierte bereits mit ihrem Kumpel, der ihrer Verkupplungsaktion offenbar sofort zustimmte. Zumindest plante Enna eifrig an einem Termin mit ihm.

»Kannst du nächsten Samstag?«, fragte sie Helen.

Helen schüttelte den Kopf. »Da mache ich Wäsche«, sagte sie trotzig.

»Sie kann! Abgemacht, 20 Uhr im *Le Frog*!« Enna beendete das Gespräch.

Helen saß weiterhin kopfschüttelnd da. »Ihr macht mich fertig, ehrlich.«

»Im Gegenteil! Wir machen dich wieder fit!«, entschied Enna.

»Ja, fit fürs Leben«, sagte Paul. »Und jetzt gucken wir *Die Matrix*!«, entschied er und räumte die zwei leeren Bierflaschen vom Tisch.

»Und du hast dich da einfach drauf eingelassen?« Gitta konnte es nicht glauben. Sie saßen mit einer Tasse Tee auf ihrem gemütlichen Sofa. Ulla lag auf dem Rücken und ließ sich genussvoll von Helen den weichen Bauch streicheln.

»Ich wurde gar nicht gefragt. Ich habe versucht, es abzublocken, aber die drei haben mir überhaupt keine Chance gelassen. Der Name Henning fiel, und zwei Minuten später hatte ich ein Date mit diesem Mann!« Helen spreizte entrüstet ihre Finger.

»Ich finde das verrückt.« Gitta schüttelte den Kopf. Dann grinste sie und sagte: »Aber auch genial. Die tun dir gut, die jungen Leute, mit denen du da wohnst! Ich finde, ein Blind Date ist genau das, was du gerade brauchst.«

»Ach ja? Ich dachte, etwas Abstand von Männern wäre genau das, was ich gerade brauche.«

»Abstand von Männern hattest du jahrzehntelang, Schnubbi, es wird Zeit, dass du mal wieder auf den Markt kommst!« Gitta wedelte freudig mit ihrem Arm durch die Luft.

»War klar, dass *du* das lustig findest. Du musst da ja auch nicht hingehen.«

»Du *musst* da auch nicht hingehen. Das ist deine Entscheidung.«

»Ja irgendwie ja nicht!«

»Natürlich. Jede Entscheidung, die wir treffen, ist mehr oder weniger von anderen beeinflusst. Trotzdem kann man sich frei entscheiden. Du musst dann nur mit den Konsequenzen leben.«

»Warst du eigentlich schon immer so anstrengend?«

»Nein. Das ist das Alter.« Gitta seufzte theatralisch. Ihre Stimme nahm einen ernsthaften Tonfall an. »Ich frage mich in letzter Zeit schon manchmal, ob das jetzt immer so bleibt. Mein Leben. Es ist gut, keine Frage, aber …«

Helen sah sie aufmerksam an. Es war selten, dass Gitta sich so öffnete. Die meiste Zeit war sie für andere da und gab die starke Freundin, die zu jedem Problem eine Lösung hatte.

»Aber?«, fragte Helen nach.

»Aber es kommt so wenig Neues dazu. Derselbe Mann, derselbe Job, dieselben Freunde.«

»Willst du denn irgendetwas anders haben?«

Gitta schüttelte sanft den Kopf. Sie stellte ihre Teetasse zurück und lehnte sich nach hinten. »Ich würde nichts ändern wollen, und trotzdem vermisse ich manchmal Veränderungen. Klingt das logisch?«

Helen lachte. »Nein, aber ich verstehe, was du meinst. Bevor mein ganzes Leben auf den Kopf gestellt wurde, ging es mir manchmal auch so.«

Gitta nickte. »Darum beneide ich dich um dein Blind Date. Ganz egal, was daraus wird. Du erlebst etwas, was ich nicht erleben kann.«

»Du könntest schon. ›Jede Entscheidung, die wir treffen, ist mehr oder weniger von anderen beeinflusst. Trotzdem kann man sich frei entscheiden. Du musst dann nur mit den Konsequenzen leben‹«, zitierte sie Gitta.

Gitta warf als Antwort mit einem Kissen. Helen wurde am Kopf getroffen und warf es zurück. In kürzester Zeit wurde daraus eine richtige Kissenschlacht. Ulla wachte auf und bellte aufgeregt. Sie versuchte, nach den herumfliegenden Kissen zu schnappen.

Gitta raffte alle zusammen, die sie zu fassen bekam, und feuerte wie aus einem Maschinengewehr auf Helen, die kreischend das Weite suchte. Ulla sprang ihr hinterher und bekam endlich eins der Kissen zu fassen. Sie zerrte an ihm, bis sich die weiße Füllung wie Schnee im Wohnzimmer verteilte.

Gitta rannte hinter Helen her, und schließlich landeten sie schreiend und lachend zwischen all den Kissen und dem wilden Hund, der sein Kissen weiter ausweidete und kleine weiße Flöckchen auf ihnen verteilte.

Michael kam rein und schaute kopfschüttelnd auf die beiden Frauen, die mit Mitte fünfzig wie Teenager über den Boden rollten. »Ich bin zu alt für den Scheiß«, sagte er kopfschüttelnd und nahm Ulla den Rest ihres getöteten Kissens ab.

»*Lethal Weapon*!«, schrie Helen und bekam dabei etwas von der Kissenfüllung in den Mund.

Michael nickte anerkennend und balancierte seine Tasse Tee, die er sich geholt hatte, die Treppe hoch.

Ulla kam zu Gitta und Helen und versuchte, ihnen die Gesichter abzulecken. Da sie gerade so schön praktisch auf dem Boden lagen, ging das super.

Helen wehrte den kleinen Eisbären ab und drehte sich zu Gitta. »Es ist schön, so viel Neues zu erleben, aber ich vermisse mein altes Leben.«

Gitta legte ihre Hand an Helens Wange. »Das ist normal.« Sie nahm ein wenig von der Kissenfüllung und dekorierte sie in Helens Haar. »So kannst du zu deinem Date gehen. Du siehst aus wie eine Schneekönigin.«

»Gitta, du bist einfach eine tolle, hilfreiche Freundin.« Helen richtete sich mit der Kissenfüllung im Haar auf.

Gitta setzte sich ebenfalls auf. »Ganz ehrlich, Helen, ich würde sterben vor Angst, wenn ich ein Blind Date hätte.« Sie sah sie treuherzig an.

»Wirklich? Du?«

Gitta zupfte die weißen Flocken wieder aus Helens Haaren. »Wenn man da so aus der Übung ist und Mitte fünfzig … Man rollt Frauen in unserem Alter ja nicht gerade den roten Teppich aus. Es lächelt dich kaum mehr jemand an, wenn er dir ein Eis verkauft. Alles, was früher normal war, findet auf einmal nicht mehr statt. Man wird ein Stück weit unsichtbar für Männer.«

Helen hatte darüber noch nie wirklich nachgedacht. Aber alles, was Gitta erzählte, kannte sie auch.

»Wenn ich früher zu einem Paar gefahren bin, um mit ihm die Außenanlagen zu planen, dann hat der Mann mit mir gelacht und geschäkert, und die Frau hat die Ansagen gemacht, wo sie was haben will. Inzwischen fehlen das Lachen und das Schäkern.« Gitta sah traurig aus.

»Aber hast du nicht auch etwas gewonnen?«, fragte Helen.

Gitta guckte sie fragend an.

»Männer reagieren anders auf dich, vermutlich vor allem jüngere Männer, richtig?«

Gitta nickte. »Oft sind die Paare zwischen dreißig und vierzig. Es gibt natürlich auch Ausnahmen, dann sind sie älter. Aber früher waren die Kunden und ich ungefähr gleich alt. Inzwischen nicht mehr. Was, meinst du, habe ich da gewonnen?«

»Dein Auftreten ist jetzt anders. Wenn keiner mit dir schäkert, wirst du ernst genommen. Das ist doch auch nicht schlecht, oder?«

Gitta nickte. »Das stimmt. Das genieße ich tatsächlich. Früher musste ich lange herumdiskutieren und erklären, warum ich keinen Kirschlorbeer pflanzen würde. Heute reicht es, wenn ich sage, er ist für den Garten kein Gewinn.«

»Warum ist er kein Gewinn?«, fragte Helen interessiert.

»Blätter und Samen sind giftig, er bietet keine Nahrung für Insekten und Vögel. Aber älter werden kann tatsächlich ein Gewinn sein.«

Helen lächelte, dann seufzte sie und sagte: »Ich habe trotzdem Respekt vor dem Blind Date. Ich weiß nicht, was ich anziehen soll, was sich sagen soll, wie ich mich benehmen soll.«

»Einfach ganz normal, Helen. Das wird spannend! Du musst mir alles berichten, ja? Jedes kleine Detail!«

Helen rappelte sich hoch und warf die Kissen zurück aufs Sofa. »Versprochen, du bekommst einen ausführlichen Bericht. Aber nur, wenn du uns jetzt noch etwas Schokolade holst.« Sie ließ sich aufs Sofa fallen, und Ulla sprang ihr sofort auf den Schoß. Helen versank völlig hinter dem dichten weißen Fell. »Man müsste ihr mal sagen, dass sie für einen Schoßhund inzwischen viel zu groß ist!«, rief sie Gitta in der Küche zu.

Gitta kam mit Schokolade zurück und legte sie auf den Tisch. »Nicht nur Menschen haben Probleme mit dem Älterwerden. Auch Hunde. Früher war Ulla klein und niedlich. Sie kann nicht verstehen, dass sich das geändert hat.« Sie gab Ulla ein Handzeichen, damit sie von Helens Schoß runterkam.

Das Fell gehorchte, seufzte aber laut, als es sich auf den Boden legte.

Helen und Gitta lachten.

Blind Date

»Kann ich so gehen?« Aufgeregt stand Helen vor dem Badezimmerspiegel. Enna hatte darauf bestanden, sie zu schminken, und Helen war erstaunt, wie dezent und natürlich sie das Make-up hinbekommen hatte. Nach langem Hin und Her hatten beide beschlossen, dass Helen die Haare am besten offen tragen sollte.

»Du siehst super aus, wirklich!« Enna ging noch einmal mit der Augenbrauenbürste über ihre Augenbrauen.

Helen gefiel, was sie im Spiegel sah. Da stand eine Frau mit strahlenden blauen Augen und vor Aufregung geröteten Wangen.

»Weißt du, wie alt dieser Henning ist?«, fragte sie, als sie sich die Stiefel anzog.

Enna blies die Wangen auf. »Ich denke, er müsste so in deinem Alter sein. Ungefähr. Sein Sohn Oliver ist fünfunddreißig.«

Helen hatte keine Zeit, weiter über Hennings Alter nachzudenken, sie musste los. Um keinen Parkplatz suchen zu müssen und vielleicht ein Glas Wein trinken zu können, nahm sie nicht das Auto, sondern lief zum Restaurant. Die klare Abendluft tat ihr gut. Sie ging die Straße runter bis zur Kirche. Von Woche zu Woche füllte sich Warnemünde mehr mit Touristen, die bei jedem Wetter in ihren Outdoor-Jacken auf den Terrassen der Cafés und Restaurants saßen.

Es war jetzt merklich länger hell, und die Abendsonne tauchte alles in ein verheißungsvolles, goldenes Licht. In Helens Bauch flatterten plötzlich Schmetterlinge. Wer wusste schon, was das Leben noch mit ihr vorhatte?

Sie war so lange nicht verliebt gewesen, hatte das Gefühl aber oft vermisst, wenn sie in Filmen und Büchern daran erinnert wurde. *Verliebt sein ist etwas für junge Menschen*, hatte sie dann gedacht. Sie war ja auch mal jung und verliebt gewesen. Jetzt kamen ihr diese Gedanken altmodisch vor. Natürlich konnte man sich in jedem Alter verlieben. Und genau das hatte sie jetzt vor.

Besser wäre es gewesen, von dem Treffen nichts zu erwarten. Aber sie war es leid, immer erwachsen und vernünftig zu sein. Ihre Beziehung mit Jürgen war an Vernunft und Langeweile gestorben. Was sie jetzt brauchte, war das komplette Gegenteil davon. Helen atmete tief durch. *Und deshalb gehe ich da jetzt rein, habe einen tollen Abend und verknalle mich bis über beide Ohren.*

Als Erkennungszeichen hatten Enna und Oliver für sie eine orangefarbene Tulpe vereinbart. Helen hatte sich nur den Tulpenkopf in ein Knopfloch ihres Mantels gesteckt, um nicht allen andern im Restaurant zu signalisieren, dass sie ein Blind Date hatte.

Im *Le Frog* war es warm, hell und voll. Sie suchte mit den Augen die Tische nach einem Mann in ihrem Alter ab. Sie war absichtlich ein paar Minuten zu spät gekommen, um sicherzugehen, dass er vor ihr da war. Doch alle, die infrage kamen, waren nicht allein da.

Ein Arm hob sich und winkte, und Helens Blick fiel auf einen alten Mann mit einer orangefarbenen Tulpe auf dem Tisch. Das konnte nicht sein! Der war sicher über siebzig. Er sah jedenfalls nicht viel jünger aus als ihr Vater.

Sie versuchte, tapfer zu lächeln, als sie an seinen Tisch trat. Er stand auf und gab ihr die Hand. »Henning. Und du musst Helen sein.« Er hatte blaue Augen und graue Haare. Vor einigen Jahren war er sicher ein attraktiver Mann gewesen.

Helen bemühte sich, sich ihr Entsetzen über sein Alter nicht anmerken zu lassen. Sie setzte sich, machte Small Talk und verfluchte innerlich Enna, die vorhin noch zu ihr gesagt hatte, er müsse »in ihrem Alter« sein. Kam sie ihren Mitbewohnern wirklich so alt vor? Oder war es einfach eine Frage der Perspektive? Als sie dreißig war, waren ihr Menschen über fünfzig auch sehr alt vorgekommen.

Henning war nett. Er erzählte, dass er früher an der Uni Rostock Literaturwissenschaften unterrichtet hatte. Das Wort »früher« blieb an Helens Glas hängen und ließ sich nicht abwischen. Wie lange er wohl schon in Rente war?

Er fragte, ob sie Rot- oder Weißwein trinken wolle, und bestellte dann für sie. »Möchtest du eine Vorspeise?«

»Nein danke, dann schaffe ich meinen Hauptgang nicht.« Helen wollte das Date so kurz wie möglich halten.

»Dann nehme ich auch keine.« Er lächelte sie an. »Wie war denn dein Tag bisher?«

Helen erzählte ein bisschen und frage ihn nach seinem Klavierspiel.

Seine Augen funkelten. »Ich spiele in einer Band. Wir spielen Rock- und Popsongs, alles etwas jazzig angehaucht. Wir nennen uns *The Greener Side*.«

Helen fand das lustig. »Die grünere Seite? Warum?«

»The grass is always greener on the other side.«

Sein Englisch klang eher britisch als amerikanisch. Helen lächelte. »Das stimmt wohl. Und ihr seid auf der besseren Seite?«

»Jawohl! Uns gibt es schon seit dreißig Jahren. Inzwischen sind wir alle in die Jahre gekommen, aber wir treffen uns immer noch regelmäßig und jammen.«

Er erzählte von Auftritten, war charmant, schenkte ihr Wein nach. Helen ärgerte sich über sich selbst, weil der Altersunterschied sie noch immer beschäftigte. Irgendwann musste sie ihn einfach fragen: »Wie alt bist du, Henning?«

»Ich besitze fünfundsiebzig Jahre«, sagte er und klang wie der Weihnachtsmann persönlich. »Das sagt man so in anderen Ländern. Man *ist* nicht fünfundsiebzig, man *besitzt* fünfundsiebzig Jahre«, erklärte er.

»Wo sagt man das?«, fragte Helen.

»Das habe ich vergessen. Ich hatte gehofft, du fragst nicht nach«, gab er zu und lächelte. »Ich werde eine Dame nicht nach ihrem Alter fragen. Auch wenn sie sicher eine ganze Ecke jünger ist als ich.«

Helen lächelte ebenfalls. »Ach, die zwanzig Jahre«, sagte sie, mehr zu sich selbst als zu ihm.

Er fragte nach ihrem Beruf, und sie erzählte von ihrer Übersetzertätigkeit. Er nickte, und seine Augen lächelten, wenn sie erzählte. Er machte alles richtig, umschiffte Themen wie Ehe und Trennung und fragte nicht, warum sie jetzt in einer WG wohnte.

Nach dem Essen bezahlte er ganz selbstverständlich die Rechnung, sah auf die Uhr und sagte: »Das war ein sehr schöner Abend. Ich würde dich jetzt gerne noch auf eine kleine Party entführen. *The Greener Side* und ich treffen uns in Utes Bootshaus und machen etwas Musik. Es ist immer ganz nett, und Werner bringt diese leckeren Nüsse mit. Hast du Lust?«

Er sah sie so hoffnungsvoll an, dass sie es nicht übers Herz brachte abzulehnen. Es wäre zu offensichtlich gewesen, dass er ihr zu alt war.

Im Auto stockte das Gespräch etwas, und Helen war froh, als sie am Bootshaus ankamen. Sobald sie ausstiegen, hörte man schon die Musik. Vom See sah war nichts zu sehen. Er lag schwarz in der Dunkelheit.

Das Bootshaus war klein und gemütlich. In der Mitte standen Stühle und Instrumente, am Rand ein Tisch und eine Bank. Ein kleines Feuer loderte in einem Kaminofen, man konnte es durch die rußschwarze Scheibe nur erahnen.

Eine Gruppe von Leuten stand um den Tisch rum, alle drehten sich um, als sie eintraten.

Henning begrüßte die Truppe und stellte sie vor. Alle winkten und nannten ihren Namen, doch Helen gab sich gar nicht erst die Mühe, sich alle zu merken. Auch die anderen Musiker waren zwischen fünfundsechzig und fünfundsiebzig. Die Männer hatten alle graue Haare und weiße Bärte, die Frauen färbten tapfer und benutzten dunkelroten Lippenstift. Sie wirkten gut gelaunt.

Es wurden eine Menge Insiderwitze ausgetauscht, wodurch sich Helen fehl am Platz fühlte. Henning wich nicht von ihrer Seite und bezog sie, wo er konnte, mit in die Gespräche ein.

»Kinder, lasst uns anfangen!«, sagte schließlich ein großer, korpulenter Mann und klatschte in die Hände. Hatte er sich vorhin als Werner vorgestellt? Helen wusste es nicht mehr.

Sie bekam einen Pappbecher mit Wein in die Hand gedrückt und sah zu, wie alle ihre Plätze an den Instrumenten einnahmen.

Der Schlagzeuger, ein Mann mit Glatze, zählte ein. Helen konnte hören, dass die Truppe hier gut aufeinander eingespielt war. Sie war die Einzige, die jetzt am Rand rumstand. Sie fand die Schale mit Nüssen, die tatsächlich sehr lecker waren, und setzte sich auf eine Bank.

Die Musiker spielten ein fröhliches Lied, die kleine Hütte schwappte über vor guter Stimmung. Henning saß am Klavier und war voll in seinem Element.

Helen verstand nicht, warum sie sich nicht einfach entspannen und es genießen konnte. Stattdessen fühlte sie sich alt, obwohl sie mit Abstand die Jüngste im Raum war. Ihre Mitbewohner wollten sie mit einem Fünfundsiebzigjährigen verkuppeln! Sie konnte es nicht fassen. Die ganze Zeit über hatte sie sich vorgemacht, nicht wesentlich älter zu sein als die anderen. Offenbar sahen die anderen das nicht so. Sie sahen in ihr eine Oma, die zu einem alten Mann passte. Das tat weh.

War sie jetzt in dem Alter, in dem sich nur noch Männer über siebzig für sie interessierten? Hatte Gitta recht, und für alle andern war sie jetzt unsichtbar? Sie war noch nicht bereit für Gespräche über die Rente und Busreisen durch Holland.

Sie beobachtete die Musiker. Alle hatten Spaß. Sie spielten ohne Noten, und es war, als ob sie durch die Instrumente miteinander sprächen. Eine ganz eigene Sprache, die Helen ausschloss. Sie waren in ihrer eigenen Welt, in der die Leute um sie herum nicht mehr existierten.

Nach etlichen Stücken lief sie etwas im Bootshaus herum und sah durch das Fenster hinaus.

»Wie Sie sehen, sehen Sie nichts!«, sagte eine Stimme neben ihr.

Helen drehte sich um. Neben ihr stand ein Mann, der eine ganze Ecke jünger war als sie. Er hatte dunkelblonde Haare, die sich leicht wellten. Seine blauen Augen erinnerten sie an Henning.

»Moin, ich bin Oliver«, stellte er sich vor.

»Du bist Hennings Sohn? Ennas Kumpel?«

Er nickte und grinste. »Und wie lief es so, das Date mit meinem Vater?«

Helen wusste nicht recht, was sie sagen sollte. »Er ist sehr nett und charmant«, wich sie aus.

Oliver nickte. »Ist er nicht etwas zu alt für Sie? Ich dachte, Enna sagte, Sie seien in seinem Alter?«

Es tat unheimlich gut, ihn das sagen zu hören. »Mit dreißig ist vermutlich jeder über fünfzig gleich alt«, sagte Helen und hielt ihm die Schale mit den Nüssen hin.

»Vermutlich. Für Enna bin ich auch schon alt.« Er nahm sich eine Handvoll Nüsse und sah zu, wie sein Vater beim Klavierspielen immer mehr in Ekstase geriet.

»So fängt es immer an, und dann eskaliert das hier. Soll ich Sie nach Hause bringen? Das bin ich Ihnen schuldig.« Er sah sie mit den blauen Augen an, die denen seines Vaters so ähnlich waren.

Das Angebot war sehr verführerisch. Helen war müde, und die

Füße taten ihr weh. »Ich sollte mich noch verabschieden.« Helen sah hilflos auf den zappelnden Klavierspieler, der mit geschlossenen Augen auf sein Instrument einhämmerte.

Oliver verdrehte die Augen. »Lassen Sie es.« Er deutete auf den Ausgang.

Schulterzuckend folgte sie ihm. Die Luft draußen war kalt und klar. Über ihnen leuchteten die Sterne.

Oliver hielt ihr die Tür seines VW Golf auf. »Kein Mensch fährt mehr Golf, ich weiß«, sagte er entschuldigend, als er am Steuer Platz nahm.

Helen hatte nichts gegen das Auto. Sie hätte sich allerdings auch in einer Seifenkiste nach Hause fahren lassen, um endlich ins Bett zu kommen.

»Von meiner Mutter kriege ich immer zu hören, ich sehe in dem Auto aus wie Sascha Hehn.«

Helen musste lachen. »Wegen seiner Rolle in der *Schwarzwaldklinik*?«

Oliver nickte.

»Der weiße Golf passt, aber Sascha Hehn hat braune Augen«, sagte sie. *Und sehr viel jüngere Mädchen auf dem Beifahrersitz.*

»Sie haben sich meine Augenfarbe gemerkt?«, fragte er gut gelaunt und startete den Wagen.

Helen wurde rot. Sie war froh, dass es so dunkel war. »Und was hast du noch so vor, heute Abend?«, fragte sie, um abzulenken.

»Ich treffe jetzt noch eine Freundin auf einer Party.«

Die Art und Weise, wie er »Freundin« sagte, verriet ihr einiges. Er fuhr vermutlich zu einer richtigen Party – ohne alte Musiker, die sich in Rage spielten. »Es ist nett, dass du mich nach Hause fährst. Ich hoffe, es ist kein großer Umweg?«

Sein Handy klingelte. Es war mit der Freisprechanlage im Auto verbunden. Doch er nahm das Gespräch so selbstverständlich an, als säße er allein im Auto.

Der Waldweg

»Olli, es ist besser, du kommst nicht.«

»Bastian, was ist los? Ich bin auf dem Weg.«

»Su ist hier ...«

Schon die Stimme des Anrufers verriet Helen, dass mit dieser Su etwas nicht stimmte. Sie versuchte, unbeteiligt zu wirken, und sah aus dem Fenster.

»Ja, und?«

»Es tut mir echt leid. Sie ist mit so einem großen Kerl da, einem mit Bart.«

»Und?« Oliver umklammerte sichtlich nervös das Lenkrad.

»Die sind zusammen. Sie knutschen dauernd und liegen praktisch übereinander ...«

Oliver hob die Hand, als könnte er damit den Bericht seines Freundes stoppen, aber Bastian lieferte weitere Details, die weder Oliver noch Helen wirklich hören wollten.

Das Auto ruckelte und blieb im nächsten Moment liegen.

»Danke für die Info. Mein Wagen verreckt gerade, ich ruf dich morgen an.« Oliver drückte auf »Auflegen« und beendete damit das Gespräch.

Sie standen mitten im Wald. Von einer Sekunde auf die nächste war alles anders. Es gab keinen gut gelaunten Oliver mehr, der sie nach Hause fuhr, sondern nur noch einen verzweifelten.

Er legte den Kopf aufs Lenkrad.

»Das tut mir leid. Das mit Su«, sagte Helen sanft.

Oliver hob den Kopf und starrte durch die Scheibe auf die dunkle Straße vor ihnen. Sie blieben einige Minuten lang so sitzen, dann stieg er aus, ging ein paar Meter, beugte sich nach vorne und wieder hoch. Er ging wieder ein paar Meter, blieb mit dem Rücken zum Auto stehen und verschränkte die Arme hinter dem Kopf.

Helen wusste nicht, was sie tun sollte. Sie ließ ihm etwas Zeit, und tatsächlich stieg er nach einer Weile wieder ein.

Er sah sie nicht an, sondern starrte weiter geradeaus.

»War das die Freundin, die du treffen wolltest?«

Er nickte und schniefte. Dann klopfte er auf die Tankanzeige. »Benzin ist alle. Ich geh welches holen.«

Unter normalen Umständen hätte Helen ihn gefragt, wie so etwas bitte passieren konnte, aber er wirkte so zerstört, dass sie nur nickte.

Er stieg aus, und sie folgte ihm. Er warf ihr einen fragenden Blick zu.

»Ja, ich bleibe sicher nicht allein im Auto, mitten im Wald!«, erklärte sie und lief neben ihm her.

Er schwieg.

»Wir könnten jemanden anrufen«, schlug sie vor.

»Die nächste Tankstelle ist nicht weit, vielleicht zwei Kilometer.«

Nicht weit? Zwei Kilometer?

Helen verfluchte sich dafür, die Stiefel mit Absatz angezogen zu haben. Sie hatte sie gewählt, weil sie geglaubt hatte, einen Abend im Restaurant im Sitzen zu verbringen. Für einen nächtlichen Spaziergang durch den Wald waren sie weitaus weniger geeignet. Oliver ging schnell, und sie musste sich bemühen, mit ihm Schritt zu halten.

»Ich verstehe das einfach nicht!« Oliver blieb stehen. »Seit Wochen geht sie mit mir aus. Sie fasst meinen Arm an, lacht über meine Witze. Sie schickt mir nächtliche WhatsApp-Nachrichten. Das hat doch etwas bedeutet!«

Er drehte seine Handflächen in Richtung Himmel.

»Und dann knutscht sie den Bartmann? Einfach so, obwohl nie von ihm die Rede war? Und obwohl wir verabredet waren?« Er ging weiter.

»Lief denn was zwischen euch?«, fragte Helen und folgte ihm.

Oliver machte eine hilflose Geste. »Immer wenn es fast so weit war, hat sie einen Rückzieher gemacht. Sie hat eine blöde Beziehung hinter sich, sie hat gesagt, sie braucht Zeit.«

»Sie hat dich hingehalten«, stellte Helen fest.

»Aber warum? Warum machen Frauen so was?« Er verlangsamte seinen Schritt und blickte sie fragend an.

In der Dunkelheit sah Helen nicht viel von ihm, aber er wirkte wie ein verletzter Welpe. »Das ist eine gute Frage«, sagte sie und seufzte. »Vielleicht hat sie gehofft, dass sie sich doch noch in dich verlieben würde. Manchmal würde man sich gerne in jemanden verlieben, aber es passiert einfach nicht.«

»Das ist echt eine Scheißerklärung!« Oliver stapfte weiter. Helen hinterher.

Der Waldweg wollte nicht enden. Doch auf einmal blieb Oliver so abrupt stehen, dass Helen fast in ihn hineingelaufen wäre.

»Pst, hören Sie das?« Er hielt sie am Arm fest.

Helen lauschte in die Dunkelheit. Da war tatsächlich ein Geräusch. Es klang wie eine leise Motorsäge, begleitet von einem Quieken.

Ihre Nackenhaare stellten sich auf. War da ein Kettensägenmörder im Wald?

Das Geräusch kam näher. Sie klammerte sich an Oliver, der sich schützend vor sie stellte und seine Waffe, das Handy mit Taschenlampenfunktion, hochhielt.

Helen zuckte zusammen, als eine Gestalt im Lichtkegel sichtbar wurde. Kurz darauf tauchte ein weiterer kleiner, haariger Körper auf.

»Wildschweine!«, zischte Oliver.

In Helens Kopf ratterte es. Sie versuchte, sich an alles zu erinnern, was sie jemals über Wildschweine gehört oder gelesen hatte. »Die können gefährlich werden. Man soll ihnen nicht näher kommen, wenn sie Jungtiere dabeihaben«, flüsterte sie.

»Toller Tipp! Und was macht man, wenn die *uns* näher kommen?« Oliver leuchtete verzweifelt auf die Schweine, die sich von dem Licht nicht beirren ließen und mit ihren grunzenden Geräuschen weiter auf sie zuliefen.

»Ruhig bleiben«, empfahl Helen von hinten und kämpfte mit einer Panikattacke.

»Ich mache mal das Licht aus. Ich glaube, Wildschweine sehen nicht so gut.« Oliver schaltete die Taschenlampe aus. Rabenschwarze Dunkelheit legte sich über sie. Jetzt konnten sie nicht mehr sehen, wo sich die Tiere befanden, was das Ganze noch unheimlicher machte.

»Es sind nur Schweine, nur Schweine …«, wisperte Helen, um sich selbst Mut zu machen.

»Pst«, raunte Oliver. Sie hielten sich aneinander fest und atmeten so leise, wie sie konnten. Sie roch sein Aftershave und hoffte, die Schweine würden es nicht ebenfalls riechen. Und wenn, dann würden sie den Geruch vielleicht nicht mögen? Helen versuchte, sich daran zu erinnern, ob sie Parfüm aufgelegt hatte. Das Grunzen und Quieken war nur noch wenige Meter von ihnen entfernt.

Langsam hatten sich ihre Augen an die Dunkelheit gewöhnt. Sie konnte die Tiere jetzt als dunkle Silhouetten wahrnehmen. Sie standen etwa zwei Meter von ihnen entfernt, so als seien sie unschlüssig, was sie als Nächstes tun sollten. Dann drehte sich eins der Schweine um, und das andere folgte.

»Und Piggeldy ging mit Frederick nach Hause«, sagte Helen erleichtert.

Oliver kicherte.

»Du kennst Piggeldy und Frederik?«, fragte Helen erstaunt.

»Wer kennt die nicht? Das Sandmännchen, ist noch nicht so lange her bei mir.«

Helen seufzte. Sie hatte genug Abenteuer für heute erlebt. Sie zog ihr Handy aus der Tasche. »Ich ruf jetzt Enna an, ob sie uns abholen kann.«

»Viel Glück!« Oliver lief weiter.

Helen sah auf ihr Display. Kein Empfang!

Oliver hatte es gewusst. »Ich hab es auch schon versucht«, gab er zu.

»Wenn wir jemals an der Tankstelle ankommen, kaufe ich mir Hüttenschuhe«, jammerte Helen.

»Es kann nicht mehr weit sein. Wenn es gar nicht anders geht, nehme ich Sie Huckepack.«

»Du könntest langsam anfangen, mich zu duzen. Wir haben zusammen eine Wildschweinbegegnung überlebt.«

»Wenn einer fragt, war es eine Attacke, okay? Und ich habe die Wildschweine in die Flucht geschlagen, indem ich …« Er überlegte.

»Indem du *Ave Maria* gesungen hast«, schlug Helen vor.

»Ich kann überhaupt nicht singen.«

»Das weiß doch keiner.«

Ein paar Schritte weiter war Olivers Stimmung wieder im Keller. »Wenn wir das Auto wieder zum Laufen kriegen, fahr ich noch auf die Party. Dann kann Su mir erklären, wer der Bartmann ist und was das alles soll.«

»Oliver, sie muss dir gar nichts erklären. Ihr seid nicht zusammen!«

Er macht ein zischendes Geräusch.

Unbeirrt fuhr sie fort: »Und selbst wenn ihr zusammen gewesen wärt: Diese Erklärungen sind eigentlich nie befriedigend. Sie machen es eigentlich nur schlimmer.«

»War das bei deinem Mann auch so?«

»Hat Enna dir von ihm erzählt?«

Er nickte.

»Wir waren nicht verheiratet, aber ich habe trotzdem geglaubt, es bedeutet was.«

»Hat er dir nächtliche WhatsApp-Nachrichten geschrieben?«, versuchte Oliver einen Scherz.

»Nein. Wir haben in einem Haus zusammengewohnt, und ich wusste, wie er sein Sandwich am liebsten hat und dass er Milch in Kaffee hasst und Angst vor Marienkäfern hat. Das sollte doch wohl etwas bedeuten.«

»Sollte man meinen. Was ist dann passiert?«

Helen seufzte. »Das Leben. Oder das Auseinanderleben. Aus *unserem* Leben wurde *mein* Leben und *seines*. Und er hat seins dann schnell mit Steffie aufgefüllt.«

»Alberner Name.«

Helen lächelte. »So was von albern! Ich wette, der Bartmann heißt Steffen.«

»Steffen«, wiederholte Oliver. »Garantiert heißt der Steffen, der Idiot!«

Sie liefen weiter. Um sie herum wurde es langsam etwas heller. Der Wald lichtete sich. Helen hoffte inständig, dass die Tankstelle direkt hinter dem Wald lag. Sie gingen auf das Licht zu, das von den Straßenlaternen kam und durch die Bäume schimmerte.

»Es tut mir leid, das mit deinem Partner. Dagegen ist meine Geschichte mickrig.«

»Mickrig?« Helen schmunzelte. »Ich weiß nicht. Ein gebrochenes Herz ist immer schlimm.«

Oliver nickte zustimmend.

»Ich weiß nicht mal, ob ich ein gebrochenes Herz habe«, stellte Helen fest und blieb erstaunt über ihren eigenen Gedanken stehen.

Oliver sah sie fragend an. Das Licht der Straßenlaternen glänzte in seinen Augen.

»Vielleicht ist es bei mir eher ein gebrochenes Leben als ein gebrochenes Herz.«

»Das klingt übel«, fand Oliver. »Aber ich habe gute Nachrichten: Dahinten ist die Tankstelle!« Tatsächlich konnte auch Helen ein gelb leuchtendes Schild erkennen. Hoffentlich verkaufte die Tankstelle Hüttenschuhe. Ihre Füße fühlten sich schon ganz abgestorben an, obwohl sie nicht einmal hochhackige oder enge Schuhe trug, sondern normale Stiefel mit etwas Absatz. Doch ihren blöden alten Füßen war das natürlich schon zu viel.

Wenn es keine Hüttenschuhe gibt, kaufe ich Schlappen oder Pantoffeln.

Endlich erreichten sie die Tankstelle. Helen nahm sich eine Flasche Wasser und machte sich auf die Suche nach Schlappen, während Oliver an einer Zapfsäule den Kanister füllte, den er gekauft hatte.

Helen konnte ihr Glück nicht fassen. Da hingen tatsächlich an einem Ständer dicke, warme Socken mit einer Ledersohle! So bequem, dass ihr bei der Vorstellung, sie an den Füßen zu haben, die Tränen in die Augen traten. Sie ging in die Hocke, um nach ihrer Größe zu suchen.

Oliver kam zurück und grinste, als er sie vor dem Ständer auf dem Boden hocken sah. »Du hast nicht wirklich Hüttenschuhe gefunden?«

»Hab ich«, sagte Helen glücklich.

»Weißt du was, ich kauf dir ein Paar, das bin ich dir schuldig.« Er kniete sich neben sie. Gemeinsam suchten sie nach einem schönen Muster.

Aus den Augenwinkeln sah Helen, wie zwei Männer die Tankstelle betraten. Irgendetwas war seltsam an ihnen.

»Hände hoch, das ist ein Überfall. Überwachungskamera ausschalten, aber zackig!«

Helen hielt die Luft an. Sie konnte nicht glauben, was sie da hörte. Sie lugte vorsichtig über das Regal. Einer der Männer hatte eine Micky-Maus-Maske übergezogen und bedrohte den armen Kassierer an der Verkaufstheke mit einer Waffe. Ein zweiter Typ mit einer Minnie-Maus-Maske stand daneben und machte offenbar die Ansagen. Seine Stimme verriet, dass er keine Frau war.

Oliver zog sie heftig am Arm, sodass sie wieder in die Hocke gehen musste. Mit etwas Glück hatten die beiden sie nicht gesehen. Wartete man nicht bei einem Überfall, bis der Laden leer war? Ihr Herz klopfte wild.

»Die … die Überwachungskameras werden von der Zentrale ausgeschaltet«, stammelte der Kassierer. »Ich … kann sie leider nicht abstellen.«

»Bist du bescheuert, oder was? Dann häng halt ein Handtuch drüber!« Die Stimme klang ungeduldig.

Helen fragte sich, woher der Kassierer jetzt ein Handtuch nehmen sollte. Sie hörten, wie einer der Männer durch den Laden lief, und hielten die Luft an. Dann hörte sie, wie eine Packung aufgerissen wurde.

»Nimm das, du Spast, und mach hinne!«

Konnte sie es wagen, die Polizei zu verständigen? Vorsichtig zog sie ihr Handy aus der Tasche. Oliver schüttelte warnend den Kopf. Konnte man der Polizei eine SMS schicken? Sie traute sich nicht zu flüstern.

Der Kassierer stieg, den Geräuschen nach zu urteilen, gerade auf einen Stuhl, um die Überwachungskamera abzudecken. Oliver zeigte auf den Gang, der zu den Toiletten führte. Wenn es ihnen gelang, unbemerkt hineinzukommen, könnten sie die Polizei rufen.

Das Ganze war allerdings riskant. Sie mussten die Deckung der Regale verlassen und schnell genug um die Ecke wuseln.

Helen wünschte, sie könnte vorher noch schnell die Hüttenschuhe anziehen. Mit denen war es sicher leichter, im gebückten Gang irgendwohin zu flitzen.

Wie paralysiert hörten sie zu, wie die Gestalten den Kassierer aufforderten, das Geld aus der Kasse in eine Plastiktüte zu packen.

»Es tut mir sehr leid, aber seit Januar dürfen wir keine Plastiktüten mehr verkaufen«, sagte der Kassierer.

»Wir wollen die Scheißtüte ja auch nicht kaufen, also mach!«

»Aber wir haben keine Plastiktüten, wie soll ich –?«

»Pack es in eine Papiertüte, Jutebeutel, irgendwas! Mann!«

»Aber wir verkaufen keine Beutel. Gar keine. Niemand kauft an einer Tankstelle so viel, dass er eine Tragetasche brauchen würde.«

Helen musste grinsen. Die Situation war so absurd.

»Dann denk dir was aus, du Spast, sonst puste ich dir dein Gehirn weg!«

Oliver sah sie an, dann sah er wieder den Gang an. Helen nickte. Alle ihre Muskeln spannten sich an. Als Oliver lautlos startete, sauste sie, ohne nachzudenken, hinterher. Ihre Stiefel quietschten, als sie um die Ecke sprintete.

»Was war das?«, schallte die Stimme der Mickymaus herüber.

»Was weiß ich? Eine Ratte?«, antwortete der andere.

»War noch jemand im Laden?«, fragte die erste Stimme den Kassierer.

»Nein, Sie waren die einzigen Kunden, wenn man das so sagen kann. Die einzigen Kunden, die mich überfallen haben.«

»Laber nicht!«, schallte wieder die erste Stimme zu Oliver und Helen herüber.

Sie mussten sich verstecken. Oliver öffnete hektisch und so leise er konnte eine Tür mit der Aufschrift *Do not enter – Eintritt verboten.* Dahinter war ein kleiner Abstellraum, vollgestellt mit Putzsachen und Lagerware. Helen schlüpfte hinein, Oliver folgte ihr und schloss die Tür.

Es war dunkel in dem kleinen Raum und stickig. Die Luft roch nach Reinigungsmitteln und alten Lappen. Unbeweglich standen sie zwischen all den Dingen. Wenn einer die Tür öffnete, wären sie sofort zu sehen.

Sie hörten Schritte im Flur.

Helen und Oliver standen so eng aneinander, dass sie seinen Herzschlag hören konnte, der genau wie ihrer raste. Sie atmeten so leise, wie sie konnten. Die Schritte entfernten sich, dann kamen sie zurück.

»Hier ist nichts!«, brüllte jemand direkt vor der Tür.

Helen musste daran denken, dass in Filmen in solchen Situationen immer einer niesen musste. Der Gedanke war ein Fehler. Sofort bildete sie sich ein, niesen zu müssen. Sie traute sich nicht, ihre Nase anzufassen, aus Angst, eines der Putzgeräte umzustoßen. Stattdessen konzentrierte sie sich auf den Geruch von Olivers Aftershave, den sie zart durch den beißenden Reinigungsgeruch wahrnahm.

Sie fand seine Hand, die sich direkt neben ihrer befand. Ihre Finger schlossen sich in seine. Der Händedruck lenkte sie von ihrer Nase ab.

Nach einer Ewigkeit bewegte sich der Mann vor der Tür endlich wieder zurück in den Laden.

Oliver ließ ihre Hand los und nahm vorsichtig sein Handy aus der Tasche. Das Display beleuchtet den kleinen Raum.

Es war viel zu riskant, jetzt ein Telefongespräch zu führen. Was hatte er vor?

Sie sah zu, wie er eine Textnachricht an sämtliche Freunde schickte.

Tankstelle am Waldweg wird überfallen. Ruf die Polizei! Kein Witz, bin hier versteckt.

Helen holte ebenfalls ihr Handy heraus und googelte »SMS an Polizei«. Es öffneten sich Seiten der Polizei in Stuttgart, Bayern, Bremen. Ob sie einfach denen eine schicken konnte? Würden sie sie an ihre Kollegen weiterleiten?

Ihre Hände zitterten, was das Ganze nicht leichter machte.

»Alles gut. Wir warten jetzt einfach ab«, raunte Oliver ihr ins Ohr. Er steckte sein Handy weg und nahm wieder ihre Hand.

Durch die Tür hörten sie kaum Geräusche vom Laden, egal wie angestrengt sie lauschten. Aber ein Geräusch hörten sie dann doch: Eine Sirene kam näher.

Sterne

Die Täter waren über alle Berge. Die Polizei konnte nur noch den Kassierer, Helen und Oliver befragen.

Es dauerte lange, und als sie endlich im Polizeiwagen saßen, hatte Helen ganz vergessen, sich die Hüttenschuhe zu kaufen.

Die beiden Beamten fuhren sie zu Olivers Wagen, drückten ein Auge zu, weil er nicht mit einem Warndreieck gesichert war, und blieben so lange, bis sich das Auto starten ließ.

»Schönen Abend noch!«

Helen und Oliver nickten müde. Oliver schaltete die Heizung hoch und fuhr los.

Helen sah die Bäume vorbeiziehen und konnte nicht glauben, wie schnell die Strecke, die sie vorhin endlos gelaufen waren, jetzt an ihnen vorbeizog.

»Es tut mir leid. Ich wollte dich eigentlich nur eben nach Hause fahren.« Oliver sah sie von der Seite an, dann blickte er wieder auf die Straße. »Und das mit dem Benzin tut mir besonders leid. Die Anzeige ist kaputt, aber eigentlich habe ich das ganz gut im Gefühl.«

Helen musste an einen Sketch von Loriot denken, bei dem sich ein altes Ehepaar um ein zu hartes Ei streitet. Berta, die Frau, behauptet darin, sie habe im Gefühl, wann das Ei gar ist. »›Vielleicht stimmt dann mit deinem Gefühl was nicht‹«, zitierte sie aus dem Sketch.

»Mit meinem Gefühl stimmt was nicht?«, antwortete Oliver mit verstellter Stimme. »Ich stehe den ganzen Tag in der Küche, mache die Wäsche, bringe deine Sachen in Ordnung, ärgere mich mit den Kindern herum –«

»Und du sagst, mit meinem Gefühl stimmt was nicht?«, fiel Helen mit ein. Sie lachten beide.

»Loriot ist herrlich. Mein Vater liebt ihn. Als ich klein war, haben wir das ständig geguckt. Auf Video.«

Jürgen hatte Loriot auch geliebt. Aber wer nicht? Helen versuchte, den Gedanken an Jürgen abzuschütteln. Das Letzte, was sie wollte, war, jetzt an Jürgen zu denken …

»Ich weiß, was du jetzt brauchst!«, sagte Oliver und bog schwungvoll in eine Seitenstraße ein.

Das bezweifle ich. Was ich jetzt brauche, ist ein Bett und eine Fußmassage mit Latschenkiefer.

Oliver hielt vor einer Imbissbude. »Bin gleich wieder da!«

Helen nickte, froh, sitzen bleiben zu können.

Wenig später kam Oliver mit zwei Tüten Fish and Chips zurück. Helen hielt sie fest, bis er illegal ohne Anwohnerparkausweis in ihrer Straße parkte.

»Mach ich immer, und ich habe noch nie ein Ticket bekommen. Ich bring dich noch zur Tür.«

Sie stiegen aus und liefen zum Haus. Über ihnen leuchteten die Sterne.

»Komm doch noch kurz mit rein. Wäre schade, wenn dir das kalt wird«, schlug Helen vor.

Oliver stimmte zu. Die WG war wie ausgestorben. Entweder waren alle schon im Bett, oder es war keiner zu Hause. Sie schlichen durch das schlafende Haus und trauten sich nicht, sich in die Küche zu setzen. Sie wollten niemanden wecken, und Helen war es auch lieber, wenn sie keiner mit Oliver zusammen sah. Nachts mit ihm zusammen Fisch zu essen war irgendwie seltsam.

In Helens Zimmer war es warm und gemütlich. Helen steckte die Lichterkette ein, die sie über dem Bett angebracht hatte, und legte sich seufzend darauf. Oliver stand etwas hilflos im Zimmer herum.

Erst jetzt fiel Helen auf, dass sie keinen Stuhl hatte. »Setzt dich ruhig zu mir«, bot sie an. Ihr war egal, ob das nun unangemessen war oder nicht. Hier konnte ja keiner zusehen. Es war spät, sie hatten Hunger, und ihnen war kalt. Oliver kam wie ein kleiner Hund, der nur darauf gewartet hat, zu ihr aufs Bett gesprungen.

Helen teilte die Kissen gerecht zwischen ihnen auf und legte die Bettdecke über ihre und seine Beine. Sie zauberte für jeden ein Taschentuch als Tischtuch hervor, und dann genossen sie die Pommes und den Fisch. Oliver hatte nicht übertrieben. Es war wirklich die beste Tüte Fish and Chips, die sie je gegessen hatte. Aber vielleicht lag es auch an den Ereignissen der letzten Stunden.

»Was hat dir mehr Angst gemacht? Die Wildschweine oder die Ganoven an der Tankstelle?«, wollte Oliver wissen, als sie satt nebeneinander lagen.

»Die Ganoven«, entschied Helen. »Was, meinst du, machen die jetzt gerade?«

Oliver legte sich auf die Seite und sah sie an. »Wenn sie klug sind, haben sie sich Fisch und Pommes geholt und liegen so wie ich mit einer schönen Frau unter einer Decke.«

Helen spürte, wie sie rot wurde. Hitze breitete sich von ihrem Gesicht bis runter zu ihrem Dekolleté aus. Sie wusste vor lauter Verlegenheit nicht, wo sie hinschauen sollte.

»Was denn?« Er richtete sich auf. »Das ist ja wohl nicht das erste Mal, dass dir ein Mann sagt, dass du schön bist, oder?«

Es war nicht das erste Mal, aber es war lange her. Jürgen hatte ihr am Anfang ihrer Beziehung ständig gesagt, wie hübsch er sie fand. Nach ein paar Jahren hatte er damit aufgehört.

»Es fühlt sich seltsam an, das von einem jüngeren Mann zu hören«, gab Helen zu. Sie strich die Bettdecke auf ihrem Bauch glatt.

Oliver legte seine Hand auf ihre. Seine Hand war warm. Er tat es mit einer so großen Selbstverständlichkeit, dass sie ihre Hand nicht wegzog.

Die Lichterkette flackerte und ging dann aus.

»Das war klar, passt zu dem verrückten Abend«, sagte Helen und blieb liegen. Seine Hand fühlte sich aufregend an auf ihrer.

Jetzt werde bloß nicht albern!

»Stört es dich, dass ich jünger bin?«, fragte Oliver neben ihr.

»Es stört mich, dass ich älter bin. Ich habe ständig das Gefühl, mich dafür entschuldigen zu müssen, dass du hier mit so einer alten Tante deine Zeit verbringst. Dabei hättest du auf dieser Party sein können.«

»Also erstens wäre das Auto auch ohne dich liegen geblieben. Und zweitens wäre die Party für mich mit dem Bartmann ja so oder so ein Desaster geworden.« Er zog seine Hand weg.

Helen steckte ihre Hand schnell unter die Bettdecke. Es fühlte sich an, als hätten sie gerade etwas Verbotenes getan. »Und drittens?«

»Drittens habe ich es sehr genossen, mit dir zusammen Wildschweinattacken zu überleben und Ganoven an der Tankstelle in die Flucht zu schlagen!«

Helen lächelte in die schummerige Dunkelheit hinein. »Ich auch. Ich finde, wir waren Superhelden heute Nacht.«

»Aber absolut! Oh, guck mal die Sterne!« Oliver zeigte zum Fenster.

Helen drehte sich auf die andere Seite. Er lag jetzt ganz dicht hinter ihr. Wenn er sprach, kitzelte sein Atem sie am Ohr. Man konnte ein Stück des wolkenlosen Himmels sehen. Hell blinkten die Sterne.

Oliver erzählte ihr, wo der Große Wagen war und das Himmels-W.

Helen konnte die Sternbilder an dem kleinen Stück Himmel

nicht finden, aber sie hielt still und genoss seinen Atem an ihrem Ohr, der ihr wohlige Schauer bereitete.

Es kitzelt einfach nur. Das ist okay. Das würde mir mit einer Freundin jetzt genauso gehen.

»Kennst du das Lied *Starry, Starry Night* von Don McLean?«, fragte sie.

»Ich glaube nicht. Sing mal«, forderte er sie auf.

Helen sang leise die erste Strophe. Ihre Stimme klang zart.

Singen war ihr heimliches Hobby. Als Jugendliche hatte sie Gesangsunterricht gehabt und im Chor gesungen. Auch als Erwachsene hatte sie immer gerne gesungen, doch irgendwie war es ihr in den letzten Jahren abhandengekommen. Jürgen mochte es nicht, wenn sie sang. Anfangs hatte er noch vor ihren Freunden mit ihr angegeben und Helen dazu aufgefordert, für sie zu singen. Aber als die Freunde dann von sich aus ab und zu den Wunsch äußerten, Helen solle doch etwas singen, wurde er mürrisch. Es passte ihm nicht, dass sie im Mittelpunkt stand. Nach jedem kleinen Auftritt für Freunde zog er sich wortlos zurück, sobald alle weg waren. In dieser seltsamen Stimmung blieb er dann einige Tage, und Helen fühlte sich jedes Mal, als habe sie etwas falsch gemacht. Sie ging dazu über, Ausreden zu erfinden, warum sie nicht singen konnte, bis keiner mehr danach fragte. Eine Zeit lang hatte sie heimlich gesungen, wenn Jürgen weg war. Aber allein vor sich hinzusingen war auch nur begrenzt spannend.

»Du singst ja richtig gut!« Oliver klang begeistert.

Helen freute sich. »Das Lied heißt eigentlich *Vincent*. Er singt über Vincent van Gogh. Kennst du sein Bild ›Sternennacht‹?«

Als Antwort hielt er ihr sein Handy hin. Helen sah die verschlungen gemalten Sterne am Himmel, den Mond und das kleine Dorf. Das Bild löste Sehnsucht in ihr aus. Eine Sehnsucht nach Zugehörigkeit.

»Sing noch mal«, bat Oliver leise.

Helen richtete sich auf. Sie sang das Lied, ohne ihn anzusehen. Sie sang den Himmel an und die Sterne.

Als der letzte Ton verklungen war, blieb es still im Zimmer. Langsam drehte sie sich zu Oliver um. »Warum sagst du nichts?«, fragte sie.

»Ich wollte die besondere Stimmung nicht zerstören. Das ist ein schönes Lied. Ich glaube, ich habe ein paar Bilder von Vincent van Gogh in den Strophen wiedererkannt. Und deine Stimme ist toll. Singst du oft?«

»Früher mal. Aber ich glaube, ich fange wieder damit an.«

»Das solltest du!« Er rappelte sich hoch. »Ich sollte dann mal los …«, sagte er und fuhr sich durch die Haare.

Helen nickte und stand auf, als er auch aufstand. Sie wollte nicht, dass er ging.

»Bleib doch liegen, ich finde allein raus.«

»Nein, ich bring dich noch zur Tür.« Sie wollte den Abschied so lange wie möglich hinauszögern, denn es würde vermutlich kein Wiedersehen geben. Oliver war ein Freund von Enna und Hennings Sohn. Es wäre seltsam, wenn sie mit ihm befreundet wäre, unpassend.

Sie liefen im Dunkeln zur Tür. Oliver nahm die leeren Fish-and-Chips-Tüten mit und warf sie in der Küche in den Mülleimer. Sie ließen auch hier das Licht aus und tasteten sich im Dämmerlicht zur Haustür. Oliver nahm auf dem Weg Helens Hand. Sie gingen langsam, kamen aber zu Helens Bedauern trotzdem irgendwann an der Tür an. Hier war etwas mehr Licht, es fiel von der Straßenlaterne durch das kleine Fenster.

»Maum!«, schallte es plötzlich von unten. Mrs Norris saß auf der Fußmatte vor ihnen, die Pfoten ganz eng beieinander, den Schwanz ordentlich um sie herumgelegt. Sie sah zu ihnen hoch. Ihre grünen Augen glitzerten.

»Ertappt«, sagte Oliver ergeben. »Sie fragt, warum wir uns an den Händen halten.«

»Weil es dunkel ist«, erklärte Helen der Katze. »Menschen sehen im Dunklen nicht so gut wie Katzen.«

Mrs Norris sah sie mitleidig an.

»Und weil es irgendwie schön ist«, ergänzte Oliver und drückte Helens Hand.

»Mao«, sagte Mrs Norris.

»Was hat sie jetzt gesagt?«, fragte Helen.

»Sie findet, ich sollte dich küssen.« Er kam einen halben Schritt näher, sodass er jetzt genau vor ihr stand.

»Das ist, glaube ich, keine gute Idee«, flüsterte Helen.

Oliver ließ sich davon nicht beeindrucken. Er fand mit seiner freien Hand ihre und verschränkte seine Finger mit ihren. Jetzt hielt er sie an beiden Händen fest.

Helen versuchte, den Kopf gesenkt zu halten, aber sie musste ihn einfach anschauen. Er näherte sich ihr langsam. Seine Lippen waren warm und weich. Es war erschreckend, von einem anderen Mann als Jürgen geküsst zu werden. Erschreckend schön.

Die aufgeregten Stimmen in ihrem Kopf wurden leiser. Es gab nur noch Oliver und sie. Alles andere war egal. So lange, bis plötzlich das Licht anging.

Jemand war in die Küche gekommen. Oliver und Helen fuhren auseinander.

»Ciao«, sagte er schnell und flüchtete durch die Haustür nach draußen. Mrs Norris rannte in die Küche und petzte dort, was sie gesehen hatte.

Jemand sprach beruhigend auf sie ein, während Helen im Flur versuchte, ihre Fassung zurückzukriegen. Nachdem sie sich einigermaßen gesammelt hatte, ging sie in die erleuchtete Küche. Das helle Licht ließ sie blinzeln.

»Na, hat er dich gerade nach Hause gebracht? So spät? Lief

wohl ganz gut, dein Date?« Paul, nur mit einer Jogginghose bekleidet, grinste sie an und trank Milch direkt aus der Packung. Seine Locken standen noch wilder ab als sonst.

Helen wurde rot und versteckte sich, indem sie den Kühlschrank aufriss und hineinstarrte. »War okay«, sagte sie unbestimmt.

»Mao!«, schrie Mrs Norris, die um Pauls Beine strich.

»Du alte Schreikatze.« Paul nahm sie hoch und legte sie sich wie ein Baby in den Arm. Die Katze maunzte noch ein weiteres Mal, um gegen diese lächerliche Haltung zu protestieren.

»Ich bin müde, ich geh ins Bett«, sagte Helen schnell und schloss den Kühlschrank, ohne etwas rauszunehmen.

Paul nickte und sah sie an.

Helen war sein Blick unangenehm. Wie viel hatte er gesehen?

»Schlaf schön, und träum von Henning!« Er küsste die Katze auf den Kopf die sich entsetzt freistrampelte und auf den Boden sprang, wo sie sich sofort hektisch putzte.

Helen ging in ihr Zimmer und schloss die Tür hinter sich. In ihrem Bett roch sie an dem Kissen, auf dem Oliver gelegen hatte. Ein Hauch seines Aftershaves war noch zu riechen.

Hatte sie sich nicht vor ein paar Stunden, bevor sie das *Le Frog* betreten hatte, noch gewünscht, sich zu verknallen?

Du alberne Kuh!

Helen knipste ihre Nachttischlampe an und zog sich die Fußschiene an. Dann legte sie sich zurück auf das Oliver-Kissen und schloss die Augen.

Ihre Füße taten ihr weh, und sie war zu müde, um einzuschlafen, aber sie konnte nicht aufhören zu lächeln.

Dreißigtausend Euro

Am nächsten Tag versuchte Helen, Paul aus dem Weg zu gehen und Anrufe von Gitta zu ignorieren. Sie würde sicher alles aus ihr herauskitzeln, und Helen war nicht bereit, über Oliver zu sprechen.

Sie war auch nicht bereit für den Anwaltsbrief, den sie im Briefkasten fand. Jürgen hatte seine Drohung tatsächlich wahr gemacht.

Sie stellte ihre Kaffeetasse auf den Umschlag. Ein kleiner Tropfen Kaffee lief an der Tasse hinunter und machte sich auf den Weg zum Papier. Helen beobachtete, wie er erst langsam, dann schneller die Tasse heruntenglitt und auf dem Papier landete. Es tat gut, es mit Kaffee zu beflecken. Das nahm ihm ein Stück weit den Schrecken.

»Guten Morgen, wie lief dein Date?« Masha kam die Treppe herunter. Sie trug Jeans und eine Bluse, die sie dünn und zerbrechlich wirken ließ. Mit ihrem kurzen Pagenschnitt sah sie noch zierlicher aus als vorher.

»Henning ist sehr nett, aber mehr auch nicht. Wie alt bist du Masha?«

»Vierundzwanzig.«

»Würdest du gerne etwas mit einem Vierundvierzigjährigen anfangen?«

Masha schüttelte sich bei der Vorstellung. »Nein!«, sagte sie empört.

»Eben«, sagte Helen.

Masha machte sich einen Tee. »Henning ist zwanzig Jahre älter als du? Das wusste ich gar nicht. Er wirkt so jung.«

Helen machte ein schnaubendes Geräusch.

»Du bist sauer, weil wir dich mit einem alten Mann verkuppeln wollten, richtig?«

Helen zögerte. Dann gab sie es doch zu: »Vielleicht ein bisschen. Ihr könnt euch das noch nicht vorstellen, aber eine Frau über fünfzig zu sein ist nicht einfach. Und wenn man dann einen Opa als Date bekommt ...« Sie sprach den Satz nicht zu Ende.

Masha setzte sich neben sie. »Eine Frau unter dreißig zu sein ist auch nicht einfach. Weißt du das nicht mehr?«

Helen dachte nach. Sie erinnerte sich an sorglose Jahre, in denen sie Nächte durchmachen konnte, kaum Make-up brauchte und gerade Zehen hatte, die sie in jeden Schuh stecken konnte, ohne danach mit Schmerzen aufzuwachen.

Sie bewegte vorsichtig ihren schmerzenden Fuß unterm Tisch.

Masha sah sie an. »Du erinnerst dich nicht mehr daran, dass sich die älteren Frauen beim Bäcker vorgedrängelt haben? Nicht mehr an die anzüglichen Blicke von potenziellen Vorgesetzten, die dir beim Vorstellungsgespräch an den Hintern fassen und das dann normal finden? An die unfreundlichen Verkäuferinnen, denen du lästig bist, weil du sicher kein Geld hast, um dir den teuren Mantel zu kaufen, den du gerade anprobierst? Oder an die Handwerker, die dich von oben herab behandeln und dich ›junges Fräulein‹ oder ›junge Frau‹ nennen?«

Helen hakte ein: »Das kommt übrigens mit dem Alter wieder – mich nennen Verkäufer und Handwerker jetzt auch wieder ›junge Frau‹. Es soll ein Kompliment sein, aber tatsächlich ist es eine Herabwürdigung.«

»Frau zu sein ist immer schwer, egal in welchem Alter«, beschloss Masha.

»Vermutlich. Aber ich kann dir schon mal sagen, dass es im Laufe deines Lebens noch schwieriger wird. Und schmerzhafter. Dauernd tut dir alles weh.«

Masha sah sie mitleidig an. Helen fühlte sich unwohl. Sie hatte nicht vorgehabt, hier in der WG zu sitzen und über ihr Alter zu jammern.

»Du solltest was essen.« Helen stand auf.

»Ich kann mir selbst etwas machen.«

»Das weiß ich doch, junges Fräulein«, sagte Helen scherzhaft. »Aber es tut mir gut, mich etwas um dich zu kümmern. Magst du Arme Ritter?«

»Nie gehört«, gab Masha zu.

»French Toast?«, versuchte es Helen mit dem andern Namen.

»Oh ja, das ist lecker!«

Helen rührte Eier, Zimt, Milch und etwas Salz mit einer Gabel auf einem Teller an, wendete dann die Toastbrotscheiben darin und legte sie in die heiße Pfanne. Jürgen hatte keine süßen Speisen gemocht, aber für Gitta hatte sie manchmal French Toast gemacht, wenn er auf einer Geschäftsreise war und Gitta samstags zum Frühstück kam.

»Ahornsirup habt ihr nicht zufällig irgendwo?«, fragte sie Masha, die ihr fasziniert zusah.

»Ich denke nicht.«

»Es geht auch mit Honig.«

»Was ist das hier für ein Brief?«, fragte Masha und tippte auf den Zettel mit dem Anwaltskauderwelsch.

»Das ist ein Brief von Jürgens Anwalt. Ich soll ihm dreißigtausend Euro für die Wohnungseinrichtung zahlen, die ich auf dem Flohmarkt verkauft habe.«

»Was?« Masha legte sich erschrocken die Hände vor den Mund.

»Ja, genau so hab ich auch geguckt.« Helen wendete die Toasts. Ein herrlicher Geruch breitete sich in der Küche aus. Sie schnitt einen Apfel in dünne Spalten und dekorierte sie an den Rand zweier Teller.

»Und was machst du jetzt?«

Helen machte eine hilflose Geste. »Ich habe nicht die geringste Ahnung.«

Sie legte die Toasts auf die vorbereiteten Teller, schnitt sie diagonal durch, sodass zwei Dreiecke entstanden, und bestäubte die Dreiecke dann mit Honig und Puderzucker. Wenig für sie und viel für Masha.

»Dein Puderzuckerstäuber ist der Hammer, ehrlich!«, sagte Masha begeistert, als Helen den Teller vor sie auf den Tisch stellte. »Das sieht ja aus wie im Hotel.«

Sie aßen, und Helen konnte sehen, wie gut es Masha schmeckte. Sie gab vor, nach einer Hälfte Toast schon satt zu sein, und bat Masha, ihren Rest auch noch zu essen.

»Du jubelst mir Kalorien unter, das merke ich doch!«, brummte sie.

»Eigentlich juble ich mir nur Kalorien weg, und bei dir sind sie gut aufgehoben«, antwortete Helen grinsend. Sie schenkte sich noch einen Kaffee ein. Die Milch war leer, sie musste dringend einkaufen gehen.

»Was du mir von Jürgen erzählt hast, lässt mich darauf schließen, dass er narzisstische Züge hat«, überlegte Masha laut. »Wenn du das Geld nicht zahlen kannst, das er fordert, wirst du eine andere Lösung brauchen.«

»Hast du eine?«, fragte Helen ironisch.

Zu ihrer Überraschung nickte Masha. »Ja, vielleicht. Ein Narzisst dreht sich nur um sich selbst. Was er am meisten braucht, sind Aufmerksamkeit und Bestätigung. Wenn du es schaffst, ihm die zu geben, erlässt er dir vielleicht die dreißigtausend. Ihm geht es nämlich aller Wahrscheinlichkeit nicht ums Geld. Er fühlt sich von dir unfair behandelt.«

Helen seufzte. »Ja, das hat er raus. Er fühlte sich von mir ständig schlecht behandelt.«

»Der Trick ist, diese Schwäche für deine Zwecke zu nutzen!« Masha sah sie mit funkelnden Augen an. Diese Seite kannte Helen an ihrer Mitbewohnerin noch gar nicht. Sie hatte die sanfte kleine Masha unterschätzt.

»Du studierst Psychologie, richtig?«

Masha nickte. »Das ist fast so hilfreich wie Jura. Lass uns mal sehen, ob wir den Anwalt mit unserem Wissen aushebeln können.« Sie rieb sich die Hände wie ein kleiner Kobold.

Helen nahm einen Schluck von ihrem Kaffee. »Okay, wie?«

Masha sah sie an. »Das wird dir jetzt nicht gefallen.«

»Egal, sag es mir!«

Masha atmete aus. »Du musst Jürgen und seine neue Schnalle treffen.«

»Auf gar keinen Fall!« Vehement schüttelte Helen den Kopf.

»Helen, du musst da drüberstehen. Sieh es als geschäftliches Meeting, bei dem dreißigtausend Euro rausspringen könnten.«

Helen schüttelte wieder den Kopf.

»Du musst ihm Aufmerksamkeit schenken und ihm bestätigen, dass er mit dieser Steffie eine gute Wahl getroffen hat. Das ist natürlich ein riesiger Schritt, aber wir brauchen einen großen Hebel, es geht hier um dreißigtausend Euro.«

»Kann ich mir nicht auch einen Anwalt nehmen und ihm zurückschreiben, dass die Summe völlig überzogen ist?«

»Natürlich. Das dauert dann zehn Monate, und am Ende zahlst du dann nur zwanzigtausend – plus Anwaltskosten. Willst du das?« Masha sah sie ernst an.

Helen kippte die ganze Tasse Kaffee herunter. »Du meinst, ich sage ihm, ich will seine Steffie kennenlernen, treffe sie und heuchle anschließend, wie toll sie ist? Das nimmt er mir nie ab!«

»Absolut richtig. Narzissten bemerken schnell, ob die Aufmerksamkeit echt ist.«

»Dann wird es nicht funktionieren.«

»Doch, wenn du wirklich herausfindest, was diese Steffie für ihn ist. Nehmen wir mal an, sie ist super fürsorglich und macht alles für ihn, dann siehst du – aha! –, er braucht eine mütterliche Frau. Das ist das, was Jürgen sich wünscht. Und das kannst du ihm dann gönnen.«

»Was, wenn sie eine Sexbombe ist?«

»Dann braucht Jürgen eine junge Sexbombe.«

»Und ich soll ihm die dann gönnen?« Helen sah sie entrüstet an.

»Entscheidend ist, dass du es nicht persönlich nimmst. Du beziehst es nicht auf dich. Tu so, als wäre Jürgen nicht dein Ex, sondern einfach ein alter Freund.« Masha machte eine leichte Handbewegung, als wäre das, was sie da vorschlug, ganz einfach.

»Das ist aber eine ziemlich schwierige Übung, findest du nicht?« Helen sah sie fragend an.

»Ja.« Masha nickte bestätigend. »Aber am Ende hast du den wunderschönen Nebeneffekt, dass du frei bist.«

»Das funktioniert nie im Leben.«

»Probier's aus!«

Helen faltete den Brief zusammen. »Ich denke drüber nach.«

Am Meer war es regnerisch und windig. Helen ging zügig am Strand entlang und befolgte die alte Regel: Immer erst gegen den Wind laufen.

Ihr Gesicht war nass vom Nieselregen, doch Helen machte das nichts aus. Es fühlte sich an, als würde das Meer sie durch die Luft berühren.

Sie sah auf die aufgewühlte Ostsee und schaute zu, wie sich die Wellen brachen und mit Kraft an den Strand donnerten.

Ihre Gedanken schweiften zu Oliver. Heute Morgen hatte sie Masha entrüstet erklärt, dass Henning ihr viel zu alt war. Auch zwischen Oliver und ihr bestand ein ziemlicher Altersunterschied.

Sie wusste nicht genau, wie alt Oliver war. Hatte Enna fünfunddreißig gesagt? Vielleicht, mit etwas Glück war er siebenunddreißig, dann trennten sie nicht ganz zwanzig Jahre.

Was macht es für einen Unterschied? Achtzehn oder zwanzig Jahre?

Es war albern, darüber nachzudenken. Die ganze Sache war nur aus dem Ruder gelaufen, weil sie in der Nacht ein komplettes Roadmovie erlebt hatten. Ganz normal, dass man da etwas überreagierte.

Helen lief am Meer entlang, bis sie den Küstenwald erreichte. Dort überquerte sie den Strand und wechselte auf den kleinen Weg, der zwischen den Bäumen entlangführte. Von hier oben hatte man einen tollen Blick aufs Meer.

Sie musste an den Waldweg denken, den sie mit Oliver zusammen gelaufen war. Ihr linker Fuß erinnerte sich auch noch gut daran. Sie fand eine Bank und setzte sich mit Blick aufs Meer. Die weiße Gischt sah schön aus im Kontrast zu dem türkisblauen Meer. Die Ostsee hat oft dieses türkise Wasser. Seine Farbe löste jedes Mal etwas in Helen aus: ein Gefühl von Freiheit und Glück.

Sie versuchte, ihre Gedanken zu ordnen.

Ihr Ex schrieb ihr böse Briefe, ihr Date gestern war in eine seltsame Richtung gelaufen, und sie musste dringend mehr Aufträge an Land ziehen, damit sie mehr Geld verdiente. Sie musste sich jetzt dringend um sehr viele Dinge kümmern – und eventuell Jürgen und diese bescheuerte Steffie treffen.

Und was machte sie? Sie saß nur da, im Wind, sah auf das Meer und dachte daran, dass Oliver sie vor einigen Stunden geküsst hatte.

Gittas Projekt

Bis jetzt hatte Helen alle Anrufe von Gitta ignoriert. Am späten Nachmittag aber bekam sie eine Sprachnachricht von ihr:

»Es ist etwas passiert bei deinem Date, über das du offenbar nicht sprechen willst. Ich hoffe mal, er hat dich mit nach Hause genommen und du rekelst dich immer noch bei ihm im Bett, aber falls das nicht der Fall ist …« Ein Hund bellte im Hintergrund. »Ulla, hörst du auf. Mach Sitz. So ist's fein. Und mach Platz. Ja, du Feine! Du Feine!«, sang Gittas Stimme. Dann sprach sie normal weiter. »Äh, ja … Wo war ich? Ach so, heute Abend sind wir bei Kim eingeladen. Der Käseabend. Also, falls du nicht schon in den Flitterwochen bist, sehe ich dich um sieben bei Kim.«

Den Käseabend hatte Helen völlig vergessen. Sie war müde und wollte eigentlich nur auf ihrem Bett liegen und an ihrem Kissen schnüffeln. Olivers Geruch war fast verflogen, und sie befürchtete, in ein paar Stunden würde gar nichts mehr von ihm zu riechen sein.

Du benimmst dich, als wärst du vierzehn. Jetzt zieh dir was an, und fahr los!

Kim wohnte am anderen Ende von Rostock in einem hübschen Backsteinhaus mit grünen Fensterläden. Ihre Einrichtung war bunt und fröhlich. Es war nie wirklich aufgeräumt bei ihr, und in der Küche stapelte sich oft das schmutzige Geschirr vor der Spülmaschine. Helen hatte nie verstanden, wie Kim mit so einer Unordnung leben konnte, aber seit sie mit drei anderen Menschen zusammenwohnte, hatte sie oft genug erlebt, dass einfach nicht alles Geschirr in die Spülmaschine passte und zwangsweise davor gelagert werden musste.

Kim und ihr Mann Tobias hatten drei Kinder, Teenager zwischen dreizehn und neunzehn Jahren. Doch heute hatte sie es irgendwie geschafft, ihre ganze Familie aus dem Haus zu vertreiben.

Der Tisch war mit Brot und vielen verschiedenen Käsesorten gedeckt, und Gitta entkorkte gerade eine Flasche Wein, als Helen hereinkam.

Zwei Hunde begrüßten sie schwanzwedelnd: Kims Familienhund Ludwig und Ulla bettelten gleichzeitig um ihre Aufmerksamkeit. Helen kraulte abwechselnd das eine und das andere Fell. Wie schön es war, dass die Hunde ihr das Gefühl gaben, gerade der wichtigste Mensch der Welt zu sein!

»Na, hätte ja nicht gedacht, dass du uns noch beehrst.«

Helen ignorierte Gittas Spitze und fragte Kim, ob sie noch etwas tun könne.

»Nein, alles ist bereit. Lasst uns schnell anfangen, bevor die Meute wieder da ist!« Mit einem Handzeichen forderte Kim sie auf, Platz zu nehmen.

Ihre Käseabende waren eine Institution. Sie hatte sie vor einigen Jahren erfunden, weil sie nicht viel Vorbereitung verlangten, und es trotzdem immer lecker war. Es machte Spaß, gemeinsam um den Tisch zu sitzen und so viel Brot und Käse zu essen, bis man nicht mehr konnte. Mal lud sie mehr, mal weniger Gäste ein, immer aber ausschließlich Frauen.

Heute waren sie nur zu dritt, was Helen freute, weil sie sicher war, dass Gitta die Fragen nach ihrem Date nicht lange zurückhalten konnte. Um sich etwas Zeit zu verschaffen, fragte Helen nach Kims Kindern.

Kim erzählte, wollte dann aber wissen, wie Helen das WG-Leben gefiel.

»Gut. Ich hatte es mir viel schwieriger vorgestellt, aber es ist richtig schön, mit jungen Leuten zusammenzuwohnen. Die drei sind aber auch toll. Ich habe wirklich Glück gehabt.«

»Das hast du nach der Trennung auch verdient!«, fand Kim und reichte ein weiteres Mal das Brot herum. Sie schickte Ludwig auf seine Decke, damit er nicht am Tisch herumbettelte. »Hast du denn noch Kontakt zu Jürgen?«

Helen machte ein zischendes Geräusch und erzählte dann von dem Brief, den sein Anwalt ihr geschickt hatte.

»Dreißigtausend Euro? Ist der noch ganz frisch? Du hast bei dem Verkauf doch nicht mal die Hälfte eingenommen!«, empörte sich Gitta.

»Der Rosenkrieg ist eröffnet«, stellte Kim nüchtern fest und legte ihr ein paar Weintrauben auf den Teller.

»Das geht ja nicht. Das geht doch nicht!« Gitta war ganz aufgeregt. Ulla bemerkte das und wedelte um ihre Beine herum.

»Masha, meine Mitbewohnerin, hatte eine ungewöhnliche Idee, wie man das Problem lösen könnte.«

Kim beugte sich interessiert über den Tisch, und Helen erzählte von Mashas Plan.

»Klingt einleuchtend, aber gleichzeitig ziemlich unmöglich in der Durchführung«, kommentierte Kim. »Also, ich stelle mir das sehr schwer vor.«

Gitta wirkte nachdenklich.

»Was hältst du davon?«, fragte Helen sie.

»Ich bin zwischen zwei Gedanken hin- und hergerissen. Mir gefällt es nicht, dass Jürgen bei der Sache so gut wegkommt. Ich finde, man sollte ihm gerade nicht das geben, was er sich wünscht. Aufmerksamkeit!« Sie machte eine ausladende Bewegung und warf dabei ihr Glas um. Kims Arm schnellte hervor und fing es im Flug auf.

»Halleluja, das nenne ich Reaktionszeit!«, sagte Helen voller Bewunderung.

»Jahrelanges Training mit Kindern«, winkte Kim ab.

Helen konnte sehen, dass sie sich trotzdem über das Kompliment freute.

»Danke, das war beeindruckend«, fand auch Gitta, die ihr Glas mit Inhalt zurückbekam und es vorsorglich gleich austrank.

»Und was war dein anderer Gedanke dazu?«, wollte Helen wissen, die viel auf Gittas Meinung gab.

Gitta seufzte. »Je älter ich werde, desto mehr lerne ich, dass man manche Dinge doch anders angehen muss. Ich glaube, in der Idee, offen auf ihn und seine Neue zuzugehen, steckt sehr viel Weisheit. Deshalb finde ich es absolut erstaunlich, dass der Vorschlag von Masha kommt, die ja erst Mitte zwanzig ist.« Sie streichelte Ulla, die sich inzwischen unter den Tisch gelegt hatte, mit den Füßen.

»Ich finde das überhaupt nicht erstaunlich, wenn ich mir meine Tochter Anouk anschaue. Die ist mir in so vielen Sachen um Lichtjahre voraus. Jede Generation hat ihre Stärken, ich glaube, wir können von den Älteren oder den Jüngeren immer etwas lernen.« Kim schenkte sich und Gitta Wein nach.

Helen hielt ihr Glas zu, weil sie noch fahren musste. Gitta nahm sich sicher später ein Taxi, aber das war bei ihrer finanziellen Lage nicht drin. »Also ihr findet, ich sollte Jürgen und seine Neue treffen und herausfinden, was er an ihr findet?«, fragte sie.

Gitta und Kim nickten.

»Ich hatte mir ein bisschen gewünscht, ihr würdet es mir ausreden«, gab Helen zu.

Kim und Gitta lachten. »Auf die schwierigen Dinge im Leben!«, sagte Kim und hob ihr Glas.

»Auf die schwierigen Dinge!«

»Auf dass wir sie lösen!«, sagte Helen. Sie war sich sicher, dass Gitta jetzt nach ihrem Date fragen würde. Als Gitta Luft holte, wappnete sich Helen innerlich.

»Ich hab' auch eine Neuigkeit!«, sagte sie. »Michael und ich wollen ein Haus in Stralsund kaufen und es später als Ferienhaus vermieten.«

Das kam nicht nur für Helen völlig unerwartet.

Kim schlug sich die Hände vor den Mund und sah aus, als würde sie vor lauter Begeisterung explodieren. Ihre grünen Augen leuchteten, und ihre kurzen hellblonden Haare wirkten für einen Moment so, als würden sie sich aufstellen. Helen mochte diese übersprudelnde Freude an ihr. Manchmal hatte sie das Gefühl, ihr selbst sei diese Begeisterungsfähigkeit abhandengekommen. Kim war neun Jahre jünger als sie. Helen fragte sich oft, ob ihre Freundin auch mit fünfundfünfzig noch jünger wirken würde, ganz einfach, weil sie Kinder hatte, die sie mitten im Leben hielten.

»Erzähl. Ich will alles wissen!«, forderte Kim.

Das ließ sich Gitta nicht zweimal sagen. »Wir waren letztes Wochenende da oben spazieren. Diesmal sind wir nicht nur den Strand entlang, sondern auch noch etwas durch die Stadt geschlendert. Und da haben wir in einer Seitenstraße dieses alte, absolut entzückende Häuschen gesehen.«

Als hätte sie es geprobt, zeigte sie bei den Wörtern »entzückendes Häuschen« ein Bild des Hauses auf ihrem Handy. Helen schaute es sich ganz genau an. Es war nicht nur ein entzückendes Häuschen mit einem Erker und Fensterläden, es war auch ein ziemlich verfallenes Häuschen. Einige Fensterscheiben waren eingeschlagen, und der Vorgarten wucherte den Eingangsbereich völlig zu.

»Da brauchst du erst mal eine Kettensäge, wenn du da rein willst!«, sagte Kim lachend.

»Es ist wirklich sehr entzückend«, beeilte sich Helen zu sagen, um Kims Kommentar ein wenig aufzufangen. »Ist es zu verkaufen?«

Gitta machte zwei Fäuste und bewegte sie tänzelnd vor sich

her. »Ja! Wir haben sofort im Internet recherchiert. Man kann es bis Donnerstag ersteigern, und das Anfangsgebot ist lächerlich niedrig!«

»Und wann könnt ihr es besichtigen?«, wollte Helen wissen.

»Das ist der Knackpunkt. Gar nicht«, gab Gitta zu.

»Das heißt, wenn ihr es ersteigert, kauft ihr die Katze im Sack?«, fragte Helen entsetzt.

»So sieht's aus.«

Es entstand eine kurze Stille, in der Helen und Kim den Gedanken einsinken ließen. Ein altes, verfallenes Häuschen zu ersteigern, ohne zu wissen, wie die Substanz innen ist, war verrückt.

»Seht ihr nicht, welches Potenzial da drinsteckt? Wenn man das Haus wieder herrichtet, in der Lage, so nah am Strand, in Stralsund!« Gitta betonte »Lage«, »Strand« und »Stralsund«, offenbar in der Hoffnung, ihre Freundinnen damit zu überzeugen.

»Erinnerst du dich noch daran, was du zu Marlies gesagt hast, als die das Haus auf Sylt haben wollte?« Helen war zwar nicht dabei gewesen, aber Marlies hatte ihr davon erzählt, als Gitta sie letztes Jahr zu einem ihrer regelmäßigen Besuche bei ihrer Freundin mitgenommen hatte. Marlies und Cornelia waren Helen sofort sympathisch gewesen, und Marlies hatte ihr verraten, wie viel Gegenwind sie damals von Gitta bekommen hatte, als sie ihr Haus in der Stadt verkaufen wollte, um auf die Insel ziehen zu können.

»Das war eine ganz andere Situation«, wehrte Gitta ihren Einwand ab. »Ich will ja nicht nach Stralsund ziehen. Wir wollen das Haus renovieren und dann vermieten. Es ist doch genial, im Alter noch eine zusätzliche Einnahmenquelle zu haben!«

»Keine Frage! Aber ihr müsst erst mal renovieren. Und vermutlich einen Kredit aufnehmen, oder?«, fragte Kim.

Gitta nickte.

»Dabei wisst ihr noch gar nicht, was euch im Haus erwartet.

Frisst es zwanzigtausend Euro Renovierungskosten oder zweihunderttausend?« Kim brachte es auf den Punkt.

»Das ist das Risiko. Aber ich habe ein gutes Gefühl, und Michael auch.«

Helen musste lächeln. *Frauen und Gefühle!* Sie verstand, was Gitta meinte. Allerdings war es untypisch für sie, solch ein Risiko einzugehen. »Warum?«, fragte sie.

Gitta legte sich ein dickes Stück Käse auf ihren letzten Zipfel Baguette. Sie dachte nach, bevor sie antwortete: »Ich habe das Gefühl, Michael und ich brauchen Projekte, damit unsere Ehe weiterhin gut läuft. Ulla war ja auch ein Projekt, ein wundervolles. Ich habe Lust auf Veränderung, auf etwas, auf das man sich freuen kann, auf eine neue Herausforderung. Ich will nicht in meinem Garten sitzen und warten, bis wir alt sind. Wir haben keine Kinder, aber ich will trotzdem etwas wachsen sehen, etwas, auf das wir gemeinsam stolz sein können.«

Kim drückte ihren Arm. »Das kann ich absolut verstehen!«

»Ich auch«, sagte Helen, die sich plötzlich verlassen fühlte. Kim hatte eine Familie, die sie glücklich machte, und Gitta hatte ein Haus und einen Job und einen tollen Ehemann, und jetzt suchte sie sich noch ein »Projekt« dazu.

»Ich bin fast ein bisschen neidisch«, sprach Kim aus, was Helen dachte.

»Man ist immer neidisch auf das, was man nicht hat. Ich bringe es sogar fertig, dich um dein ganzes schmutziges Geschirr zu beneiden.« Gitta zeigte auf die Küche.

Kim lachte. »Was ist denn jetzt euer Plan?«

»Wir versuchen, so viele Informationen wie möglich zu bekommen, und am Donnerstag bieten wir mit und sehen, was passiert!« Gitta streichelte Ulla, die sich neben ihr Frauchen gesetzt hatte.

»Das ist super aufregend! Ich drück euch alle Daumen!« Helen wünschte den beiden wirklich, dass sie das Haus bekamen. »Und bei der Renovierung helfen wir, oder, Kim? Ich könnte auch meine WG mobilisieren. Die machen bestimmt auch mal mit.«

Gitta strahlte und erzählte, was sie mit dem Garten vorhatte.

Kim zauberte währenddessen eine Mousse au Chocolat aus dem Kühlschrank. Obwohl Helen gedacht hatte, dass sie auf keinen Fall noch etwas essen könnte, gelang es ihr relativ leicht, noch eine große Portion Mousse au Chocolat zu löffeln. »Jemand muss mich nach Hause rollen«, stöhnte sie.

»Gibt es da nicht vielleicht jemanden, der sich da anbieten würde?«, fragte Gitta verschmitzt.

Kim machte große Augen und wurde von Gitta sofort informiert: »Helen hatte gestern ein Blind Date.«

»Oh, là, là! Dann erzähl mal!« Kim lehnte sich entspannt zurück.

»Das Date war nett, aber Henning ist leider schon fünfundsiebzig.«

Enttäuscht sahen die andern beiden sie an.

»Er hat mich danach noch auf eine Jamsession mit seiner Band mitgenommen. Sein Sohn Oliver hat mich dann nach Hause gefahren. Wir haben eine Wildschweinattacke zusammen überlebt und einen Überfall auf eine Tankstelle. Und beim Abschied hat er mich geküsst.«

»Der Sohn?«

»Wildschweinattacke?«, fragten Gitta und Kim gleichzeitig.

»Ja, der Sohn. Und ja, Wildschweine. Na ja, sie haben uns nicht wirklich attackiert, aber fast –«

»Im Auto?«, unterbrach Kim.

»Nein, das Auto ist liegen geblieben, deshalb mussten wir ja zu Fuß diesen Waldweg lang, und da –«

»Stopp!«, rief Gitta. »Was interessieren mich die Wildschweine! Kim, ich will wissen, wie es zu dem Kuss kam. Wie alt ist dieser Oliver? Wie? Wie?« Gitta fuchtelte wild mit den Händen herum, und Kim stellte vorsorglich ihr Glas weg.

»Also, vielleicht fange ich am besten von vorne an …«, begann Helen und erzählte noch einmal ausführlicher vom ganzen schrägen Abend.

»Das ist mehr, als ich in den letzten zwanzig Jahren erlebt habe!«, sagte Kim, als sie fertig war.

Gitta schüttelte den Kopf. »Das ist verrückt, Helen. So was erlebt man nicht einfach so.«

»Was meinst du damit?«

»Na, das ist zu abgefahren. Ich vermute mal, es musste alles so sein, weil es sonst vermutlich den Kuss nicht gegeben hätte.«

»Das verstehe ich zwar nicht ganz, aber ich stimme zu!«, mischte sich Kim ein.

»Ihr meint, das Schicksal hat mir den leeren Tank, die Wildschweine und die Ganoven geschickt, damit Oliver mich am Ende küsst?«, fasste Helen zusammen.

Beide nickten.

»Und warum?«, fragte Helen nach, die nicht ganz verstand, worauf die beiden hinauswollten.

»Das weiß man nicht. Hat es dir gutgetan, ihn zu küssen?«, fragte Gitta.

Helen wurde rot.

Gitta machte eine Handbewegung, die »Siehst du« heißen sollte. Kim löffelte grinsend die allerletzten Reste der Mousse au Chocolat aus ihrer Schale.

»Und ihr habt gar kein Problem damit, dass er so viel jünger ist als ich?«, fragte Helen erstaunt. Sie hatte tatsächlich eher mit einer Gardinenpredigt gerechnet als mit lächelnden, nickenden Gesichtern.

»Hast du ein Problem damit?«, fragte Kim.

Helen zuckte mit den Schultern. »Vielleicht ein bisschen. Ich fühle mich schlecht, weil ich den Vater zu alt für mich fand, jetzt aber etwas mit dem Sohn anfange, der einen ähnlichen Altersabstand zu mir hat. Nur eben jünger.«

»Das ist eigentlich witzig!«, kicherte Gitta.

»Stimmt!«, prustete Kim.

Helen schaute hilflos von einer zur anderen. »Was mache ich denn, wenn Henning mich anruft?«

Die beiden hörten auf zu lachen. »Ich würde ihm nicht erzählen, dass sein Sohn –«, begann Gitta.

»Auf keinen Fall!«, unterbrach Kim sie. »Und deiner WG würde ich auch erst mal nichts davon sagen. Triff ihn heimlich, das ist romantisch!«

Helen wusste nicht, ob sie das so romantisch fand. Sie wusste ja noch nicht einmal, ob es ein weiteres Treffen geben würde.

»Einfach gucken, wie sich die Dinge weiterentwickeln. Als Erstes musst du dich sowieso um Jürgen kümmern«, empfahl Gitta.

Helen schnitt eine Grimasse. Ludwig stand auf, streckte sich und setzte sich dann neben Helen. Sie streichelte seine seidigen Ohren.

Schade, dass sich Mrs Norris nicht streicheln lässt. So ein weiches Ohr anzufassen hat etwas sehr Beruhigendes.

»Ich bin sehr gespannt, wie es bei euch weitergeht! Gitta, du musst mir am Donnerstag sagen, ob ihr das Haus bekommen habt!« Kim stand auf und räumte die Teller ab. Das war das Zeichen zum allgemeinen Aufbruch.

Als Helen später im Bett lag, drückte sie ihre Nase in das Oliver-Kissen. Ihr Handy zeigte eine Nachricht an.

Schlaf schön.
Kuss, Oliver

Helen hatte keine Ahnung, woher er ihre Nummer hatte. Dennoch antwortete sie:

Du auch.
Kuss, Helen

Sie schlief gut in dieser Nacht.

Schweinebacke

»Enna?« Helen klopfte an ihre Zimmertür.

Es dauerte eine Weile, dann sagte eine Stimme: »Ja, komm rein.«

Enna saß auf ihrem Bett und schenkte ihr ein künstliches Lächeln. Sie sah aus, als hätte sie gerade geweint. Helen blieb in der Tür stehen. »Ich gehe einkaufen. Brauchst du etwas?«

»Oh, das ist lieb, ich …« Enna stand fahrig vom Bett auf und lief durch den Raum, als würde sie etwas suchen. »Mir fällt gerade nichts Bestimmtes ein, aber bring doch Äpfel mit. Und Schokolade«, fügte sie sehnsuchtsvoll hinzu.

Helen widerstand dem Impuls, sie in den Arm zu nehmen. »Alles okay bei der Arbeit?«, fragte sie stattdessen.

»Ja. Alles gut. Wir haben neue Pflanzen bekommen.« Enna zeigte auf eine Zimmerecke. Dort standen und hingen viele kleine exotisch aussehende Pflanzen, die auf Steinen und in hängenden Gläsern wuchsen. Helen trat näher. »Wie nennt man die noch mal?«, fragte sie und berührte die spitzen Blätter.

»Tillandsien. Sie ziehen sich ihre Nährstoffe aus der Luft.« Enna stellte sich neben sie.

»Die sind schön! Darfst du sie behalten?«

»Nein, ich habe sie nur mitgenommen, um sie hier zu fotografieren. Ich muss auch los …« Für jemanden, der im Schlafanzug herumstand, war das eine etwas seltsame Aussage.

Helen vermutete, dass Enna allein sein wollte, und zog sich zurück. »Welche Schokolade?«, fragte sie, als sie schon in der Tür war.

»Vollmilch-Nuss.«

Helen nickte. Sie hätte gerne etwas Tröstliches gesagt, aber sie wollte Enna nicht zu nahetreten. Es fühlte sich an, als versteckte ihre Mitbewohnerin sich hinter einer unsichtbaren Glasscheibe. Zu Paul und Masha hatte sie direkt einen Draht gefunden. Enna blieb für sie rätselhaft.

Sie schloss die Tür hinter sich. Einkaufen ging sie eigentlich nur, um sich vor ihren echten Aufgaben zu drücken. Sie musste Jürgen anrufen und sich um ihren Job kümmern. Dringend. »Eins nach dem anderen«, sagte sie leise, während sie die Treppe herunterging.

Als sie wiederkam, saß Mrs Norris in der Küche und beobachtete genau, was sie auspackte.

»Was guckst du so? Paul hat sich mal Schnitzel gewünscht, und Gemüse ist hier ständig Mangelware.« Sie zeigte auf die fünf Packungen Nudeln und einen kleinen Berg Schokoladentafeln. »Masha braucht Kohlenhydrate, und von einer Tafel Schokolade hat auch keiner was«, erklärte sie der Katze, während sie Berge von Lebensmitteln in den Kühlschrank und die Schränke stopfte.

Mrs Norris warf ihr einen verächtlichen Blick zu. Die Katze war sich sicher, dass Helen viel zu viel Geld ausgegeben hatte.

»Das weiß ich selbst«, verteidigte Helen sich. »Geld wächst nicht auf den Bäumen. Aber ich kann die Mannschaft hier ja schlecht verhungern lassen!« Tatsächlich fiel es ihr schwer, im Supermarkt aufs Geld zu achten. Sie hatte früher immer einfach gekauft, was sie wollte, und es machte ihr Freude, jetzt nicht mehr für den mäkeligen Jürgen einzukaufen, sondern für drei junge Leute, die sich über alles freuten, was sie mitbrachte und kochte.

Mrs Norris hatte keine Ahnung.

»Für dich hab ich übrigens auch etwas mitgebracht.« Helen

zog eine Packung Katzenstangen aus ihrem Korb. Mrs Norris tat uninteressiert und drehte den Kopf weg, ihre Augen beobachteten aber genau, wo sie die Katzenstangen verstaute.

Als Helen alle Einkäufe verstaut hatte, lief Mrs Norris in ihr Zimmer und setzte sich auf ihr Bett neben das Handy.

»Ich muss Jürgen anrufen.«

Die Katze blinzelte sie an.

Helen warf sich seufzend aufs Bett. Mrs Norris flüchtete, und Helen wählte Jürgens Nummer. Sie war immer noch an der ersten Stelle bei ihren Favoriten gespeichert. Das musste sie dringend ändern. Sie atmete tief durch, als das Freizeichen ertönte.

»Ja«, meldete sich seine vertraute Stimme. Sie löste sofort ein Gefühlschaos in ihr aus.

»Hallo, ich bin's«, sagte sie unnötigerweise. Wenn Jürgen ihre Nummer nicht gelöscht hatte, wurde ihm ja angezeigt, wer anrief.

»Du hast den Brief bekommen«, stellte er fest.

»Ja. Und ich kann verstehen, dass du sauer bist.«

Bleib bei der Wahrheit, sei ehrlich und entgegenkommend.

»Ach, kannst du das, ja? Wie würde es dir denn gefallen, in einer leeren Bude zu sitzen? Ohne Vorwarnung? Es waren Sachen dabei, an denen ich hänge!«

»Das wusste ich nicht.« Jürgen hatte sich während ihrer gemeinsamen Zeit nie viel aus Möbelstücken und Einrichtung gemacht.

Komm zu deinem Anliegen. Frag ihn einfach.

»Jürgen, ich habe mich gefragt, ob wir mal zusammen essen gehen könnten …« Sie machte eine kurze Pause, bevor sie ergänzte: »Du, ich und … Steffie.« Sie kniff die Augen zusammen und legte eine Hand über ihre Augen.

Jürgen brauchte eine Weile, um die Frage zu verstehen. »Du willst mit mir und Steffie essen gehen?«

Helen nickte, was Jürgen natürlich nicht sehen konnte. »Ich

denke, das könnte uns beiden helfen, mit unserem Leben weiterzumachen.«

Gut so. Ehrlich und entgegenkommend.

Jürgen hatte die Frage aus der Bahn geworfen. »Das muss ich erst mit Steffie besprechen. Dazu kann ich jetzt nichts sagen. Ich melde mich wieder.«

»Mach das.« Sie wusste nicht, was sie zum Abschied sagen sollte. »Hab noch einen schönen Tag.«

Na, das klang ja bescheuert.

»Danke. Du auch«, sagte Jürgen, der offenbar nicht recht wusste, was er mit dieser Abschiedsfloskel anfangen sollte. Dann legte er auf.

Helen riss die Tür zum Esszimmer auf. »Ich hab es getan!«, rief sie Mrs Norris zu, die unter dem Tisch saß und sich putzte.

»Na, das ist ja schön für dich. Ich hoffe, ihr habt an Verhütung gedacht, oder ist das kein Thema mehr?« Pauls Lockenkopf tauchte hinter einer Schranktür auf. »Vergiss es, das war unverschämt«, entschuldigte er sich.

»Ich hab eigentlich Schnitzel für dich gekauft. Aber vielleicht mache ich die auch nur für Masha und Enna, die nicht solche Fragen stellen!«

»Was machst du für mich?« Masha kam die Treppe runter.

Paul, der sich gerade eine Packung Milch aus dem Kühlschrank nahm, erstarrte. Masha trug nicht wie sonst Schlabberhose und einen weiten Pulli, sondern hatte sich einen Rock angezogen und eine Bluse mit einem schönen Ausschnitt.

»Masha! Ich wusste ja gar nicht, dass du so süße Boobs hast!« Paul schnalzte anerkennend mit der Zunge.

Masha wurde rot. Helen schlug ihn mit einem Küchenhandtuch. »Du siehst super aus, will er damit sagen«, übersetzte sie.

»Ja, super und heiß!«, sagte Paul und vergaß völlig, aus der schon geöffneten Packung zu trinken.

Helen nutze seine Schockstarre, um ihm ein Glas in die Hand zu drücken. »Ich habe Jürgen angerufen und ihm vorgeschlagen, zusammen mit Steffie essen zu gehen«, berichtete sie stolz.

Masha umarmte sie spontan.

»Du gehst mit deinem Ex und seiner Neuen essen?«, fragte Paul und trank ein ganzes Glas Milch auf ex.

»Das ist der Plan«, bestätigte Helen.

Paul schüttelte den Kopf.

»Angewandte Psychologie«, erklärte Masha und nahm ihm die Milchpackung weg, bevor er sich ein zweites Glas einschenken konnte.

»Sauf nicht immer sofort die ganze Milch weg! Helen war extra einkaufen heute.« Sie stellte die Packung zurück in den Kühlschrank. »Wie lief es denn? Was hat er gesagt?«, wollte sie von Helen wissen.

»Er muss das mit Steffie besprechen.« Helen machte eine Grimasse.

»Das ist gut! Sie sagt bestimmt nicht Nein, schon aus Neugierde nicht.«

Helen seufzte. »Ich weiß nicht, ob ich das kann«, gab sie zu.

Masha nahm sie bei den Schultern. »Du hast den Anruf geschafft, der erste Schritt ist der schwerste!« Ihre braunen Augen sahen sie zuversichtlich an.

Helen fiel auf, dass sie Wimperntusche trug. »Vielleicht hast du recht. Dir geht es heute gut, oder? Du wirkst so strahlend!«

»Ja, hast du etwas Radioaktives gefrühstückt? Eine Plutonium-Stulle? Oder einen Uran-Shake?« Paul grinste, und bevor Masha etwas sagen konnte, fragte er nach: »Hast du heute überhaupt schon etwas gefrühstückt?«

Masha schüttelte den Kopf. »Ich hab morgens keinen Hunger.« Sie hob abwehrend die Hände, als Paul sie auf einen Küchenstuhl bugsierte.

»Hier setzt du dich schön hin, während du Onkel Paul etwas zaubern lässt. Wir wollen doch nicht, dass die schönen Äpfelchen da ihre Form verlieren!« Er zeigte auf Helens Dekolleté.

Helen musste grinsen. Sie zog sich aus der Küche zurück und ließ die beiden allein. Sie sah noch, wie Paul mit einer Bratpfanne hantierte, während er pausenlos auf Masha einredete.

In ihrem Zimmer nahm sie ihr Handy und schrieb Gitta eine Nachricht:

Hab Jürgen angerufen. Er will die Idee mit Steffie besprechen. Gibt es etwas Neues? Haus?

Dann setzte sie sich an ihren Computer und las ihre Mails. Sie hatte einen kleinen Auftrag bekommen und sollte die Bedienungsanleitung für einen elektrischen Epilierer übersetzen.

Helen machte sich an die Arbeit und stellte sich die nächste Stunde über schmerzhaft vor, wie das Gerät die Härchen aus ihren Beinen zog. Sie war eindeutig eher dafür, sich zu rasieren, auch wenn ihr Haarwuchs mit dem Älterwerden an einigen blöden Stellen zugenommen hatte. Wenn das so weiterging, war Rasieren bald ein Teil der Morgenroutine.

Sie nahm ihren Vergrößerungsspiegel aus der Schublade und betrachtete sich kritisch. Am Kinn sprossen schon wieder einzelne Haare, die grau und hart waren wie echte Barthaare. Sie nahm ihre kleine Reisepinzette aus einem rosa-weiß gestreiften Täschchen und begann zu zupfen.

Ob es auch Gesichtsepilierer gibt?

Als sie mit dem Kinn fertig war, zupfte sie ihre Augenbrauen, die seit einigen Jahren in alle Richtungen wucherten.

Wenn ich gar nichts mehr zupfe, sehe ich eines Tages aus wie Mrs Norris. Was sollen die ganzen Haare überall?

Helen zupfte, bis der Bereich um ihre übrig gebliebenen Augenbrauen rot war. Sie schlich sich ins Bad und cremte alles dick mit Aloe vera ein.

Masha und Paul waren inzwischen in Mashas Zimmer weitergezogen. Sie konnte sie reden und lachen hören.

Ihr Haaransatz musste auch bald wieder gefärbt werden.

»Ab fünfzig kannst du dich als Frau eigentlich in Vollzeit um deinen Körper kümmern. Wenn du mit einem Bereich fertig bist, kannst du direkt mit dem nächsten anfangen«, sagte sie zu ihrem albern aussehenden Spiegelbild.

Das nickte zustimmend und wackelte mit den eingecremten Augenbrauen.

Gut, dass Oliver sie so nicht sah! Helen schlich zurück in ihr Zimmer und stellte endlich ihre Übersetzung fertig.

»Und ihr wollt das bei eBay ersteigern?«

»Nein, über eine Immobilienplattform.«

Helen und Gitta standen hinter Michael, der auf einem Stuhl vor dem Computer saß. Beide hielten eine Tasse Kakao mit einem ordentlichen Schuss Baileys in der Hand. Gitta fand, dass man mit Lumumba am besten ein Haus ersteigerte.

Es war Donnerstag, und bis zum Ende der Versteigerung waren es noch dreißig Minuten.

»Und wie macht ihr das? Habt ihr euch auf ein Höchstgebot geeinigt?«, fragte Helen.

»Ja«, sagte Michael.

»Nein«, sagte Gitta.

»Sie ist verrückt, deshalb sitze ich hier am Computer«, erklärte Michael, der den Blick nicht vom Bildschirm abwandte.

»Trink deinen Lumumba«, empfahl Gitta ihm.

»Ich will erst in letzter Minute zuschlagen.« Michael dehnte seine Finger, als hätte er vor, bei einem Wettkampf im Fingerhakeln mitzumachen.

»Und was gibst du ein? Gleich das Höchstgebot?«, fragte Helen gespannt.

»Nein! Erst mal niedriger anfangen, aber nicht zu spät. Biete so, dass man noch nachbessern kann!« Gittas Stimme war eine Oktave höher als sonst. Sie trommelte Michael bei jedem Wort auf die Schulter.

»So, Ladys, ich muss mich konzentrieren. Geht mal rüber ins Esszimmer. Ich rufe euch, wenn es nur noch fünf Minuten sind.«

Helen und Gitta trollten sich wie zwei Teenager und setzten sich an den Tisch. Gitta sprang noch mal auf und kam wenig später mit Keksen zurück, die in der Mitte mit Creme gefüllt waren.

Seufzend aß Helen einen. Sie hatte gedacht, bei einer Trennung verlöre man die Kilos, aber ihre hielten sich eigensinnig in ihrer Bauchgegend fest.

»Was gibt es bei dir Neues?«, fragte Gitta.

»Jürgen hat sich gemeldet. Ich gehe morgen mit ihm und Steffie essen. Thailändisch, weil sie das so liebt.« Helen verdrehte die Augen.

»Da musst du aber noch ein bisschen üben, damit dir Jürgen morgen dein Interesse an Steffie auch abnimmt.«

Helen nahm einen großen Schluck Lumumba. Etwas Sahne blieb an ihrer Nasenspitze hängen. Gitta wischte es ab. »Ich finde es großartig, dass du das machst. Ich glaube, ich könnte das nicht.«

»Ich weiß auch nicht, ob ich das kann.« Helen atmete tief ein und aus.

Gitta dippte ihren Keks in die Tasse. *»Du erntest, was du säst.* Als Gartenarchitektin kann ich diesen alten Spruch bestätigen. Und du säst morgen. Sieh es mal so.«

»Ich säe morgen«, wiederholte Helen. Sie fühlte in sich hinein. Der Satz war gut. Er nahm dem Ganzen die Schwere.

»Hat sich Oliver mal bei dir gemeldet?«

Helen fühlte, wie sich beim Klang seines Namens sofort ihr

Puls erhöhte. »Wir schreiben uns WhatsApp-Nachrichten«, gab sie zu.

Gitta war mit der Antwort nicht zufrieden. »Ja, und was schreibt ihr euch?«

»›Guten Morgen‹ und ›Gute Nacht‹«, Helen zögerte, »und dass wir uns vermissen.«

Gitta sah aus, als wollte sie eine unwirsche Bemerkung machen. Dann überlegte sie es sich anders. Sie nickte und sagte: »Das ist gut.«

»Was wolltest du zuerst sagen?«, fragte Helen.

Gitta lächelte. Aus Michaels Zimmer kam ein Geräusch. Gitta und Helen stürzten sofort hinüber. Ulla, die durch das aufgeregte Gerenne aufgewacht war, kam gleich mit.

»Was ist passiert?«, fragte Gitta alarmiert.

Helen sah auf die Zeit, es waren noch sieben Minuten.

»Da hat noch einer geboten.« Michael zeigte auf den Bildschirm.

»›Schweinebacke‹, der nennt sich nicht wirklich ›Schweinebacke‹!« Gitta kroch beinahe in den Bildschirm, bis Michael sie wegschob.

»Er hat dreißigtausend mehr geboten.«

»Die Schweinebacke!«, versuchte Helen einen Scherz.

Michael und Gitta waren zu angespannt, um zu reagieren. »Das ist immer noch unter unserem Höchstgebot. Alles im grünen Bereich«, murmelte Michael und ließ seine Finger über der Tastatur schweben.

»Er weiß nicht, dass es uns gibt, solange wir in der Deckung bleiben«, flüsterte Gitta, als könnte Schweinebacke sie hören.

Helen umklammerte aufgeregt ihre leere Tasse.

»Noch vier Minuten«, sagte Michael tonlos.

»Wann soll ich zuschlagen? Bei zwei Minuten?«, fragte er seine Frau, die neben ihm stand und den Bildschirm hypnotisierte.

»Ja«, hauchte Gitta.

Ulla wollte sich zu ihrem Frauchen drängen, aber Helen hielt sie zurück. Nichts durfte die beiden jetzt stören. Wenn alles gut lief, waren sie in wenigen Minuten Ferienhausbesitzer.

Michael gab den Betrag ein und sah Gitta fragend an. Sie nickte, dann warteten alle ab. Eine gespannte Stille breitete sich aus. Schweinebacke war momentan Höchstbietender und wiegte sich in Sicherheit.

Die Uhr zeigte zwei Minuten an, und Michaels Finger drückte auf Enter.

Traumhausjäger war jetzt Höchstbietender. Sie hielten die Luft an und schrien gemeinsam auf, als sie von Schweinebacke überboten wurden.

Michael gab ein noch höheres Gebot ein. Noch zehn Sekunden. Noch acht. Sein Finger stach auf die Enter-Taste.

Traumhausjäger war wieder Höchstbietender. Die verbleibenden sechs Sekunden verstrichen quälend langsam.

Endlich war die Zeit abgelaufen.

Auf dem Bildschirm erschien: *Herzlichen Glückwunsch, Traumhausjäger!*

Michael und Gitta fielen sich in die Arme. Sein Stuhl fiel um, die beiden hüpften Arm in Arm durch den Raum. Helen freute sich mit Ulla am Rand. Der Hund sprang aufgeregt an ihr hoch, obwohl Gitta ihr das eigentlich abgewöhnt hatte.

Gitta umarmte erst Helen und dann Ulla. Michael umarmte Helen und dann wieder Gitta.

»Glückwunsch, ihr habt es echt getan, ihr Verrückten!«

»Ich brauch einen Schnaps«, sagte Michael. Er sah aus, als wäre er gerade einen Marathon gelaufen. Das Hemd klebte an seinem Rücken.

Gitta holte Schnapsgläser. Helen verzichtete und stieß mit Orangensaft an.

»Jetzt haben wir ein altes verfallenes Geldgrab«, sagte Michael atemlos, nachdem er getrunken hatte.

»Jetzt haben wir ein wunderschönes Häuschen am Meer!«, verbesserte ihn Gitta.

»Jetzt habt ihr ein tolles Projekt für die nächsten Jahre!«, fasste Helen zusammen.

Sie blieb nicht mehr lange, sondern ließ Gitta und Michael allein ihre Freunde anrufen und die E-Mails checken, die das weitere Vorgehen beschrieben.

Als sie die Haustür hinter sich schloss, nahm sie etwas von der vibrierenden Euphorie ihrer Freunde mit auf den Heimweg.

Oliver

Es war ein sonniger Tag gewesen, aber als sie gerade in ihre Straße einbog, fing es an zu regnen. Helen schaltete den Scheibenwischer ein. *Muss das jetzt sein?* Das Wetter änderte sich hier oben an der Küste wirklich schnell.

Ein Mann in einem blauen Parka eilte den Gehweg entlang. Etwas an ihm kam Helen sehr vertraut vor, als sie langsam an ihm vorbeifuhr. Der Regen wurde heftiger, und der Mann zog sich seine Kapuze über den Kopf und beschleunigte seine Schritte.

Helen spielte mit dem Gedanken, verbotenerweise in der Straße direkt vorm Haus zu parken. Bei dem Regen würde sie furchtbar nass werden, so wie der arme Typ da draußen. Dann müsste sie das Auto allerdings später noch mal wegfahren.

Der Kapuzenmann blieb vor Haus Nummer 13 stehen. Helen parkte den Wagen, und ihre Blicke trafen sich durch die Windschutzscheibe, auf die die Regentropfen jetzt nur so prasselten. *Oliver!*

Er rannte mit schnellen Schritten zur Beifahrertür, riss sie auf und warf sich auf den Vordersitz. »Fahr!«, rief er, als wäre er auf der Flucht.

Helen startete den Wagen und fuhr los. »Wohin wollen Sie denn, junger Mann?«

»Ich wollte die hübsche Frau besuchen, die in Nummer 13 wohnt.«

»Enna?«, fragte Helen nur halb im Scherz.

»Dich.« Er strahlte sie an. Seine Haare waren feucht, er nahm die Kapuze ab.

»Warum soll ich denn fahren? Wohin willst du?«

»Irgendwohin, wo ich mit dir allein sein kann.« Er sah sie zärtlich von der Seite an.

Helen hatte Mühe, sich auf den Verkehr zu konzentrieren, der wegen des heftigen Regens ins Stocken kam. Oliver sagte ihr, wie sie fahren sollte, doch bis auf seine Weganweisungen sprachen sie nicht.

Helen kam das alles ziemlich unwirklich vor. Sie bog in den Waldweg ein, den Oliver ihr zeigte. Die asphaltierte Straße endete, und der Wagen holperte. Sie fuhr zwischen Büschen und Bäumen, auf einem Weg, der offensichtlich nicht für Autos gedacht war.

»Das reicht, glaube ich.« Oliver drehte sich nach hinten. »Hier kannst du anhalten.«

Helen stoppte den Wagen. Der Scheibenwischer wischte eifrig von links nach rechts. Der Regen rauschte auf das Autodach.

Ihr Herz klopfte. Sie fühlte sich, als sei sie sechzehn. Sie konnte einfach nicht glauben, dass Oliver tatsächlich Interesse an ihr hatte. Sie war fünfundfünfzig. Eine getrennt lebende, mittelmäßig aussehende Frau. Was fand er nur an ihr?

Sie sah ihn an. Er lächelte, beugte sich zu ihr herüber und küsste sie auf den Mund. Es war ein kurzer, fordernder Kuss. Er fühlte sich an wie eine Frage. Dann wich er ein paar Zentimeter zurück.

Ohne lange nachzudenken, antwortete sie. Diesmal beugte sie sich zu ihm hinüber und küsste ihn. Sanft, aber etwas länger. Auch sie ging danach wieder leicht auf Abstand, sodass er ihr folgen musste, wenn er sie weiter küssen wollte.

Er wartete kurz, dann rückte er näher und küsste sie. Erst vorsichtig, dann leidenschaftlich. Gerade als Helen alles um sich herum vergaß, hörte er auf und lehnte sich auf seine Seite zurück.

Helen beugte sich schnell vor und hauchte ihm ganz zart ein Küsschen auf die Lippen. Sie musste sich sehr beherrschen, um wieder auf Abstand zu gehen, aber das war eben das Spiel.

Oliver sah sie an und grinste. Als er diesmal näher kam, war sein Kuss sofort voller Leidenschaft. Helen küsste leidenschaftlich zurück und fragte sich dabei, wie sie so viele Jahre ohne solche Küsse überlebt hatte. Es kostete ihn sichtlich Mühe, sich irgendwann von ihr loszureißen. Helen hielt diesmal nicht eine Sekunde Pause ein, sondern folgte ihm direkt. Als sie nach herrlichen Sekunden den Versuch startete, wieder aufzuhören, hielt er sie fest.

Das Auto war zu klein, alles war im Weg, zwischen ihnen. Sie trugen zu viele Klamotten, ihr Herz ging zu schnell, seine Hände waren so gut und lösten kleine Explosionen aus, wenn er sie vorsichtig durch ihren Pullover an den Brüsten berührte.

Die Schaltung war ein unüberwindbares Hindernis.

»Rücksitz«, entschied Helen atemlos.

Oliver warf sich aus seinem Parka, auch sie zog sich schnell die Jacke aus. Lachend verließen sie das Auto und stiegen hinten wieder ein.

Der Regen hatte Helen in der einen Sekunde, die das Umsteigen gedauert hatte, voll erwischt. Ihre Haare tropften, ihre Kleidung klebte an ihr. Oliver legte ihr die Hände auf die Schultern. »Der Pullover ist nass, vielleicht solltest du den lieber ausziehen.«

Helen hatte darunter noch ein Shirt an, aber sie dachte sofort an ihr Winkfleisch an den Oberarmen, auf das er dann freie Sicht hätte. Oliver hingegen war weniger besorgt. Er zog sich direkt Pullover und T-Shirt aus.

Sein freier Oberkörper sah toll aus. Er war weder besonders muskulös, noch hatte er ein echtes Sixpack, aber wenn Helen diesen Oberkörper mit Jürgens verglich, bekam er eine Eins plus mit Sternchen.

Helen fuhr mit den Fingern über seine glatte, weiche Haut. Sie ließ zu, dass er ihr den Pullover über den Kopf zog. Der Rücksitz war auch eng, aber endlich konnten sie sich richtig näher kommen. Oliver küsste und berührte sie, bis ihr alles egal war. Sie dachte nicht mehr darüber nach, wie er ihren älteren Körper finden würde, sie löste sich auf unter seinen Berührungen.

Eine solche Leidenschaft hatte sie lange nicht gespürt. Staunend erinnerte sie sich an das Gefühl. Nichts ergab mehr Sinn, wenn sie nicht mit ihm schlafen konnte. Hier und jetzt, auf der Stelle, in ihrem Auto, unter dem schützenden Trommeln des Regens auf dem Dach.

Helen lag auf ihm, so gut es eben auf einem Autorücksitz geht. Er stöhnte leise, als sie seine Hose aufknöpfte. Die Erlösung schien so nahe. Sie öffnete ihre Hose und zog sie ein Stück herunter. Als sie sich aber wieder auf ihn legen wollte, hielt er keuchend inne.

»Helen, wir … Wir können nicht einfach so …«

Helen tauchte aus ihrem Rausch auf. Verhütung war mit Jürgen kein Thema gewesen, er konnte keine Kinder zeugen. Mit ihren fünfundfünfzig Jahren war sie jetzt zwar höchstwahrscheinlich nicht mehr in der Lage, schwanger zu werden und ein Baby zu bekommen. Man konnte sich aber mit allem Möglichen anstecken. Was sie hier tat, war verantwortungslos.

»Entschuldige, du hast recht«, murmelte sie und zog ihre Hose wieder hoch. »Es ist nur …« Sie wusste nicht, wie sie den Satz beenden sollte.

»… so unfassbar schön mit dir«, raunte Oliver und berührte ihre Brustwarzen.

»Teenagersex« hatte sie diese Art von Petting früher genannt. Es war kein richtiger Sex, aber er brachte sie trotzdem mit Leichtigkeit zum Höhepunkt. Jürgen war das vielleicht jedes zehnte Mal so gelungen.

Ihr war etwas schwindelig, als sie danach in seinem Arm lag. »Es ist völlig verrückt«, sagte sie, sobald ihr Gehirn wieder Worte finden konnte.

»Allerdings«, sagte er und küsste sie auf die Stirn.

Sie fuhr ihn nach Hause. Auf dem Weg redeten sie kaum, aber er hielt ihre Hand und schaltete mit ihr zusammen.

»Wäre es okay, wenn wir das mit uns noch eine Weile vor meiner WG geheim halten?«, fragte Helen, als sie sich verabschiedeten.

»Ja, gerne«, sagte er und strich ihre eine Haarsträhne aus dem Gesicht.

»Es ist zwar bescheuert, aber ich würde es gern erst selbst begreifen, bevor ich es vor anderen verteidigen muss«, versuchte Helen, ihre Bitte zu erklären.

Oliver nickte. »Das geht mir genauso«, flüsterte er.

Es dauerte lange, bis sie sich endlich voneinander lösen konnten und er ausstieg.

Als sie in die WG zurückkam, saß Paul am Esstisch. Sein Blick scannte sie von oben nach unten. Helen versuchte, ganz normal zu wirken, was ihr nicht wirklich gelang.

»Soso«, sagte Paul und grinste.

Helen setzte sich zu ihm an den Tisch. Es hatte keinen Zweck, ihm konnte sie nichts vormachen. »Ja, genau!«, sagte sie deshalb mit hoch erhobenem Kopf.

»Henning scheint dir gutzutun«, stellte er fest.

Helen schüttelte den Kopf. »Es ist nicht Henning.«

»Nicht?« Paul war erstaunt. »Aber er hat dich doch nach dem Date nach Hause gebracht.«

Helen schüttelte den Kopf.

»Helen, Helen! Wer hätte das gedacht!« Er schnalzte anerkennend mit der Zunge. »Wer ist es dann?«, wollte er wissen.

Helens Telefon klingelte und bewahrte sie vor einer Antwort. Sie entschuldigte sich und floh in ihr Zimmer, um den Anruf dort anzunehmen.

»Ich bin's«, sagte Jürgens Stimme.

»Hallo, Jürgen. Schön, dass du anrufst.« Die Freude war nicht ganz gelogen – immerhin hatte der Anruf sie gerade gerettet.

»Ich wollte fragen, ob wir uns morgen auch eine Stunde später treffen könnten. Ging das?« Er klang gestresst.

»Ja, das ist kein Problem«, sagte Helen und fragte sich, was wohl der Grund für diese Verschiebung war.

Es war seltsam, mit ihm zu sprechen. Er war so weit weg. Es hatte einmal eine Zeit gegeben, da hätte sie ihm gesagt: *Ich freue mich auf morgen. Ich bin aufgeregt, hoffentlich kann ich die Nacht vorher schlafen.* Aber jetzt war da nur diese große Distanz, die keine echten Sätze zuließ. Also hangelten sie sich beide von Floskel zu Floskel.

»Das ist sehr entgegenkommend, danke.«

»Gerne, es ist kein Problem«, wiederholte sich Helen.

Es entstand eine unangenehme Gesprächspause, bis Jürgen das Gespräch beendete.

Als Helen abends im Bett lag, fuhr ihr Gehirn mit ihr Schlitten. Sie musste abwechselnd an Oliver und an Jürgen denken.

Was soll das? Können wir nicht bei einem Mann bleiben?

Sie zwang sich, sich auf Oliver zu konzentrieren, an seine Küsse, seine Berührungen.

Wieso war der richtige Sex mit Jürgen nicht halb so gut wie der Teenagersex mit Oliver?

Jetzt hatte sich schon wieder Jürgen in ihr Gehirn geschummelt. Sie dachte an das Essen morgen und überlegte, was sie anziehen sollte. Was Steffie wohl tragen würde?

Sie dachte an die Themen, über die sie sprechen würden. Ob sie die Sache mit dem Anwalt ansprechen sollte?

Eher nicht? Oder doch? Vor Steffie? Was ist Steffie nur für ein Name? Hat sie keinen ordentlichen Vornamen? Stefanie ist natürlich auch nicht viel besser.

Es war nicht hilfreich, schlecht über ihren Namen zu denken. Sie musste sich frei machen von allen negativen Gedanken.

Helen knipste das Licht wieder an und schaltete ihr Handy ein. Sie googelte Entspannungstechniken und bekam sehr viele Suchergebnisse.

Vielleicht sollte ich es mal mit Meditation versuchen?

Sie suchte nach geführten Meditationen. Bei der einen gefiel ihr die Stimme nicht, bei der anderen laberte der Sprecher ewig über den Nutzen der Meditation.

In den Genuss komme ich aber nicht, wenn du nicht endlich anfängst!

Sie wollte gerade eine neue suchen, als sie ein Geräusch vor ihrer Tür hörte. Helen lauschte angestrengt. Da machte sich jemand in der Küche zu schaffen. Sie war neugierig, wer das war, und sowieso hellwach. Kurz entschlossen entfernte sie die Schiene für den Hallux von ihrem linken Fuß, warf sich eine Strickjacke über ihr Nachthemd und öffnete die Tür.

Enna saß, schön wie eine Göttin, in einem weißen Nachthemd in der Küche, vor sich eine Tasse Tee. Sie lächelte, als Helen eintrat. »Club der Schlaflosen, setz dich!«

Helen machte sich rasch einen Schlaftee »Träum schön« und setzte sich zu Enna. »Na, welche Gedanken halten dich so wach?«, fragte sie ihre hübsche junge Mitbewohnerin.

Enna seufzte. »Ist man ein schlechter Mensch, wenn man sich nicht für einen Freund freuen kann?«

»Das kommt sehr auf die Situation an, finde ich«, antwortete Helen. »Wenn du sieben goldene Eier besitzt und dein Freund seit Jahren nach einem goldenen Ei sucht und es dann endlich findet und du es ihm nicht gönnst, dann bist du vielleicht ein schlechter Mensch. Aber wenn es umgekehrt ist – wenn dein Freund sieben goldene Eier hat und du seit Jahren nach einem suchst und er bekommt das achte goldene Ei –, dann ist es vermutlich normal, sich nicht so mitfreuen zu können.«

Enna sah sie perplex an.

»War das zu kompliziert erklärt?«, fragte Helen.

»Nein, ich versuche nur, meine Situation auf die Goldene-Eier-Metapher zu übertragen. Das gelingt mir nicht.«

»Um was für ein Ei geht es denn?«

Enna zögerte. »Ich glaube, der Freund selbst ist das goldene Ei, das ich gern hätte«, sagte sie leise.

»Weiß er das?«, fragte Helen vorsichtig.

Enna schüttelte den Kopf. »Er war selbst immer auf der Suche nach einem goldenen Ei, und jetzt sieht es so aus, als hätte er nach langer Suche eins gefunden …«

»Verstehe. Das ist eine komplizierte Situation.«

Enna und Helen nickten vor sich hin.

Helen verbrannte sich die Lippe an ihrem Tee, der noch viel zu heiß war. »Du bist definitiv kein schlechter Mensch«, befand sie.

Enna schenkte ihr ein kleines Lächeln.

»Weißt du, wenn man den Romanen und Filmen glauben kann, kriegst du ihn am Ende sowieso«, sagte Helen aufmunternd. »Das echte goldene Ei ist immer die Freundin, die er jahrelang übersehen hat.«

»Ich weiß nicht, ob ich an so etwas glaube«, sagte Enna zweifelnd. Sie schüttelte ihre Haare, als wollte sie einige Gedanken aus ihrem Kopf schütteln. »Und warum schläfst du nicht?«, fragte sie dann.

»Ich treffe morgen Jürgen und seine Neue.«

»Uuuh.« Enna zog eine schmerzvolle Grimasse. »Das ist auch eine komplizierte Situation!«

Jetzt war Helen dran mit Nicken. »Morgen früh kommt mir das sicher leichter vor. Nachts wirken Probleme immer größer, als sie sind.«

»Das stimmt«, sagte Enna, »sobald es dunkel ist, blasen sie sich auf und werden riesig und unförmig und schweben über dir.« Sie deutete mit den Händen ein riesiges Gebilde über sich an.

Etwas knackte auf der Treppe über ihnen. Helen und Enna fuhren zusammen.

»Ich bin's nur«, flüsterte Masha.

»Willkommen im Club der Schlaflosen«, sagte Enna fröhlich und klopfte auf den Stuhl neben sich.

Masha setzte sich. Sie sah aus wie ein kleiner blasser Geist. »Ich habe auch diese riesigen unförmigen Blasen über mir«, sagte sie mit dumpfer Stimme. »Meine ganze Zimmerdecke ist voll! Ich bin einfach geflüchtet!« Sie weinte fast.

Enna nahm sie in den Arm.

»Wisst ihr, was da hilft?«, fragte Helen und stand auf.

»Alkohol?«, fragte Enna.

»Grießbrei!«, verkündete Helen. Sie holte Grieß und Zucker aus ihrem Fach und Milch aus dem Kühlschrank. »Magst du von deinen aufgeblasenen Problemen sprechen?«, fragte sie mit dem Rücken zu Masha. Sie wusste aus Erfahrung, dass man Probleme ganz wunderbar in der Küche besprechen konnte und eine gewisse Leichtigkeit entstand, wenn man nebenher etwas kochte.

»Sie sehen dunkel und bedrohlich aus, und sie machen Geräusche«, begann Masha zu erzählen. »Erst ist es so ein tiefes, unheimliches Brummen. Dann kristallisieren sich einzelne Stimmen heraus. Stimmen, die mir sagen, dass ich nicht gut bin, so wie ich bin, und …«, Mashas Stimme zitterte, »dass mich nie jemand lieben wird und ich nie erfolgreich in meinem Beruf sein werde.«

»Halleluja!« Helen drehte sich zu ihr um. »Das ist ja praktisch das gesamte Paket. Die Stimmen lassen keinen Bereich aus!«

Masha nickte traurig.

»Und was antwortest du den Stimmen?«, fragte Enna, die ihre Hand festhielt.

»Nichts.« Masha zuckte hilflos mit den Schultern.

»Na, das sollten wir ändern!« Helen stemmte die Hände in die Hüften. Sie hatte den Grießbrei fertig angerührt und nahm ihn jetzt von der heißen Platte. Sie füllte ihn in Schalen und sagte zufrieden: »Der muss jetzt ziehen. So lange sprechen wir mit den Stimmen, kommt!«

Entschlossen ging sie die Treppe hoch, Enna und Masha folgten ihr. In Mashas Zimmer warfen sie sich zu dritt auf ihr Bett.

Ihr Zimmer wirkte so gemütlich und einladend mit der Lichterkette und den Holzbalken, dass es Helen schwerfiel, sich die dunklen Stimmen vorzustellen.

»Sind sie da?«, fragte Enna.

Masha schüttelte den Kopf.

»Du musst sie heraufbeschwören. Beschreib, wie sie aussehen!«, schlug Helen vor.

Masha legte sich auf den Rücken und schloss die Augen. »Sie sind lila. So ein schmutziges, hässliches Lila. Ein Lila, das einem wehtut, wenn man es sieht.«

»Gut so, weiter!« Helen schloss ebenfalls die Augen, und auch Enna drehte sich auf den Rücken und versuchte, Mashas böse Stimmen zu sehen.

»Erst ist es nur eine Kugel, aber dann dehnt sie sich über die ganze Zimmerdecke aus, bis alles dunkel ist. Und dann beginnt das Brummen.«

Es wurde plötzlich kälter im Zimmer, und Helen hatte das Gefühl, das Brummen tatsächlich hören zu können.

»Sie wabern auf und ab. Sie sind auf einmal viele. Sie sind meinetwegen hier.« Masha klang jetzt ängstlich.

Helen sprach ihr Mut zu: »Warte, bis du die erste Stimme hörst, und übersetze sie für uns. Du bist nicht allein, und wir werden denen jetzt mal ein paar Antworten liefern!«

Helen und Enna warteten gespannt, bis Masha die erste Stimme übersetzte: *»Du bist hässlich. Du bist keine Frau.«*

»Jetzt antworte ihr!« Helen drückte aufmunternd ihren Arm.

»Ich bin nicht hässlich, du lügst!«, sagte Masha. Sie klang wie ein kleines Mädchen, aber es war ein Anfang. »Und ich bin sehr wohl eine Frau. Paul hat gesagt, ich hätte schöne Boobies!«

Helen musste grinsen. »Was sagen sie noch?«

»Du wirst nie einen Mann finden. Du wirst immer allein bleiben, weil dich keiner will«, übersetzte Masha. Sie sammelte sich kurz und sagte dann entschlossen: »Das ist Blödsinn. Alle in der WG lieben mich, und eines Tages wird mich auch ein Mann lieben, genau so, wie ich bin.«

»Das stimmt!«, rief Enna den Stimmen zu. »Wir lieben Masha!«

»Ja, genau, Masha ist sehr liebenswert, du bescheuerte Stimme!«, rief Helen an die Zimmerdecke.

»Ich bin total liebenswert!«, schrie Masha die Stimmen an. »Und ich werde mal eine ganz tolle Psychologin und werde überall Stimmen ausrotten, die Lügen erzählen!«

»Ja, das wirst du!«, riefen Helen und Enna.

»Wen schreit ihr hier an?« Auf einmal stand Paul im Zimmer. Er wirkte verschlafen, und seine Locken fielen ihm ins Gesicht und verdeckten fast vollständig seine Augen.

»Nur eine kleine Therapiestunde für Masha«, erklärte Helen.

»Und das geht nicht leiser?«, brummte Paul.

Masha setzte sich auf. »Wir sind schon fertig, tut mir leid, dass wir dich geweckt haben. Magst du Grießbrei?«

Ein breites Lächeln erschien auf Pauls Gesicht, und Helen war froh, dass sie unten tatsächlich vier Schalen stehen hatte.

Es wurde sofort gemütlich, als sich alle unten um den Esstisch versammelten, Zimt über den Grießbrei streuten und gemeinsam aßen.

»Es hat tatsächlich etwas geholfen«, stellte Masha überrascht fest.

»Dann solltest du dir das als Therapiemaßnahme für deine zukünftigen Patienten merken. Eine Stunde Stimmen anschreien!« Enna lachte.

»Wirkt aber nur, wenn sie hinterher warmen Grießbrei kriegen«, fügte Helen hinzu.

»Und es muss zwischen ein und zwei Uhr nachts sein«, sagte Masha fröhlich.

Paul sagte gar nichts. Er löffelte nur still seinen Grießbrei und sah dabei sehr zufrieden aus.

Als alle fertig waren und sich eine gute Nacht wünschten, fragte Masha kläglich: »Was, wenn sie wiederkommen, wenn ich allein im Bett liege?«

»Dann gibst du ihnen dieselben Antworten wie eben.«

»Ich schlaf bei dir«, schlug Paul vor. Offenbar hatte er mehr mitbekommen, als Helen dachte.

Masha sah ihn dankbar an. Zusammen gingen die drei jungen Leute die Treppe hoch, und Helen legte sich in ihr Bett im Erdgeschoss. Ihr eigenen Probleme waren auf einmal winzig klein. Es war so schön, für Masha, Enna und Paul da zu sein. Ob sich Mütter manchmal so fühlten?

Steffie

Helen musste sich zwingen, ab und zu woandershin zu gucken. Steffie saß ihr direkt gegenüber, was das Ganze nicht unbedingt leichter machte.

Steffie war jung. Sie war keine Schönheit, keine Sexbombe, aber auch kein Hausmütterchen. Sie hatte dünne, kurze blonde Haare und große grüne Augen. Eine dicke Nase und eine Haut, die rosig und strahlend wirkte und ihr ein ganz und gar gesundes Aussehen verlieh. Steffie war nicht geschminkt und trug keine schicken Klamotten. Sie war der Typ, mit dem man Pferde stehlen ging. Ihr Beruf war genauso bodenständig wie sie selbst: Sie arbeitete als Physiotherapeutin in einer Praxis in Rostock, die Helen sogar kannte.

Sie wirkte auf Helen offen und herzlich und völlig anders, als sie sie sich vorgestellt hatte. In ihrer Vorstellung war sie ein lippenstiftiges Luder gewesen, das Jürgen mit einer hohen affektierten Stimme umgarnte. Steffies sympathische Erscheinung musste sie erst mal verdauen.

Und Steffie war nicht das Einzige, was sie verarbeiten musste. Auch Jürgen wirkte völlig verändert. Er trug eine Lederjacke, die ihn witzigerweise älter wirken ließ. Seine Haare trug er kürzer, und er, der immer perfekt rasiert gewesen war, tolerierte im Gesicht einen Dreitagebart.

Jürgen und Helen vermieden Augenkontakt. Es war Steffie, die das Gespräch am Laufen hielt, die es schaffte, mit unverfänglichen Fragen und kleinen Anekdoten eine annähernd normale Stimmung zu zaubern.

»Ich geh mal eben zum Auto, ich hab meine Lesebrille vergessen«, sagte Jürgen plötzlich.

Reflexartig griff Helen nach ihrer Tasche, um nach ihrer Lesebrille zu suchen und sie ihm anzubieten. So hatten sie das früher immer gemacht. Ab und zu hatten sie sich dann angelächelt, weil es irgendwie schön war, gemeinsam älter zu werden und sich zusammen darüber aufzuregen, dass plötzlich alles so winzig klein gedruckt wurde. *Absolut unmöglich, das ohne Brille zu lesen!*

Von Steffie konnte er keine Lesebrille borgen, er musste jetzt selbst daran denken. Helen überlegte, ob sie ihm ihre anbieten sollte oder ob das seltsam wäre. Vielleicht teilte man Lesebrillen nicht mit dem Ex. Sie kannte sich mit solchen Situationen noch nicht aus.

Sie bemerkte den Blick, den Steffie ihm zuwarf, und wie er verstohlen nickte. Als er außer Hörweite war und Steffie sich räusperte, verstand sie, dass das ihr Plan gewesen war: Jürgen musste den Tisch verlassen, damit sie allein mit Helen sprechen konnte.

Na, da bin ja jetzt mal gespannt.

»Helen, ich weiß, dass das jetzt absolut abgedroschen klingt, aber ich möchte es trotzdem sagen: Ich bin eigentlich keine Frau, die eine heimliche Affäre hat.«

Helen seufzte innerlich. Sie hob die Hand. »Steffie«, es fiel ihr schwer, ihren Namen zu sagen, »können wir das lassen? Ich will nicht hören, dass es *einfach so* passiert ist und wie sehr du dich in Jürgen verliebt hast. Und auch nicht, dass du das alles nicht wolltest.« Ihre Hände zitterten ein bisschen, deshalb legte sie sie auf ihre Oberschenkel unter den Tisch.

Steffie lehnte sich perplex zurück. Helen hatte sie offenbar aus dem Konzept gebracht. »Okay«, sagte sie. »Ich wollte eigentlich nur sagen, es tut mir leid. Denn das tut es.« Sie sah Helen treuherzig an.

Helen nickte. Sie hoffte, das würde reichen, um Steffies Entschuldigung anzunehmen.

»Ich würde mich freuen, wenn wir Freundinnen würden!«, sagte Steffie und lächelte sie an.

Das darf doch nicht wahr sein!

»Das ist vielleicht ein bisschen zu ambitioniert für den Anfang«, gab Helen zu bedenken. Steffie sah enttäuscht aus. »Ich finde es schön, dich kennenzulernen, und ich gebe zu, dass ich positiv überrascht bin.«

Gut so! Bleib auf dem Kurs!

Helen zwang sich, Steffie nicht zu verurteilen. Doch das fiel ihr nach dem Satz aus dem Ponyhofbuch, nach dem Steffie und sie Freundinnen werden sollten, wirklich schwer.

Sie versucht ja nur, nett zu sein.

»Ich bin auch positiv überrascht nach dem, was Jürgen über dich erzählt hat.« Steffie bemerkte ihren Fehler, noch während sie sprach. »Tut mir leid. Ich bin aufgeregt und rede deshalb blödes Zeug!« Sie biss sich auf die Lippen.

»Ich bin auch aufgeregt. Eigentlich sollte Jürgen aufgeregt sein, findest du nicht?«

Steffie sah sie erstaunt an. Dann lächelte sie. »Absolut! Eigentlich ist das hier ja seine Party!«

Die Formulierung gefiel Helen. Jürgen kam zurück an den Tisch und sah die beiden Frauen gespannt an, als müssten sie ihm jetzt um den Hals fallen und ihm erklären, wie wundervoll sie sich verstanden.

Steffie legte den Arm um ihn. »Wir sind uns einig, dass das hier deine Party ist«, sagte sie fröhlich.

Jürgen sah fragend zu Helen hinüber.

»Na ja, Helen und ich konnten uns ja nur durch dich kennenlernen«, sagte Steffie, als hätte er dafür einen Preis verdient. »Du bist doch heute die Hauptperson, Jürgen, deshalb zahlst du auch!« Sie strahlte ihn an und küsste ihn zärtlich auf die Nasenspitze.

Auf einmal verstand Helen ganz genau, warum Jürgen sich

in Steffie verliebt hatte. Sie gab ihm zielsicher genau das, was er brauchte: Bestätigung und Aufmerksamkeit. Aber anstatt dabei neben ihm unterzugehen, lenkte sie ihn geschickt in die Richtung, in der sie ihn haben wollte.

Jürgen nickte geschmeichelt und sagte würdevoll: »Ihr seid natürlich beide eingeladen. Bestellt euch, was ihr wollt!« Er setzte mit einer filmreifen Geste seine Lesebrille auf und sah in die Speisekarte.

Helen konnte nicht anders, sie musste Steffie einfach anlächeln. Es war schon schräg, Jürgen mit einer anderen Frau zu sehen. Die Art, wie sich die beiden ansahen, verriet, dass sie tatsächlich verliebt waren.

Tut das weh?

Sie horchte in sich hinein.

Wenn ich so genau hinhorchen muss, ist die Antwort eigentlich Nein.

Ob das an Oliver liegt?

»Und in der WG hast du jetzt nur ein einziges Zimmer für dich?«, fragte Steffie.

Helen nickte. »Ist das nicht immer so in WGs?«

Steffie zuckte mit den Schultern. »Ich weiß es nicht, ich habe nie in einer gewohnt.«

»Und wie gefällt es dir in Jürgens Haus?« Die Frage war gefährlich, aber Helen traute sich immer mehr zu.

Steffies Augen strahlten, als sie antwortete: »Ich finde es toll! Der Garten ist wunderschön, und ich mag die Küche und den Blick aus dem Schlafzimmer!«

Jetzt nicht anfangen zu heulen. Was musstest du das auch fragen, du blöde Kuh!

Steffie bemerkte offenbar, dass sie zu kämpfen hatte. »Jürgen hat gesagt, das meiste im Garten hast du gemacht. Vielleicht kannst du mir mal ein paar Tipps geben? Habt ihr in der WG einen Garten?«

»Ja und nein. Es ist eigentlich kein Garten, noch nicht. Man muss bei mir aus dem Fenster klettern, und dann kommt man auf ein verwildertes Stück hinterm Haus. Irgendwann lege ich den mal an. Das habe ich mir zumindest vorgenommen.«

»Da bekommst du sicher Hilfe von Gitta, oder? Ihr seht euch doch noch?« Das war die erste Frage, die Jürgen ihr stellte.

Ihre Augen trafen sich. Er gab sich Mühe, ihrem Blick standzuhalten. Er hatte sich an Gittas Namen und an ihren Beruf erinnert. Das war schon eine ziemliche Leistung für ihn.

»Ja, wir sehen uns ziemlich häufig. Ich muss mal sehen, ich glaube, Gitta ist in nächster Zeit sehr beschäftigt. Sie und Michael haben ein altes Haus in Stralsund ersteigert.«

»Ist nicht wahr!« Jürgen beugte sich interessiert über den Tisch.

»Doch, völlig verrückt. Über eine Immobilienplattform.« Helen erzählte von der Versteigerung. Sie redeten etwas länger als nötig über das Ferienhaus. Es war so leicht und unverfänglich, und beide genossen es, ein Stück weit normal miteinander umgehen zu können.

Jetzt sprich die Sache mit dem Anwalt an.

Helen atmete kurz durch, um sich zu sammeln. Doch da klinkte Steffie sich ins Gespräch ein und erzählte von einem Ferienhaus auf Sardinien, in dem sie als Kind oft gewesen war. Ihr Bruder hatte es letztes Jahr gekauft.

»Und dann schickt er mir ein Foto mit den Worten: ›Guck mal, mein neues Ferienhaus!‹ Ich bin fast auseinandergefallen, als ich es erkannt habe!« Sie sackte auf ihrem Stuhl zusammen, um den Moment zu veranschaulichen.

Die kaufen Ferienhäuser, und ich weiß nicht, wie ich in Zukunft meine Miete zahlen soll.

Helen war das Gespräch über Luxusimmobilien jetzt langsam zu viel.

Sprich den Brief an. Jetzt!

»Darf ich Ihnen noch etwas bringen? Vielleicht einen Nachtisch oder einen Kaffee?«, fragte der Kellner und sah dabei die Damen am Tisch an.

»Nein danke, die Rechnung, bitte!«, bestimmte Jürgen. Es hätte Helen auch sehr gewundert, wenn er auch noch ein Dessert bezahlt hätte.

Der Kellner kam unheimlich schnell mit der Rechnung zurück, und Helen schaffte es nicht, die Sache mit dem Anwalt anzusprechen.

Als sie sich draußen auf der Straße verabschiedeten, wusste keiner so recht, wie.

»Also dann«, sagte Jürgen schließlich.

»Danke fürs Essen.« Helen gelang es, kurz Augenkontakt mit ihm aufzunehmen, bevor er wieder auf den Boden sah.

»Es war sehr schön, dich kennenzulernen!« Steffie machte eine enthusiastische Bewegung auf Helen zu. Helen wich automatisch zurück, und Steffie tänzelte ins Leere.

»Ja. Kommt gut heim«, sagte Helen steif.

»Du auch, bis bald!«, rief Steffie, die von Jürgen mitgezogen wurde.

Helen versuchte, ihnen nicht hinterherzugucken, und ging in die entgegengesetzte Richtung. Sie suchte den Himmel nach Sternen ab. Es war kühl. Wo blieb der Frühling dieses Jahr nur?

Zu Hause wartete Masha mit einem Tee und Kerzen auf sie. Um ungestört reden zu können, setzten sie sich in Mashas Zimmer.

Es war ein bisschen seltsam, hier mit der jungen Frau auf dem Bett zu sitzen. Eigentlich hätte Helen lieber mit Gitta gesprochen, aber die war sicher mit Renovierungsplänen beschäftigt.

Masha wirkte zwischen ihren Mädchenkissen und den zwei Hasenstofftieren noch jünger, als sie ohnehin war. Ihre dunklen

Augen wirkten im schummrigen Licht der Lichterkette über dem Bett wie Knopfaugen. »Wie lief es?«, fragte sie gespannt und knüllte ein Kissen auf ihrem Schoß.

Helen blies die Wangen auf. »Für ein erstes Treffen mit dem Ex und seiner Neuen eigentlich unheimlich gut.«

»Du hast es nicht geschafft, den Anwaltsbrief anzusprechen«, stellte Masha fest.

»Woher weißt du das?«

Masha winkte ab. »Das war ein viel zu hohes Ziel. Aber erzähl von Steffie, wie war sie?«

Jetzt nahm Helen sich auch ein Kissen, um es etwas zu knüllen. »Ganz anders, als ich dachte. Sie war nett. Etwas zu nett vielleicht. Sie hat tatsächlich gesagt, sie wünscht sich, dass wir Freundinnen werden.«

Masha sah sie ungläubig an. Dann fing sie an zu kichern. »Freundinnen werden?«

Helen nickte, und Masha lachte jetzt richtig. »Will sie dir auch Zöpfe flechten?«

Ihre Reaktion tat gut. Helen erzählte noch mehr von ihrem Abend und stellte fest, dass Masha eine gute Zuhörerin war.

»Wie fühlst du dich jetzt?«, fragte sie, als Helen alles berichtet hatte.

Helen nahm einen Schluck von ihrem Tee. »Ich dachte, ich wäre hinterher erleichtert. Aber das bin ich irgendwie nicht. Ich fühle mich, als hätte ich einen Jetlag.«

Masha sah sie liebevoll an. »Das ist eine sehr gute Beschreibung. Man nennt das sogar so: ›Gefühlsjetlag‹. Du hast Jürgen und Steffie getroffen und warst dafür eigentlich gefühlsmäßig noch gar nicht bereit.«

»Ich hab es auch nicht geschafft, Jürgen zu sagen, wie toll seine Steffie ist.«

Masha legte ihr eine Hand auf den Arm. »Das ist auch erst

der zweite Schritt. Du musstest sie ja erst mal kennenlernen. Jetzt musst du deinen Gefühlen die Chance geben hinterherzukommen.«

»Und wie mache ich das?« Helen umklammerte das Kissen.

»Du gibst dir Zeit. Es kommt von selbst, wenn du mit den Gedanken auf Kurs bleibst. Du versuchst weiter, positiv an Jürgen und Steffie zu denken, verbietest dir aber keine Gefühle. Du darfst traurig sein und wütend, und irgendwann werden die Gefühle deiner Entscheidung, mit Jürgen und Steffie erwachsen umzugehen, hinterherkommen.«

Helen sah sie an. »Masha, du bist eine erstaunliche Person! Ganz ehrlich, was du in deinem Alter alles siehst und weißt, ist beachtlich!«

Masha wurde rot. »Das heißt leider nicht, dass ich das in meinem eigenen Leben alles so anwenden kann. Anderen etwas zu raten ist immer leicht.«

»Anderen gut zu raten ist überhaupt nicht leicht. Gerade wenn man selbst noch nie in so einer Situation gesteckt hat. Du bist empathisch und klug, und ich freue mich, dass du mich berätst.«

Masha traten Tränen in die Knopfaugen. Sie fiel Helen in den Arm. Helen hielt sie fest. Sie roch den Duft ihrer Haare. Die Stimmen würden bald keine Chance mehr bei Masha haben.

Bruchbude

Die Fahrt zu Gittas und Michaels neuem Feriendomizil endete in einer der weniger schönen Straßen Stralsunds. Das hübsche Städtchen war geprägt von Häusern mit atemberaubenden Giebeln, hübschen Fassaden im Fachwerkstil, pastellfarbenen Häusern mit Fensterläden und natürlich den Backsteinhäusern. In dieser Straße jedoch standen vorwiegend hässliche Kästen ohne jeden Charme. Helen versuchte, sich ihre Enttäuschung nicht anmerken zu lassen.

»Schau! Hier ist es!« Michael und Gitta zeigten aufgeregt auf ihr Haus, das glücklicherweise komplett aus der Reihe fiel.

Es war kein hässlicher Klotz, sondern ein ehemals sehr hübsches Haus mit Giebeln und Erkern. Etwas trotzig stand es da mit seinem verwilderten Vorgarten. Der dunkelrote Backstein leuchtete in der Sonne. Einige Fensterscheiben waren zerbrochen. Die ganze Eingangstreppe war von einer Kletterrose zugerankt.

Oha. Das sieht nach richtig viel Arbeit aus!

Gitta schien das allerdings nicht so zu empfinden. »Ist es nicht wunderschön?«, fragte sie Helen, während sie sich durch die Dornen zur Haustür kämpften. Nur Ulla sprang leichtfüßig wie ein Hase durch die dicht wuchernden Pflanzen.

Helen nickte nur etwas überfordert.

Michael schaffte es als Erster zur Haustür und steckte den Schlüssel ins Schloss. »Lieber Gott, steh uns bei«, murmelte er, als er die Tür aufstieß.

Zu dritt standen sie in dem winzigen Eingangsbereich. Eine dunkelbraun gestrichene Holztreppe führte nach oben. Eine Blümchentapete hing in Fetzen von der Wand. Gitta öffnete die Tür, die nach rechts führte. Sie betraten ein winziges Esszimmer, mussten sich um eine Wand herumzirkeln und standen dann in der Küche.

»Die kann ihre Sechzigerjahre-Herkunft nicht verbergen«, stellte Gitta trocken fest.

»Waren das nicht eher die Fünfziger?«, fragte Michael.

Fasziniert starrten sie auf die orangefarbene Küchenfront mit den runden Griffknöpfen. Ein Plastikbelag hatte sich von der Wand dahinter gelöst und hing auf die Küchenzeile herab.

Gitta öffnete vorsichtig eine Schranktür und hielt plötzlich die ganze Front in der Hand. Sie musste Ulla davon abhalten, in den offenen Schrank zu kriechen.

»Musst du immer gleich alles kaputt machen?«, tadelte Michael sie scherzend.

»Guck mal, die Fliesen sind doch ganz nett.« Helen schob mit dem Fuß ein wenig Pappe zur Seite und deutete auf die gemusterten Fliesen.

Gitta schüttelte entsetzt den Kopf.

Während Michael die Decke mit einer gefundenen Stange abklopfte, gingen Helen und Gitta weiter. Sie fanden ein ganz in Türkis gefliestes Badezimmer und kleine schlauchartige Räume mit undefinierbarem Bodenbelag.

Das Haus war offenbar schon seit langer Zeit nicht mehr bewohnt, und in den Zimmern lagen jede Menge Schutt und Altpapier.

Gitta wurde immer stiller und blühte erst wieder etwas auf, als sie im Garten hinter dem Haus standen. Ulla rannte und schnüffelte und war ganz aufgeregt, alles zu entdecken.

»Das kriegen wir hin. Den Garten kriegen wir hin.«

»Das Haus kriegt ihr auch hin!«, ermutigte Helen sie und legte den Arm um sie.

»Ich weiß nicht.« Gitta ließ sich auf die Überreste einer Gartenmauer sinken. »Ich hab plötzlich Angst, dass das alles eine

Nummer zu groß für uns ist. Bei dem Garten kann ich genau abschätzen, wie viel Arbeit das wird. Die Kiefer muss weg, die Hecke muss raus, alles Gestrüpp dahinten, das ist gut machbar. Aber beim Haus. Ich hatte eine völlig naive, falsche Vorstellung. Ich dachte, ein paar neue Böden und Tapeten, dann hat sich das.« Sie legte die Hände vors Gesicht.

Ulla kam zu ihr und stupste sie mit der Schnauze an. Gitta umarmte sie und bekam ein feuchtes Küsschen.

Helen berührte sacht ihren Arm. »Hase, nur weil du es nicht wie beim Garten einschätzen kannst, heißt es nicht, dass es nicht machbar ist! Holt euch einen Profi ins Boot, der euch sagt, was alles getan werden muss. Ihr schreibt eine Liste, holt euch Angebote ein, und dann entscheidet ihr, was ihr machen lassen könnt und was nicht.«

Gitta sah sie an. »Aber ich steh überhaupt nicht auf Sechzigerjahre-DDR-Küchen. Ich will das nicht originalgetreu restaurieren.«

»Das musst du doch auch gar nicht!«

»Aber es gibt Leute, die lieben so was. Vielleicht war Schweinebacke so einer. Der hätte das hier alles super gefunden und liebevoll restauriert.«

»Natürlich. Schweinebacke ist sicher so ein DDR-Fan aus den Sechzigern. Hundertprozentig!« Helen musste lachen. Gitta aber starrte nur trüb auf das Unkraut zu ihren Füßen und riss einen Löwenzahn heraus.

Helen nahm ihre Hand. »Nutzt das doch, wenn andere Leute so etwas mögen! Wir setzen die Küche bei eBay rein. Vielleicht kauft sie einer und baut sie selbst aus. Dann habt ihr schon eine Sorge weniger. Und dann kloppen wir alle Fliesen raus, und du kriegst eine neue helle IKEA-Küche mit Holzarbeitsplatte.«

Gitta lächelte ein kleines Lächeln. »Und schwarzen Griffen?«

»Ganz schwarze Griffe bekommst du«, versicherte Helen.

Michael kam aus dem Haus. Er war über und über mit Staub und Schutt bedeckt. Ulla sprang fröhlich um ihn herum. Hustend klopfte er sich ab. »Da ist ein Teil der Decke runtergekommen, als ich dagegengeklopft habe«, sagte er bedauernd.

»Immer musst du alles gleich kaputt machen«, widerholte Gitta seine Worte von vorhin.

Michael seufzte. »Das wird ein riesiges Projekt.«

Gitta nickte. »Das befürchte ich auch. Aber wir schaffen das!« Ihre Stimme klang nicht überzeugend.

Helen nickte ihnen aufmunternd zu. »Erst mal drüber schlafen. Morgen seid ihr sicher schon viel zuversichtlicher. Wie wäre es, wenn wir von hier aus noch an den Strand gehen?«

Der Strandspaziergang tat Menschen und Hund gut. Die Sonne schien so warm, dass sie ihre Jacken auszogen und sich etwas in den Sand setzten. Es wehte nur wenig Wind, und die Ostsee plätscherte sanft an den Strand.

Ulla buddelte ein Loch in Wassernähe und versuchte immer wieder, die Möwen zu fangen, die am Strand landeten. Erfolglos.

Helen freute sich, die Strandkörbe zu sehen, die jetzt aus ihrem Winterschlaf erweckt, wieder am Meer standen.

»Wir haben ein Haus am Meer«, sagte Michael und küsste Gitta entschlossen auf den Mund.

»Wir wollten immer ein Haus am Meer, und jetzt haben wir es!«, sagte Gitta und versuchte, zufrieden zu klingen. »Wenn ich das Marlies und Cornelia erzähle, die flippen aus! Es ist nur etwas anders, als ich es mir vorgestellt hatte«, gab sie zu.

»Ja, ich hatte auch gehofft, die Küche wäre türkis«, seufzte Michael theatralisch.

Gitta schubste ihn, und er fiel seitlich in den Sand, was Ulla sofort als Aufforderung zum Spiel interpretierte.

Michael schnappte sie, und sie befreite sich zappelnd und

rannte bellend davon. Michael jagte ihr hinterher, wohl wissend, dass er keine Chance hatte, sie zu kriegen.

Helen und Gitta sahen Hund und Mann beim Spielen zu. Das blaue Meer, der weiße Strand. Darüber der blaue Himmel mit ein paar Schleierwolken und Möwen. Helen konnte sich gerade keinen schöneren Ort vorstellen. »Du hast so ein Glück«, sagte sie aus tiefstem Herzen.

»Ich weiß«, antwortete Gitta und lehnte ihren Kopf an Helens Schulter.

Helen war mit der Wäsche beschäftigt, als Enna plötzlich hinter ihr auftauchte.

»Kann ich helfen?«

Helen deutete auf den Wäscheständer unter der Decke, und Enna löste das Seil und holte ihn langsam herunter. Gemeinsam hängten sie die nasse Wäsche auf.

»Funktioniert gut, dein System«, lobte Enna und hängte einen überdimensional großen Kapuzenpulli von Paul auf.

»Und wie läuft es mit deinem goldenen Ei?«, fragte Helen.

»Ich hab überlegt, ob ich es ihm sagen soll.« Enna schüttelte energisch ein T-Shirt aus. Helen wartete geduldig ab. »Ich weiß aber nicht, ob ich unsere Freundschaft riskieren sollte. Und ob der Zeitpunkt ideal ist. Jetzt, wo er offenbar gerade verliebt ist.«

Helen bückte sich nach neuer Wäsche und fragte: »Seit wann empfindest du so für ihn?«

Enna überlegte. »Das kann ich gar nicht sagen.«

»Hat sich das Gefühl verstärkt, als er sein goldenes Ei fand?«

Enna nickte. »Ehrlich gesagt ja. Was heißt das?«

Helen zuckte mit den Schultern. »Das heißt, dass wir immer das besonders wollen, was wir nicht haben können. Ich hab anfangs auch geglaubt, ich will Jürgen unbedingt zurück, gerade weil er plötzlich eine andere hatte.«

»Und dann?«

»Dann habe ich darüber nachgedacht, ob ich diesen Mann wirklich noch liebe, ob ich ihn noch lieben möchte. Und die Antwort war Nein.«

»Also müsste ich mich fragen, ob ich wirklich mehr von ihm will als Freundschaft?«

»Ja, und wie viel dir diese Freundschaft wert ist. Ob es okay für dich wäre, wenn sie an der Offenbarung deiner Gefühle für ihn scheitern würde.«

Enna zog die Augenbrauen hoch. »Da muss ich drüber nachdenken.«

Sie hängten weiter schweigend die Wäsche auf.

»Und woran zerbrichst du dir gerade den Kopf?«, fragte Enna, als der Korb leer war.

»Merkt man das?« Helen fühlte sich ertappt.

»Du guckst die ganze Zeit so!« Enna zog ein sehr sorgenvolles Gesicht.

Helen musste lachen. Dann wurde sie wieder ernst. »Ich schiebe das jetzt schon vor mir her, seit ich hier wohne. Ich muss unbedingt neue Aufträge akquirieren, sonst bin ich in ein paar Wochen pleite.«

»Dann lass uns loslegen!« Enna grinste und warf den leeren Wäschekorb in die Ecke.

Wenig später saßen sie zusammen vor Helens Laptop.

»Okay, zeig mir, wie dein Webauftritt aussieht.« Enna rutschte erwartungsvoll mit ihrem Stuhl näher.

»Mein was?«

»Wo präsentierst du dich als Übersetzerin? Hast du eine Website, einen Blog? Einen Account auf Instagram?«

Helen schüttelte beschämt den Kopf.

»Nicht mal auf Facebook?« Enna versuchte erfolglos, ihr Entsetzen zu verbergen.

»Nein, nichts.«

»Du bist überhaupt nicht vertreten? Nirgendwo? Wie sollen dich die Kunden dann finden?«

Helen senkte den Kopf und zuckte mit den Schultern. »Ich hab so zwei, drei Firmen, die mir immer ein paar kleine Aufträge schicken. Weil ich ganz schnell bin und nie Probleme mache, bleiben sie dabei.«

»Das ist gut, aber du brauchst dringend einen Auftritt!«

Helen sah sie verständnislos an.

»Im Netz! Da wird gesucht. Okay … Wir brauchen erst mal die Basics. Hast du ein Stück Papier?«

Froh, mit irgendetwas dienen zu können, holte Helen einen Block aus ihrer Schublade und legte Enna zwei Stifte hin.

Enna wollte alles wissen: Was Helen genau übersetzte, aus welchen Sprachen. Was sie für Preise nahm und was sie schon alles übersetzt hatte.

Helen gab sich Mühe, alle Fragen zu beantworten und sich nicht von Ennas Schnauben und ihren Augenbrauen irritieren zu lassen, die hoch und runter wanderten, als würden sie ein Workout machen.

»So. Ich nehme mal an, du hast keine professionellen Fotos von dir, richtig?«

Helen tat es sehr leid, Enna schon wieder enttäuschen zu müssen. »Nein«, seufzte sie.

»Das ist nicht schlimm. Ich hätte sowieso neue gemacht!« Sie stand schwungvoll auf und ging zu Helens Kleiderschrank. Ehe Helen bis drei zählen konnte, hatte Enna ihr ein Outfit ausgesucht und sie saß im Bad und ließ sich mal wieder von ihr schminken.

Beide erinnerten sich an Helens Blind Date, für das Enna sie ebenfalls geschminkt hatte.

»Schade, dass das nichts war mit Henning und dir«, sagte Enna.

Helen saß mit geschlossenen Augen da, weil Enna gerade den Lidschatten auftrug. »Ach, das ist schon okay.« Ihr wurde heiß, denn sie wollte auf keinen Fall von Oliver erzählen, und bei ihm würde sie zwangsläufig landen, wenn sie erst einmal von ihrem Treffen mit Henning berichtete.

»Wir sind einfach die Single-WG«, sagte Enna fröhlich. »Vielleicht verstehen wir uns deshalb alle so gut: keine nervigen Partner, die kommen und den Kühlschrank leer fressen.«

»Das schafft Paul auch ganz allein«, meinte Helen.

Beide grinsten.

Das Fotoshooting fand im Urwald statt, da Enna meinte, draußen wäre das beste Licht. Sie änderte allerdings ihre Meinung, nachdem sie ein paar Bilder von Helen geschossen hatte. So zogen sie in Ennas Zimmer um, und Helen musste auf einem Stuhl posieren, vor den Enna ein weißes Bettlaken gelegt hatte.

»Zur Aufhellung«, erklärte sie.

Helen fand es schwer, das passende Gesicht zu machen. Sie fühlte sich gehemmt und viel zu alt, um überhaupt von so nah fotografiert zu werden.

»Komm schon, denk an etwas Schönes. Denk an einen sensationellen Kuss!«, forderte Enna sie auf.

Das ließ sich Helen nicht zweimal sagen.

»Ja, perfekt, geht doch, weiter so! Kuss, Kuss, Kuss!«

Wenn Enna wüsste an wen ich gerade denke!

Als sie später die Bilder aussuchten, war Helen überrascht, wie gut sie waren.

Enna versprach, sich um Helens »Auftritt im Netz« zu kümmern, und sauste dann los zu einer Verabredung. Masha und Paul waren ins Kino gegangen, und so blieb Helen mit Mrs Norris allein zurück. Sie machte sich zwei Käsebrote und rief auf ihrem Laptop die Seite auf, die Paul ihr gespeichert hatte, Netflix.

In der WG gab es keinen Fernseher. Alle guckten ihre Filme und Serien online. Da Helen keinen eigenen Fernseher mehr hatte, war sie dankbar für Pauls Angebot, seinen Account mitbenutzen zu können. Etwas überfordert von dem großen Angebot, scrollte sie sich durch die Filme.

Plötzlich sprang etwas auf ihr Bett. Helen erschrak. *Mrs Norris!*

Die Katze tippelte vorsichtig näher, inspizierte Helens Brote und den Laptop, roch an allem und setzte sich dann ans Bettende, um sich verächtlich die Pfoten zu putzen.

»Bist du über mein schmutziges Bett gelaufen und musst dich jetzt sauber machen?« Helen sah sie belustigt an. Als Mrs Norris sich unbeirrt weiterputzte, klickte sie auf einen der Filme und machte es sich gemütlich.

Kurze Zeit später kam die Katze angeschlichen und legte sich mit etwas Abstand neben Helen. Sie rollte sich zusammen und fing an zu schnurren.

Helen traute sich nicht, sie zu berühren. Sie wollte die zarte Annäherung nicht zerstören. Sie aß ihre Brote, schrieb Gitta und Oliver eine SMS, sah sich den Film an und hörte der alten Katze beim Schnurren zu.

Zufriedenheit breitete sich über ihr aus wie eine warme weiche Decke.

Der Traum von Kanada

Helens Handy vibrierte und zeigte ihr eine SMS von Oliver an. Sie brauchte eine Weile, um zu verstehen, was er ihr da geschickt hatte. Es waren Koordinaten, eine Uhrzeit – 15:30 Uhr – und ein rosafarbenes Herz. Wie spannend!

Sie antwortete mit einem Smiley und machte sich am Nachmittag bei schönstem Sonnenschein auf den Weg. Sie hatte die Koordinaten in ihr Handy eingegeben und so recht schnell herausgefunden, wie sie fahren musste.

Nach einer halben Stunde parkte sie auf einem kleinen Parkplatz, um den Rest zu Fuß zu gehen. Sie folgte einem Feldweg und war bald zwischen Bäumen und Büschen verschwunden. Die Bäume hatten inzwischen alle ihre ersten zarten Blätter, und auf dem Boden sprossen kleine gelbe und weiße Blümchen. Der Frühling nutzte die Wärme und wandelte sie sofort in Blüten und grüne Triebe um. Helen bog auf einen kleinen Trampelpfad ein, so wie die Karte auf ihrem Handy es ihr vorgab.

Der Weg führt an hohen Schilfpflanzen vorbei, die noch braun vom Winter waren, und bald konnte Helen durch den grünen Schleier einen See erkennen. Erstaunt blieb sie stehen, als sie das kleine Bootshaus und den Steg sah.

Sie schaute sich vorsichtig um, bevor sie sich auf den Steg wagte. Sie war etwas früh dran, trotzdem erwartete sie, Oliver da vorne grinsend auf dem Steg sitzen zu sehen.

Doch der Steg war leer. Ein paar Möwen schrien über ihrem Kopf. Der kleine See lag blau und friedlich vor ihr. Sie setzte sich auf die Holzplanken und ließ den Blick schweifen. Die Hütte schien hier ganz allein zu stehen. Es waren keine anderen Bootshäuser zu sehen. Am anderen Ufer entdeckte sie noch einen Steg, an dem einige kleine bunte Boote im Wasser schaukelten.

Die Luft war warm, und die Sonne schien. Am blauen Himmel waren nur ein paar kleine Wölkchen zu sehen. Helen zog ihre Jacke aus. Die Sonne hatte schon richtig Kraft.

Neben Helen führte eine Leiter in das klare Wasser. Sie bekam plötzlich Lust, ihre Schuhe auszuziehen und zu fühlen, wie kalt es war.

Mutig tauchte sie ihre nackten Füße in das Wasser. Die Kälte biss sich in ihre Fußsohlen. Jetzt war ihr oben heiß und unten kalt. Sie ließ die Füße im Wasser und bewegte sie leicht hin und her, um zu schauen, ob sie sich an die Kälte gewöhnte.

Ihr Handy klingelte. Es war Oliver.

»Wo bist du? Ich sitze auf dem Steg!«

»Tut mir total leid, aber ich kann nicht kommen.«

Enttäuschung schwappte über Helen wie eine Welle.

»Ich bin mit einem Freund im Krankenhaus. Er hat sich vielleicht den Arm gebrochen.«

»Oh nein, wie ist das denn passiert?«

»Erzähle ich dir später, ich muss zurück. Er ist etwas von der Rolle.«

»Ja, klar, alles Gute!«

Er legte in ihrem letzten Wort auf.

Sie seufzte und sah, wie Wildgänse über den See flogen. Die Enttäuschung darüber, dass er nicht kommen würde, blieb, und sie war unschlüssig, ob sie einfach wieder nach Hause fahren sollte.

Helen fühlte sich schlecht, weil sie um verlorene Knutschzeit mit Oliver trauerte, während der mit einem Freund im Krankenhaus saß. Plötzlich hörte sie ein Rascheln und Plätschern. Sie erschrak, als plötzlich ein Ruderboot neben dem Steg anlandete.

Helen erkannte ihn zuerst. Sein Gesicht hellte sich auf, als auch er verstand, wer da auf dem Steg saß.

»Helen?«

»Henning!«

Er steuerte das Boot zum Steg und hielt sich mit der Hand an den Holzplanken fest, um nicht abzutreiben. »Was machst du hier?«, fragte er sie, offenbar immer noch erstaunt über ihre unerwartete Anwesenheit.

»Ist das dein Bootshaus?« Sie stellte eine Gegenfrage, weil sie nicht wusste, was sie sagen sollte. Sie konnte ihm ja kaum die Wahrheit sagen und verraten, dass sie mit seinem Sohn verabredet war.

»Oliver hat dir das verraten, stimmt's?«

Helen nickte. Das war nicht gelogen. Allerdings glaubte Henning jetzt wahrscheinlich, sie hätte hier auf ihn gewartet.

»Na dann, komm an Bord.« Er hielt ihr eine Hand entgegen. Er trug einen hellen Strickpullover, der die Bräunung seiner Haut betonte.

Helen hielt sich an ihm fest, warf erst ihre Schuhe ins Boot und kletterte dann hinterher. Die kleine Nussschale schwankte wild, und Helen setzte sich schnell. Henning begann zu rudern, und schon bald rauschte das Wasser an den Seiten vorbei. Nach ein paar Minuten waren sie schon auf der Mitte des Sees.

Es war toll, in einem Boot zu sitzen. Ein Glücksgefühl wallte in Helen auf. Die Hütte am Ufer sah vom Wasser aus noch romantischer und uriger aus als von Land. Sie fügte sich so harmonisch in die Landschaft zwischen Steg und Schilf.

»Wie kommt man bitte an so ein Bootshaus?«, wollte Helen wissen. Sie konnte nicht glauben, dass es Leute gab, die direkt am Wasser wohnen durften.

Henning ruderte jetzt langsamer und ließ das Boot zwischendurch treiben. Er sah gut aus in seinem Wollpulli. Seine weißen

Haare wehten leicht im Wind, und die blauen Augen, die Oliver offenbar von ihm hatte, sahen sie interessiert an. »Normalerweise erbt man so etwas. Aber das Glück hatte ich nicht.«

»Wie bist du dann an die Hütte gekommen?«

»Vor dreißig Jahren, kurz nach dem Mauerfall, war ich mit einem Kumpel in Kanada unterwegs. Wir wollten immer schon nach Kanada, das war ein Jugendtraum von uns. Ich hatte damals sogar mit dem Gedanken gespielt, dorthin auszuwandern. Die Landschaft ist so ursprünglich und rau, das hat mich sofort angesprochen. Wir waren am Capilano Lachse angeln. Da lernten wir so einen alten Kerl kennen, der deutsch sprach und aus unserer Ecke kam. Wir saßen abends zusammen am Lagerfeuer, grillten unseren Fang, und er erzählte, dass er sich im Norden an einem See eine Hütte gekauft habe und nicht vorhabe, jemals nach Deutschland zurückzukehren. Er lebte mehr oder weniger meinen Traum. Die Hütte hatte ihn fünftausend Kanadische Dollar gekostet, die er gar nicht besaß, aber er schlug uns vor, sein Bootshaus in der Nähe von Rostock zu kaufen.«

Helen konnte nicht genug bekommen von dieser Geschichte. Sie klang nach Abenteuer und Träumen und verzauberte sie. »Und was habt ihr gesagt?«

»Mein Kumpel lachte und lehnte sofort ab. Das war eine echt große Summe damals, und der Typ hatte nicht einmal ein Foto von dem Bootshaus. Er hielt mir einen Schlüssel hin und beschrieb mir den Weg. Ich bat mir eine Nacht Bedenkzeit aus.«

Helen hörte Henning gespannt zu. »Ich wette, in dieser Nacht hast du kaum geschlafen.«

Henning nickte und lächelte. »Ich hatte Frau und Kinder in Rostock und einen Job. Trotzdem hätte ich sehr viel lieber eine Hütte an einem kanadischen See gekauft als ein Bootshaus in Mecklenburg-Vorpommern. Hier hatte ich ja gezwungenermaßen fast mein ganzes Leben verbracht. Ich wollte weiße Bergspitzen und unendliche Weiten. Ich wollte reißende Flüsse und Braunbären.«

»Wie hast du dich entschieden?«

»Ich sagte dem Typen im Morgengrauen, dass ich lieber seine Hütte in Kanada kaufen würde. Ich bot sogar an, ihm dafür sechstausend Kanadische Dollar zu zahlen.«

»Obwohl du sie nie gesehen hattest und dein ganzes Leben in Deutschland warst?« Helen berührte mit einer Hand das Wasser. Sie konnte die Seen Kanadas jetzt ganz klar vor sich sehen.

»Der Alte lachte, drückte mir den Schlüssel und einen Zettel in die Hand und sagte: ›Dein Platz ist nicht hier. Überweise mir bis nächste Woche Dienstag das Geld, sonst verliere ich das Haus hier in Kanada.‹ Er sah mir tief in die Augen und ging. Ich hab ihn nie wieder gesehen.«

»Und dann?«, fragte Helen gespannt.

»Es fühlte sich so an, als hätte ich keine Wahl. Also habe ich getan, was er verlangte. Ich habe von Kanada aus meine Frau angerufen und ihr gesagt, wohin sie das Geld überweisen sollte. Sie hat mich für verrückt erklärt, und ich konnte ihr am Telefon nicht erklären, dass der Typ uns gerade davor bewahrt hatte, ein neues Leben in Kanada anzufangen. Als ich wieder zu Hause war, habe ich dann das Bootshaus gesucht und gefunden. Der Schlüssel passte und der Rest auch.«

»War das Ruderboot auch dabei?«

Henning nickte.

»Aber …« Helen war noch nicht zufrieden mit der Geschichte. »Dein Traum von Kanada … Den konntest du doch nicht einfach so aufgeben?«

Henning legte die Ruder sorgfältig ins Boot und zog eine Thermoskanne unter der Ruderbank hervor. Er füllte den Deckel mit Tee und reichte ihn Helen. »Der Alte hatte recht. Mein Platz war nicht in Kanada. Ich habe dort Urlaub gemacht und davon geträumt, dort zu leben. Aber hätte ich ihn nicht getroffen, hätte ich mich niemals ernsthaft mit dem Gedanken auseinandergesetzt. Es ging nie um ein Leben in Kanada. Es ging immer nur um ein Bootshaus in der Heimat. Das habe ich aber erst viel später verstanden. Und jetzt, dreißig Jahre später, bin ich sehr dankbar, dass er mich praktisch dazu gezwungen hat, die Hütte zu kaufen.«

Helen sah über das glitzernde Wasser auf den Steg. »Bist du oft hier?«

»Sehr oft. In den Sommermonaten wohne ich hier.«

»Das ist schön. Und keine Sehnsucht nach Kanada?« Sie reichte ihm den Tee. Er trank, und sie sahen gemeinsam den Wasservögeln zu, die aufflogen und wieder landeten.

»Manchmal«, gab er zu. Dann zeigte er auf die Angel, die unbenutzt im Boot lag. »Ich werde heute vermutlich nichts mehr fangen, aber ich kann uns ganz fantastische Nudeln machen.«

Helen lächelte. »Nudeln wären großartig.«

Henning ruderte zurück und steuerte das kleine Boot passgenau in seinen Hafen. Hinter dem Steg gab es eine Einfahrt ins Bootshaus. Er sprang leichtfüßig auf den Steg, vertäute das Boot und half Helen an Land. Er wirkte auf einmal viel jünger als bei ihrem Date.

Die Hütte überraschte Helen. Sie war größer als gedacht. Henning hatte im Laufe der Jahre alles renoviert und viele große Fenster eingebaut, sodass man praktisch von überall einen atemberaubenden Blick auf den See hatte, sogar von der Toilette aus.

Sie waren länger, als sie dachte, auf dem See gewesen. Die Abendsonne schickte ihre goldenen Strahlen über das Wasser, und es wurde merklich kühler.

Henning warf ein paar Holzscheite in den schwarzen Kaminofen, und Helen setzte sich davor. Jetzt hatte sie die Qual der Wahl, ob sie ins Feuer oder auf den See schauen wollte.

»Soll ich dir helfen?«, fragte sie Henning, der in der offenen Küche zu hantieren begann.

»Auf keinen Fall, das macht der Küchenchef ganz allein.« Er brachte ihr ein Glas Rotwein, setzte sich auf die Sessellehne und stieß mit ihr an. »Auf die guten Entscheidungen im Leben!«

Helen nickte. »Ob ich davon so viele getroffen habe, weiß ich nicht«, sagte sie zweifelnd.

Er sah sie aufmerksam an. Helen sprach weiter: »Um mich herum haben alle Häuser am Meer oder am See. Alle sind glücklich mit jemandem, haben Kinder oder Hunde. Ich komme mir daneben schon ein bisschen minderwertig vor«, gab sie zu.

»Ein gutes Leben definiert sich nicht über Häuser, Partner oder Kinder.«

»Über Hunde?«, fragte Helen und lächelte.

»Vielleicht«, schmunzelte Henning. »Ein gutes Leben definiert sich über Momente und darüber, wie sehr du sie genießen kannst.«

Helen sah ihn an. »Darüber muss ich erst einmal nachdenken.«

»Mach das, ich koche uns inzwischen ein kleines Festmahl.« Er stand auf und ging zurück in die Küche.

Keine zwanzig Minuten später roch es herrlich in der Hütte. Der Kamin gab inzwischen wohlige Wärme ab, und Helen konnte sich gerade nichts Schöneres vorstellen, als in dem abgewetzten Ledersessel zu sitzen und der Sonne zuzusehen, die den ganzen See in ein rotes, warmes Licht tauchte.

Sie aßen am Holztisch, den Henning schön gedeckt hatte. Er hatte nicht zu viel versprochen, die Nudeln schmeckten fantastisch.

»Was ist in der Soße drin?«, fragte Helen begeistert.

»Das ist ein Geheimnis.« Er grinste wie ein kleiner Junge.

»Erzähl mit noch mehr über die Momente, die das Leben definieren«, bat Helen.

Henning schenkte ihr Wein nach. »Es geht nicht darum, ob du in Kanada in deiner Hütte am See sitzt und auf die schneebedeckten Bergspitzen schaust ...«, er verlor sich ein paar Sekunden in der Vorstellung, »oder ob du in Castrop-Rauxel auf deinem kleinen Balkon sitzt. Es geht darum, den Moment zu genießen.«

»Aber das ist in Kanada vermutlich leichter als in Castrop-Rauxel.«

»Nicht unbedingt. Du kannst auch in Kanada krank werden oder einsam sein oder unglücklich. Das Leben ist immer das, was du daraus machst.«

»Das klingt für mich immer wie ein Kalenderspruch, tut mir leid.« Helen schüttelte den Kopf.

»Gut, dann nehmen wir mal ein extremes Beispiel: Unter Musikern kursiert diese Geschichte, dass ein Bandmitglied – nennen wir es Hans –, kurz bevor die Band so richtig erfolgreich wurde, rausgeschmissen wurde. Hans hat sich geschworen, erfolgreicher zu werden als seine ehemaligen Kollegen, und eine neue Band gegründet, die auch tatsächlich sehr große Erfolge feierte. Aber er kam nie an den Erfolg seiner ursprünglichen Band heran, und das ärgerte ihn ein Leben lang. Er hatte praktisch diesen Blick auf den See.« Henning zeigte auf den See, über dem es jetzt langsam dämmerte. »Er wollte aber immer nur die Bergspitzen in Kanada sehen. Er konnte den Ausblick, den er hatte, nicht genießen.«

Helen strich mit den Fingern über ihr Weinglas. »Es geht um die Perspektive. Andere hätten sich den Erfolg, den er mit seiner neuen Band hatte, sehnlichst gewünscht.«

Henning nickte. »Ganz genau. Aber es geht auch um Demut. Das ist etwas, was man meistens erst im Alter versteht. Du bist ja noch sehr jung.«

Das hatte sehr lange keiner mehr zu ihr gesagt. Sie lächelte geschmeichelt. »Erkläre es mir trotzdem. Demut?«

»Demut vor dem, was man hat. Demut vor dem, was einem zuteilwird. Ich bin heute voller Demut, weil ich mit so einer hübschen jungen Dame den Abend verbringen darf.«

Wieder brachte er sie zum Lächeln. »Dann meinst du einfach Dankbarkeit?«

»Auch, aber Demut ist noch mehr. Es fühlt sich an wie Sehnsucht, nur umgekehrt.« Er legte seine Hände auf seine Brust. Dann nahm er Helens Hand und legte sie auf ihre Brust. »Fühl mal in dich hinein. Man spürt Demut meistens hier.« Er ließ seine warme Hand auf ihrer liegen.

Helen spürte in sich hinein. Wenn sie an Gitta dachte und an ihre »Kinder« in der WG, fühlte sie tatsächlich ein kleines Ziehen. Ein Gefühl von Dankbarkeit und Würde. Sie öffnete die Augen wieder. Henning wollte seine Hand wegnehmen, aber sie hielt ihn fest. »Hast du so deinen Traum von Kanada besiegt?«

»Ich würde sagen, ich habe ihn gewandelt. Komm, ich zeig dir was!« Er stand auf und reichte ihr eine große schwere Jacke.

Helen schlüpfte hinein, und er führte sie auf den Steg. Der Mond war inzwischen aufgegangen. Die ersten Sterne standen am Himmel. Es war kalt. Nebel stieg vom See auf. Es war eine magische Kulisse. Henning legte einen Arm um sie. »Wäre es nicht eine Sünde, sich da nach Kanada zu wünschen?«, fragte er leise, ganz dicht an ihrem Ohr.

»Das wäre es«, hauchte Helen.

Sie küssten sich, als wäre das die einzig logische Konsequenz. Es fühlte sich so richtig an, dass Helen überhaupt nicht darüber nachdachte. Ging es nicht genau darum im Leben: die Momente, die dir geschenkt werden, zu genießen?

Zwickmühle

Helen tat alles weh, und das nach kürzester Zeit. Während Enna, Masha, Paul, Gitta und Michael emsig wie die Ameisen Schubladen voller Schutt aus dem Haus schleppten, war Helen schon nach drei Fuhren völlig erledigt.

»Bin ich zu alt? Ich bin zu alt!« Japsend ließ sie sich neben dem Container auf die Reste einer Mauer sinken.

Gitta setzt sich neben sie. »Du musst deine Kräfte besser einteilen. Und das machen, was geht, nicht das, was nicht geht. Schubkarre rausfahren geht nicht, das müssen die Jungs machen!«

»Das stimmt!«, rief Masha, der gerade eine halb volle Schubkarre umkippte.

Paul, der hinter ihr aus dem Haus kam, schippte den Schutt vom Boden in den Container. »Wenn ihr schon zu schwach seid, steht wenigstens nicht im Weg!«, brummte er, hob Masha hoch und trug sie zur Mauer, auf der Gitta und Helen saßen.

Er ließ sie langsam runter und hielt sie einen klitzekleinen Moment länger als nötig im Arm, als er sie schon abgesetzt hatte. Helen bemerkte das und sah auch, dass Masha ein breites Grinsen aufgesetzt hatte.

»Wir brauchen einen besseren Arbeitsplan. Enna arbeite Michael zu, Masha Paul. Und wir zwei«, Gitta zeigte auf Helen und sich selbst, »fegen den ganzen Kram zusammen!« Sie wartete keine Antwort ab, sondern eilte los, um allen zu sagen, wie es gemacht werden sollte. Darin war Gitta einfach unschlagbar.

Mit ihrer neuen Arbeitsteilung lief es dann tatsächlich viel zügiger. Die beiden Männer fuhren die Schubkarren, und die Frauen wirbelten mit Schaufeln und Besen herum, um sie zu füllen. Michael lieferte sich dabei einen kleinen Wettbewerb mit Paul, den er nicht gewinnen konnte.

»Den kann ich heute Abend einmal komplett mit Pferdesalbe einschmieren. Also, falls ich noch meine Arme heben kann!« Gitta stützte sich seufzend auf den Besen.

»Pizza, Ladys, wir brauchen Pizza, sonst bricht der alte Mann da gleich zusammen«, schob Paul Michael vor, der schweißüberströmt an ihnen vorbeiwankte.

»Guter Plan. Komm, Gitta, wir holen Pizza.« Erleichtert warf Helen den Besen in die Ecke.

Gitta fing sofort wieder an, alles zu organisieren: »Wir müssen eine Liste machen, wer welche Pizza will.«

»Müssen wir nicht. Komm, ich weiß, was die Kinder essen. Und du kennst Michael. Hopp!« Helen scheuchte sie aus der Eingangstür. Sie hatte schon den ganzen Tag auf eine Gelegenheit gewartet, mit Gitta allein zu sprechen. In ihr herrschte Chaos, und wenn das irgendjemand auf der Welt lichten konnte, dann Gitta.

Im Auto navigierte Helen die fahrende Gitta zum nächsten Italiener mit guten Bewertungen. »Du musst die nächste links abbiegen, und ich habe übrigens mit Olivers Vater geschlafen.«

Gitta setzte in aller Ruhe den Blinker, bog links ab und fragte: »Wie war das im Mittelteil?«

»Jetzt sechshundert Meter geradeaus. Ich kann es nicht erklären. Es war so romantisch im Bootshaus, und er hat all die wunderbaren Dinge gesagt, von den Bergspitzen in Kanada und Demut, und dann ist es einfach so passiert. Es fühlte sich an, als – hier musst du rechts –, als ob es richtig wäre.«

Gitta bog rechts ab und fuhr rechts ran. »Helen, ich fass es nicht! Kann ich diese Geschichte bitte von vorne, langsam und zum Mitdenken bekommen?«

Helen wurde rot und erzählte, so knapp sie konnte, wie es dazu gekommen war. »Es war eine wirklich schöne Nacht«, sagte sie schließlich, »und ich weiß jetzt überhaupt nicht mehr, was ich will oder nicht will oder soll.«

»Halleluja.« Gitta schüttelte den Kopf und lachte. »Du bist echt der Knaller. Erst verdrehst du dem Sohn den Kopf und jetzt auch noch dem Vater!«

»Es war nicht geplant! Ich bin da so reingerutscht«, sagte Helen verzweifelt. »Du findest mich schrecklich, stimmt's? Ich finde mich ja selber schrecklich!« Sie presste die Hände aufgeregt an ihre Wangen.

»Helen, jetzt komm mal runter! Du bist nicht schrecklich. Du bist einfach endlich lebendig! Seit ich dich kenne, warst du so gedeckelt, und jetzt ist endlich der Deckel weg und du blühst auf!« Gitta sah sie begeistert an.

»Das kann sein«, überlegte Helen, »aber das gibt mir nicht das Recht, Vater und Sohn gleichzeitig zu verletzen. Ich meine, wie würdest du dich fühlen, wenn dir ein Mann sagen würde: ›Ich hab' was mit dir und mit deiner Tochter!‹«

Gitta wurde still. Helen hatte das Thema angesprochen, das sie beide normalerweise umgingen.

»Ich glaube, in dem Fall bin ich mal echt froh, keine Tochter zu haben. Das kann uns nie passieren!« Zu Helens Erleichterung kicherte Gitta.

»Und was mache ich jetzt?«, fragte Helen.

»Pizza holen. Unsere Mannschaft verhungert sonst.« Gitta startete den Motor.

»Noch zweihundert Meter. Du kannst da vorn parken. Ich brauche einen Plan. Du bist gut im Planen. Was mach ich, Gitta?«

Gitta parkte und legte eine Hand auf Helens Schulter. »Bevor du es ihnen sagst – und das solltest du –, musst du herausfinden, was du selbst willst. Du kannst es ja kaum den Männern überlassen, zu entscheiden, wer dich nun haben soll.«

»Da ist was dran.«

»Hast du im Kopf, wer welche Pizza will?« Gitta stieg aus.

Helen folgte ihr, und sie sie bestellten sieben Pizzen, weil Helen darauf bestand, dass Paul zwei brauchte. »Du glaubst nicht, was der essen kann. Wenn ich Schnitzel mache, muss ich für ihn drei kaufen.«

Gitta sah Helen von der Seite an und grinste.

»Was?«

»Nichts. Du klingst nur ein bisschen wie Kim, wenn sie von ihren Kindern spricht. Du hast diesen stolzen Unterton. Diesen Mama-Ton.«

Helen wollte das abstreiten. Dann besann sie sich, lächelte und sagte: »Ja, vielleicht.«

Michael hatte mit den anderen eine Biertischgarnitur im Garten aufgebaut, an die sich alle eifrig quetschten, sobald sie mit den Pizzen auftauchten.

Gitta holte noch zwei Getränkekisten aus dem Auto, die sie von zu Hause mitgebracht hatten. Alle stürzten sich auf die Cola.

Paul schaffte die zwei Pizzen locker. Er ließ sich außerdem noch von Masha mit ihren Resten füttern, bestand aber liebevoll darauf, dass sie den größten Teil selbst aß.

Enna quatschte fröhlich mit Gitta, und Michael war offensichtlich froh, dass er nicht reden musste, genauso wie Helen, die mit ihren eigenen Gedanken beschäftigt war.

Es war etwas mühsam, nach dem Essen wieder an die Arbeit zu gehen. Dennoch fühlte Helen sich besser, weil sie mit ihrem Geheimnis jetzt nicht mehr allein war. Während sie mit schmerzenden Armen Schutt schaufelte, dachte sie nach. Gitta hatte natürlich recht: Sie musste sich überlegen, was sie wollte. Außerdem musste sie relativ schnell sein, wenn sie nicht wollte, dass ihr die ganze Sache um die Ohren flog. Vater und Sohn würden ja eventuell miteinander sprechen.

Sie seufzte. Die beiden hatten ganz unterschiedliche Qualitäten. Zu Oliver fühlte sie sich hingezogen, weil er eine Leichtigkeit verströmte, die sie so lange in ihrem Leben vermisst hatte. Henning hingegen faszinierte sie, weil er wie ein Fels im Leben stand und genau wusste, worauf es ankam. Momentan konnte sie beides in ihrem Leben sehr gut brauchen.

Du kannst nicht mit beiden Männern etwas haben.

Helen schüttelte den Kopf, um diesen absurden Gedanken loszuwerden.

»Na, in welcher Zwickmühle stecken wir fest?«, fragte Paul leise, als er ihr eine Schubkarre hinstellte.

»Hör auf, in mich reinzusehen. Sonst sage ich Masha, dass du auf sie stehst«, brummte sie leise zurück.

Paul sah sich hektisch um, ob jemand in der Nähe war, der sie hören konnte, aber sie waren momentan allein in der Küche. »›Das Leben ist am Ende nur eine Ansammlung von verpassten Chancen‹«, zitierte er dann. Helen erkannte es an seinem Gesichtsausdruck, der immer etwas theatralisch wurde, wenn er ein Film- oder Serienzitat brachte.

»*Dark*?«, riet Helen ins Blaue hinein.

Paul nickte und klopfte ihr anerkennend auf die schmerzende Schulter. »Und? Hast du einen Rat für mich?« Er sah sich wieder um. »Wegen Masha?«

Helen lächelte geheimnisvoll. »›Mal muss man wagemutig sein, und mal vorsichtig. Wer klug ist, weiß, wann was angebracht ist.‹«

»*Club der toten Dichter*!«, sagte Michael triumphierend. Er war gerade in die Küche gekommen und brach sogleich auf einem alten Hocker zusammen.

»Du siehst selbst aus wie ein toter Dichter, und ich kann meine

Arme nicht mehr heben. Wir sollten Schluss machen für heute.« Helen stützte sich auf ihren Besen.

»›Rom wurde auch nicht an einem Tag erbaut‹«, ergänzte Paul und nickte weise.

Michael starrte kurz vor sich hin, dann sammelte er sich und sagte schwach: »Ihr habt recht. Wir müssen das in Etappen angehen.«

»Es sieht doch auch schon ziemlich gut aus«, fand Gitta, die mit Enna und Masha dazukam.

Alle schauten auf den gefegten Küchenboden und die orangenen Küchenfronten, die ohne den ganzen Schutt richtig zur Geltung kamen.

»Es war wirklich superlieb von euch, dass ihr uns geholfen habt!« Gitta umarmte alle zum Abschied und raunte Helen zu, dass sie sich dringend entscheiden müsse. Die WG-Bewohner versprachen wiederzukommen, und dann fuhr Paul die müde Mädchenmannschaft nach Hause.

Es gab kurz Streit, wer zuerst duschen durfte. Helen nahm den letzten Platz und saß, bis sie dran war, mit Mrs Norris in der Küche. Die Katze sah sie vorwurfsvoll mit ihren grünen Augen an.

»Guckst du immer so, oder hast du dir diesen Blick speziell für mich aufgehoben?«, fragte Helen das Tier.

Komm schon, ich weiß, was du getan hast, sagte Mrs Norris' Blick. *Du schläfst mit zwei Männern gleichzeitig, du Luder!*

»Mit Oliver hatte ich keinen Sex, jedenfalls nicht wirklich«, verteidigte sich Helen in Gedanken.

Du betrügst den Sohn mit dem Vater! Und umgekehrt! Mrs Norris sah sie weiter streng an.

Helen seufzte und versuchte, dem bohrendem Katzenblick zu entgehen.

Als sie endlich frisch geduscht war, legte sie sich im Bademantel auf ihr Bett.

Sie wachte davon auf, dass ihr jemand zärtlich über das Haar strich.

Es dämmerte draußen. Helen konnte die Gestalt an ihrem Bett nur erahnen, aber der Geruch nach Rasierwasser war eindeutig Olivers.

»Was machst du hier?«, fragte Helen verschlafen.

»Ich besuche meine Freundin Enna. Offiziell mache ich gerade Tee.« Seine Hand fuhr von oben in ihren Bademantel und verursachte eine Gänsehaut.

Er küsste sie, und Helen gab es auf, sich wehren zu wollen.

Der Kuss entwickelte sich schnell zu mehr.

»Oliver, warte, ich muss dir etwas sagen!« Helen versuchte, aus dem Rausch aufzutauchen.

»Diesem Satz folgt nie etwas Gutes«, murmelte Oliver, legte sich auf sie und begann, ihren Hals zu küssen.

Helen kämpfte gegen den Wunsch an, einfach weiterzumachen. »Ich muss dir wirklich etwas sagen«, hauchte sie, während seine Hände sie überall berührten. »Niemand macht so lange Tee«, stöhnte sie und schielte zur Zimmertür.

»Ich hab abgeschlossen, und Enna telefoniert gerade. Da vergisst sie Zeit und Raum.« Er küsste sie auf den Mund und verhinderte so weitere Sätze. Helen löste sich auf und tauchte erst wieder auf, als Ennas Stimme durch das Haus schallte.

»Oliver?«

Oliver fuhr hoch. In Windeseile zog er sich Hose und Shirt wieder an.

»Du kannst nicht einfach aus meiner Tür rausspazieren!« Helen zog den Bademantel zu und griff nach seiner Hand. Einen kurzen Moment wirkte er panisch. »Aus dem Fenster und außen rum! Sag, du warst kurz an der frischen Luft!«

Sie schob ihn zum Fenster. Er sprang mit einem Satz über die Brüstung, drehte sich um und küsste sie noch mal wild. Dann flitzte er durch den Urwaldgarten und verschwand zwischen den Tannen.

Um unauffällig zu wirken, zog sich Helen schnell an und ging in die Küche.

»Hast du Oliver gesehen?«, fragte Enna.

Jetzt nicht rot werden. Ja nicht rot werden!

Helen schüttelte den Kopf und versteckte sich schnell hinter der geöffneten Kühlschranktür. »Mann, hab ich schon wieder einen Hunger! Habt ihr schon was gegessen?«

Enna antwortete nicht, sondern stand ratlos im Flur vor Olivers Schuhen.

Helen wurde heiß und kalt. Er war ohne Schuhe draußen unterwegs! Wie sollte er das plausibel erklären? Sie hatte auf einmal das Gefühl, beide hätten Enna betrogen, und irgendwie war da ja auch was dran.

Mrs Norris starrte sie an. Dieser blöde Tiger wusste natürlich wieder alles! Fehlte nur noch der sensible Paul, dann war sie geliefert.

Es klingelte an der Haustür, und wie aufs Stichwort kam Paul von oben herunter.

Enna öffnete. Oliver stand außer Atem, barfuß und verwuschelt vor der Tür.

»Was ist denn mit dir los?« Enna ließ ihn eintreten.

Oliver rang nach Luft und vermied es, Helen anzusehen. »Ich …«

Paul sah von Oliver zu Helen und schenkte ihr denselben Blick wie Mrs Norris, die sie weiterhin anstarrte.

»Da war dieser Typ, der seinen Hund gesucht hat. Und ich hab ihn gesehen, und dann bin ich hinterher.« Oliver machte eine weitläufige Handbewegung, um zu zeigen, wie weit er dem Hund hinterhergelaufen war.

Enna kaufte ihm die Geschichte nicht ab. Sie stand mit den

Händen in den Hüften da und sah Oliver wütend an. »Der Typ hat in unserer Küche seinen Hund gesucht?«

»Mein Gott, er war eben draußen, um seine Freundin zu knutschen, die vorbeikam. Mach es ihm doch nicht so schwer«, sagte Paul von hinten. »Du hast rumgemacht, richtig?«, fragte er an Oliver gewandt.

Der wechselte einen blitzschnellen Blick mit Helen und nickte dann.

»Weißt du was! Wenn du lieber mit deiner Freundin knutschen willst, dann besuch mich nicht!« Enna drehte sich um und rauschte die Treppe hoch. Oben knallte sie ihre Tür zu.

Helen, Oliver und Paul sahen sich an.

»Tja, Leute, ganz konnte ich euch aus dem Schlamassel nicht rausboxen. Aber früher oder später kommt sie dahinter.«

Oliver wirkte geknickt. Er zog sich seine Schuhe an.

Das hast du ja wunderbar hinbekommen! Helen wusste nicht, was sie tun sollte. Also hantierte sie mit dem Wasserkocher und tat so, als würde sie sich einen Tee machen.

Oliver hob die Hand zum Abschied. Nur Paul winkte, Helen sah ihn nur an.

Sie goss das heiße Wasser in eine Tasse.

»Und den Teebeutel denken wir uns?«, fragte Paul und holte ihr einen aus der Schublade.

»Kauf ihr Blumen«, schlug Helen vor, um von ihrer Oliver-Geschichte abzulenken.

»Blumen?«, fragte Paul angewidert.

»Ja. Es muss etwas Eindeutiges sein, wenn du vom WG-Kumpel wegkommen willst.«

Paul sah nachdenklich aus. »Aber Blumen, ey, das ist doch ein Klischee!«

»Aber ein Klischee, das wirkt. Frauen mögen Blumen.«

»Masha auch?«, fragte er unsicher.

»Ganz sicher, Paul. Außerdem macht man besser Fehler im Leben als gar nichts.«

»Am Ende sitze ich in so einem Schlamassel wie du!«

Helen grinste. »Das kann passieren.«

»Küsst er gut?« Er sah sie frech an.

»Finde lieber raus, ob *sie* gut küsst.« Helen nahm ihren Tee und ging in ihr Zimmer. Ihr Handy zeigte drei Anrufe in Abwesenheit. Zwei von Gitta und einen von Jürgen.

Helen fand, für heute habe sie genug vermasselt. Es war zwar noch früh, aber sie schaltete das Handy aus und legte sich schlafen.

Sobald sie im Dunklen im Bett lag, war sie allerdings hellwach. Ihre Gedanken flogen an der Zimmerdecke herum wie ein Schwarm Vögel.

Ich will weder mit Oliver noch mit Henning Schluss machen. Bin ich jetzt verrückt? Kann man sich in zwei Männer gleichzeitig vergucken? Und dann auch noch in Vater und Sohn? Das mit Henning war nur eine Nacht. Nach einer Nacht kann man gar nichts wissen. Ich muss ihn wiedertreffen.

Sie knipste entschlossen das Licht und das Handy wieder an.

Jürgen hatte ihr eine SMS geschickt:

Können wir uns sehen, muss mit dir reden, Blaubär.

Hatte er getrunken? »Blaubär« war ein Kosename, den er ihr vor Urzeiten gegeben hatte, weil sie so gerne *Käpt'n Blaubär* im Fernsehen geguckt hatte. Sie würde ihm morgen antworten, wenn er wieder nüchtern war.

Stattdessen tippte sie eine Nachricht an Henning und schlug ein Treffen morgen im Bootshaus vor. Seine Nummer hatte er ihr zum Abschied gegeben.

Er freute sich und schickte ein paar Herzen zurück.

Helen lehnte sich seufzend in die Kissen zurück.

Was mache ich hier?

Die Freiheit des Einzelnen

Enna sah sie mit glänzenden Augen an. Sie hatte Helens Webauftritte fertig, wodurch diese nun auf drei verschiedenen Plattformen vertreten war. »Hier kannst du einfach alle Angebote annehmen oder ablehnen. Hier auch.« Sie wechselte blitzschnell von einer Seite zur anderen, was Helen etwas überforderte. »Und dann bist du noch auf Instagram. Das hat aber nur Sinn, wenn du es auch regelmäßig mit Content füllen kannst.«

Helen unterbrach sie. »Okay, gehen wir nur zum Spaß davon aus, ich könnte das, ich wüsste, wie Instagram funktioniert, was würde ich dann da für Inhalte einfügen?«

Enna fuhr sich mit dem Finger über die Lippen. »Oh, alles Mögliche. Du machst ein Bild von einem Stück Kuchen und schreibst: ›Übersetzung für #NiceKitchen fertig, jetzt gönne ich mir ein Stück Kuchen.‹ Und dann schreibst du den Text auf Englisch darunter. Das machen viele, aber bei dir hat es total Sinn, weil du ja übersetzt!«

»Was ist ein Hashtag?« Helen kam sich blöd vor, das zu fragen, aber wenn sie in den sozialen Medien mitmischen wollte, musste sie das zuerst verstehen.

»Ein Hashtag ist nichts anderes als ein Fotoalbum. Alle Bilder, die zum Beispiel unter dem Hashtag ›Sonntag‹ gepostet wurden, siehst du hier.« Sie zeigte Helen das Album mit dem Namen »#Sonntag«.

»Und warum macht man das?«, wollte Helen wissen.

»Damit man die Dinge finden kann, die einen interessieren. Man kann zum Beispiel nach bestimmten Hashtags suchen.

Zum Beispiel das hier …« Mit fliegenden Fingern gab Enna ein: »#Buchempfehlung« – und scrollte sogleich über die Bilder von Hunderten Büchern, die empfohlen wurden. »Dasselbe geht mit Rezepten, Lippenstiften oder auch Lebensweisheiten. Endlose Möglichkeiten!«

Helen nickte fasziniert.

»Am besten, du fängst einfach mal an. Vieles lernst du, während du es machst.«

Eine Stunde später luden Enna und Helen gemeinsam Helens ersten Beitrag hoch. Es war gar nicht so schwer gewesen, wie sie befürchtet hatte.

Helen strahlte. »Vielen Dank! Du bist wirklich ein Schatz! Ich wünschte, dein goldenes Ei würde das endlich bemerken!«

»Pft!«, zischte Enna. »Nach der Aktion gestern weiß ich ja, wo ich bei ihm stehe!«

»Oliver?«, fragte Helen entsetzt. »Oliver ist der Freund, in den du verliebt bist?«

Enna nickte. »Aber das hat sich jetzt erledigt«, sagte sie bitter. »Hier aus dem Haus zu schleichen, um seine Ische zu knutschen, heißt vermutlich nicht gerade, dass er großes Interesse an mir hat.«

Helen wurde schlecht. Wie hatte sie das übersehen können? Es war doch so offensichtlich gewesen! »Das tut mir so leid!«, sagte sie aus tiefstem Herzen.

Enna legte ihr dankbar die Hand auf den Unterarm. Schuldgefühle brannten Helen in der Kehle. »Ich muss los. Vielen Dank für alles!« Helen stolperte aus dem Haus und flüchtete in ihr Auto. Von dort aus rief sie Gitta an. »Gitta, ich stecke so tief im Schlamassel, da komme ich nie mehr raus!«

Sie erzählte ihr von Enna und von Oliver, der sie gestern überfallen hatte.

»Wo bist du jetzt?«, fragte Gitta pragmatisch.

»Auf dem Weg zu Henning. Ach ja, und von Jürgen habe ich gestern eine ganz schräge SMS bekommen. Er müsse mit mir reden, hat er geschrieben – und mich Blaubär genannt!«

»Helen, du machst jetzt Folgendes: Leg auf, ruf Jürgen an. Ich bin neugierig, was er will! Und von Henning lässt du dich nicht küssen. Dem sagst du direkt, dass du auch was mit seinem Sohn hast!«

Helen stöhnte. »Und was ist mit dem Plan, dass ich erst mal rausfinden muss, was ich will?«

»Der ist hinfällig, weil sich bei dir alles überschlägt. Je länger du nichts sagst, umso wahrscheinlicher fliegt dir alles um die Ohren.«

»Aber um Jürgen anzurufen, brauche ich Zeit und Ruhe, die habe ich jetzt nicht!«

»Dann können wir nur hoffen, dass sich da nicht die nächste Katastrophe anbahnt. Du, ich muss Schluss machen, hier kommt gerade eine Lieferung Wassersteine.« Gitta legte so schnell auf, dass Helen nicht mehr fragen konnte, was Wassersteine waren.

Sie wusste nicht, ob sie Gittas Rat befolgen sollte. Eigentlich wusste sie gerade gar nichts mehr. Eben war sie noch mitten in der Trauerphase um die Beziehung mit Jürgen gewesen, und plötzlich gab es zwei neue Männer, in die sie sich rasant verknallt hatte.

Vermutlich hab ich selber einen Knall.

Sie parkte ihr Auto und ging mit Herzklopfen den Steg entlang.

Henning saß wie gemalt am Ende des Stegs in einem Campingstuhl. Er trug einen Sonnenhut und ein helles Leinenhemd, hatte die Ärmel hochgekrempelt und die Hosenbeine auch. Nur seine Füße verrieten sein Alter. Die Zehen hatten diese seltsame Welle, die alte Füße mit der Zeit bekommen. Bei ihren fing es auch schon an. War Henning wirklich zu alt für sie?

Dann ist Oliver aber definitiv auch zu jung für mich!

Sie nahm ihren Mut zusammen und setzte sich in den freien Campingstuhl neben Henning. »Hi.«

»Hi.«

Es gab keinen Begrüßungskuss. Henning hatte sie angeschaut und dann wohl entschieden, es lieber zu lassen.

Seite an Seite saßen sie da und sahen auf das Wasser. Helen liebte das Meer, aber sie musste zugeben, dass so ein See fast genauso reizvoll war. Es gab Haubentaucher, Wildgänse und ab und zu kleine Kringel im Wasser von auftauchenden Fischen.

Der Frühling ließ sich nicht mehr aufhalten. Die Sonne schien mit Kraft und ließ die Natur explodieren. Das Schilf wurde langsam grün, erste Seerosenblätter waren zu sehen.

»Ich muss dir was sagen, Henning.«

»Musst du oder willst du?«

Helen strich sich mit der flachen Hand über die Oberschenkel. »Ich will nicht.«

»Wer sagt dann, dass du musst?«

Helen musste lächeln. »Meine Freundin Gitta sagt das. Und in den meisten Fällen hat sie recht.«

»Aber sicherlich nicht in allen.« Henning ließ sich überhaupt nicht aus der Ruhe bringen. Er saß ganz entspannt da, den Blick auf den See gerichtet.

Helen wusste nicht, was sie sagen sollte.

»Warte doch einfach, bis du es mir sagen willst«, schlug er vor. »Ich hab es nicht eilig. Vielleicht können wir in der Zwischenzeit ein kleines Bad nehmen, hast du Lust?«

Er stemmte sich aus dem Stuhl und zog sich das Hemd über den Kopf.

Henning schien keine Hemmungen zu haben, seinen Körper zu zeigen. Die Gedanken, die Helen sich beim jüngeren Oliver gemacht hatte, schien er nicht zu kennen.

»Ich hab keine Badesachen mit«, sagte Helen steif. Sie konnte sich nicht vorstellen, in dem eiskalten Wasser zu schwimmen.

»Die brauchst du hier nicht. Alles, was du brauchst, ist ein großes Handtuch.« Er griff hinter den Stuhl und zog zwei dicke Handtücher hervor. »Los, komm, ich guck auch nicht!« Mit einer blitzschnellen Bewegung zog er seine Hose aus und sprang nackt in den See. Er prustete wie ein Walross und rief ihr zu, sie solle sich beeilen, dann drehte er sich um und schwamm mit kräftigen Zügen auf den See hinaus.

Helen befand, es sei keine echte Option, wie eine Memme auf dem Steg sitzen zu bleiben. Sie zog sich rasch aus und hatte vor, ganz schnell ins Wasser einzutauchen, aber es war viel kälter, als sie erwartet hatte. Deshalb brauchte sie etwas, um bis zum Bauch einzutauchen. Auf Zehenspitzen balancierte sie über den schlammigen Untergrund.

Henning war schon auf dem Rückweg. Sie musste es jetzt schaffen. Entschlossen schwamm sie los. Das kalte Wasser nahm ihr die Luft. Sie schwamm hektisch eine kleine Runde.

»Hallo, schöne Frau!«, sagte Henning, während er an ihr vorbeischwamm. Hatte Oliver das nicht auch zu ihr gesagt?

Helen tauchte noch mal ein und schaffte diesmal eine größere Runde. Das Wasser fühlte sich weich an. Sie war jetzt auf einer Höhe mit den Wasservögeln. Die Wolken spiegelten sich im Wasser. Ein Glücksgefühl durchströmte sie.

Als sie über die Leiter auf den Steg zurückkletterte, stand Henning schon mit ihrem Handtuch bereit. Sie ließ sich von ihm einwickeln. Seine fürsorgliche Art gefiel ihr. Er hatte das Talent, dass sie sich in seiner Gegenwart einfach wohlfühlte. War das mehr wert als Leichtigkeit?

»Du kannst dich gern in der Hütte umziehen. Ich mache uns einen Tee.« Henning sammelte seine Klamotten auf, und Helen tat es ihm nach.

Ihr Körper fühlte sich herrlich an. So, als hätte der kalte See jede kleine Zelle in ihr aufgeweckt. Sie fühlte sich rundum lebendig. Ihre nassen Haarspitzen tropften auf ihre Schultern. Ein verfrühtes Gefühl von Sommer stellte sich ein.

Lächelnd lief sie Henning hinterher.

Als sie eingewickelt in ihre Handtücher durch die Tür traten, schallte ihnen jedoch ein fröhliches »Hallo, Papa!« entgegen. Helens Sommergefühl rann aus ihr heraus. Ihre Beine wurden wackelig, und ihr Hals war auf einmal viel zu eng, als dass sie hätte atmen können.

Mitten im Raum stand Oliver und sah sie erstaunt an.

Ab und zu gibt es Situationen im Leben, in denen die Zeit für einen kurzen Moment stillsteht. Als sie damals das Ergebnis von Jürgens Spermiogramm erfahren hatten, war so ein Moment gewesen. Jürgen hatte eingeatmet, aber nicht mehr aus. Der Arzt hatte seine Brille zurechtgerückt, und Helen war damit beschäftigt gewesen, erstaunt darüber zu sein, dass der Schmerz, der auf diese Nachricht hätte folgen müssen, ausblieb.

Das war diesmal anders. Der Schmerz setzte ein, bevor ihr die ganze Sache um die Ohren flog.

»Was machst du denn hier?«, fragte Oliver arglos, offenbar froh, sie überraschend zu sehen.

Wenn ich wenigstens etwas anhätte! Helen hielt krampfhaft ihr Handtuch zu. Ihre Klamotten drohten ihr auf den Boden zu rutschen. »Ich … Ich …«, stammelte sie.

»Geh dich erst mal umziehen«, bot Henning ebenso arglos an und schob sie ins Badezimmer.

Sie schloss die Tür hinter sich und zog sich mechanisch ihre Sachen an. Sie konnte die beiden tiefen Stimmen der Männer hören, die sich fröhlich unterhielten.

Helen war schlecht. Sie betrachtete ihr bleiches Spiegelbild. Ihr Blick fiel auf das Fenster.

Oh nein, meine Liebe! Du gehst da jetzt raus und erklärst den Männern, was hier los ist. Das bist du ihnen schuldig, verdammt noch mal!

Sie wollte nicht so eine Lusche wie Jürgen sein. Sie atmete tief ein und verließ das schützende Badezimmer. Henning stand noch im Handtuch da. Bevor Oliver freudig auf sie zukommen konnte, um sie zu küssen, sagte Helen mit fester Stimme: »Setzt euch, wir müssen reden.«

Die beiden sahen sie erwartungsvoll an, keiner machte Anstalten, sich zu setzen.

Gut, dann eben im Stehen.

»Ich hab etwas mit deinem Sohn angefangen, Henning. Wir hatten eine ziemlich verrückte Heimfahrt nach unserem ersten Date … und da sind wir uns nähergekommen.« Henning sah nicht schockiert aus, was Helen positiv bewertete. Aber Oliver dachte offenbar, ihre Rede wäre damit schon zu Ende. Er lächelte und wollte auf sie zukommen, um sie in den Arm zu nehmen, also sprach sie schnell weiter: »Jetzt ist aber Folgendes passiert.« Sie räusperte sich. »An dem Tag, an dem wir hier am Steg verabredet waren und du mit deinem Freund im Krankenhaus warst –«

»Sein Arm war übrigens gar nicht gebrochen, sondern nur verstaucht!«, warf Oliver fröhlich ein. Er hatte also immer noch keinen blassen Schimmer, worauf sie hinauswollte, während Henning sich schon sorgenvoll über den weißen Dreitagebart fuhr. »Oliver, ich habe mit deinem Vater geschlafen.«

Oliver erstarrte. Das dumme Küchenradio trällerte in die plötzliche Stille hinein und spielte *Love Me Do* von den Beatles.

Oliver schüttelte entsetzt den Kopf. »Ihr verarscht mich doch?« Er sah von seinem Vater zu Helen und wieder zurück zu seinem Vater.

»Henning wusste nicht, dass wir zusammen sind«, verteidigte ihn Helen.

»Aber du wusstest es, oder hattest du das zwischenzeitlich vergessen?« Wütend drehte er sich zu ihr um.

Sie schüttelte den Kopf und biss sich auf die Lippe.

Du fängst jetzt nicht an zu heulen!

»Und wann wolltest du uns das sagen?«, herrschte er sie an.

»Ich hab es versucht. Gestern bei dir und heute bei ihm …«

»Das stimmt, sie wollte mit mir sprechen, als sie ankam«, pflichtete Henning ihr bei.

»Und dann seid ihr lieber zusammen schwimmen gegangen? Nackt! Kam euch auch der Sex dazwischen, so wie bei uns gestern? Und wer, würdest du sagen, ist besser? Der Alte oder der Junge?«

»Ich kann verstehen, dass du sauer bist, dass ihr beide sauer seid. Ich bin nicht stolz drauf. Ich war einfach zu feige, um etwas zu sagen. Es hat mich bei euch beiden sehr überrascht …«

»Lasst uns kein großes Ding draus machen«, sagte Henning ruhig. »Wenn man drüber nachdenkt, ist es doch fast ein bisschen witzig!« Er lächelte Oliver an. »Der Apfel fällt nicht weit vom Stamm!«

Oliver fand das gar nicht lustig. »Dass du alter Achtundsechziger das lustig findest, war ja klar!«, schnaubte er. »Ich weiß ja nicht, wie ihr das damals in eurer Jugend alles gehandhabt habt. Mag sein, dass es da normal war, mit Vater *und* Sohn gleichzeitig zu schlafen, aber meine Generation heute wünscht sich etwas anderes!«

Er sah so verletzt aus, dass Helen die Tränen in die Augen schossen. »Oliver, es tut mir so leid. Ich weiß, das klingt jetzt hohl.« Sie machte eine hilflose Armbewegung.

»Ich muss mir das nicht anhören. Ich dachte nach meiner letzten Enttäuschung mit Su, du bist anders, Helen. Mit dir konnte ich reden, ich habe wirklich geglaubt, du würdest auch etwas für mich empfinden!«

»Das ist auch so, Oliver! Das mit deinem Vater war total unvorhersehbar. Und dann hatte ich Angst, dich zu verlieren!« Sie sah ihn verzweifelt an.

»Und heute bist du dann noch mal zu ihm gefahren, um herauszufinden, wer von uns beiden es denn nun sein soll?«

Sie sagte nichts, weil er im Grunde recht hatte.

Er nickte. »Weißt du was, ich nehme dir die schwierige Entscheidung ab. Ich bin raus!« Er dreht sich um und verließ beinahe lautlos die Hütte. Ein Türenknallen wäre angenehmer gewesen. Helen stand betäubt im Wohnzimmer.

»Tee?«, fragte Henning, als wäre die ganze Szene gerade nicht passiert.

Helen sah ihn an.

Er spürte ihren Blick und erwiderte ihn. »Es gibt kein Problem, das eine Tasse Tee nicht lösen könnte.«

Helen lächelte erschöpft. Es tat gut, dass er nicht auch noch ausflippte. Sie setzten sich mit dem Tee auf die zwei Stühle am See. »Wieso nimmst du das so gelassen?«

Henning zuckte mit den Schultern. »Ich weiß inzwischen einfach, dass das Leben so ist.«

»Voller Betrug?«

»Nein, voller Irrwege und Nebenwege. Das Leben ist vielschichtig. Liebe ist vielschichtig. Wenn man jung ist, denkt man nur in Schwarz und Weiß. Aber je älter man wird, desto mehr lernt man die ganzen Schattierungen kennen, die dazwischenliegen.«

Helen sah zu, wie drei Gänse sich laut schnatternd stritten. »Du findest es nicht schlimm, dass ich mit dir und deinem Sohn etwas hatte?«

Henning sah sie an. »Schlimm? Nein, ich finde es höchstens amüsant. Es ist menschlich.«

»Betrügen ist menschlich?«

»Betrug ist ein großes Wort. Jeder definiert Betrug anders. Für mich ist es kein Betrug.«

»Aber für Oliver war es das.«

»Ja.«

»Es tut mir leid. Ich wollte ihn nicht verletzen.«

»Sag das ihm, nicht mir.«

Helen nickte. Die Gänse flogen schreiend über ihre Köpfe hinweg.

»Oliver ist jung. Er sucht eine Frau fürs Leben. Aus dem Alter bin ich raus.« Er grinste sie an.

Helen seufzte. »Ich nicht. Aber ich habe überhaupt nicht nach einer Beziehung gesucht. Ich bin noch nicht so weit. Das mit Oliver hat mir einfach gutgetan. Und das mit dir … auch.« Helen legte die Hände vor ihr Gesicht.

»›Die Freiheit des Einzelnen endet dort, wo die Freiheit des Anderen beginnt‹«, zitierte Henning.

»Immanuel Kant. Der hat natürlich nie solche Fehler gemacht!« Helen nahm trotzig einen Schluck von ihrem Tee.

»Das will ich doch hoffen. Ohne Fehler ist das Leben furchtbar. Wobei ich meinen Sohn und mich jetzt nicht als Fehler bezeichnen würde.«

»Du weißt, was ich meine.«

Er nickte, trank seinen Tee und sah über den See.

Das heiße Getränk wärmte Helen von innen. Mit jedem Schluck kam etwas Zuversicht zurück.

Henning hatte recht. Eine Tasse Tee machte Probleme tatsächlich leichter.

Heilige Zypresse

Als Helen nach Haus kam, saßen Paul, Masha und Enna zusammen am Esstisch. Enna hatte geweint. Helen wusste sofort, dass Oliver sie angerufen hatte.

Anklagend sahen alle drei sie an, als sie auf Socken in die Küche kam.

»Kann ich es vielleicht erklären?«, fragte sie ohne große Hoffnung auf eine echte Chance.

Enna funkelte sie an und zerknüllte ein Taschentuch in ihren Händen. »Ich hab mich dir anvertraut. Du wusstest, dass ich in Oliver verliebt bin.«

Helen hob abwehrend die Hände. »Ich weiß es erst seit heute Morgen. Da war ich so schockiert, dass ich nichts gesagt habe, was natürlich falsch war.«

Paul sah sie an und nickte bestätigend.

»Dass du dich in Oliver verliebst, kann ich ja sogar noch nachvollziehen, auch wenn du hundert Jahre älter bist als er, aber dass du ihn dann mit seinem Vater betrügst?« Enna nahm ihr Taschentuch und wedelte damit in der Luft herum. »In deinem Alter!«

»Was hat das denn mit dem Alter zu tun? Meint ihr etwa, nur junge Leute dürften sich verlieben und Fehler machen?« Helen hielt sich an der Wand fest. Ihr Kreislauf fuhr gerade Achterbahn.

»Und du hast dich mal eben in beide verliebt? In Henning und in Oliver?« Ennas Stimme bebte vor Wut.

»Irgendwie schon, ja«, gab Helen zu.

Die drei jungen Leute schüttelten den Kopf. Unverständnis breitete sich im ganzen Raum aus.

»Es ist deine Sache, mit wie vielen Männer du gleichzeitig etwas hast, aber lass in Zukunft Ennas Freunde aus, okay?« Masha sah Helen bei diesem Satz nicht an, aber sie klang kalt. Sie nahm Enna liebevoll am Arm und führte sie die Treppe hoch zu ihren Zimmern.

Paul schenkte Helen noch einen verstohlenen Blick und folgte dann den Frauen.

Jetzt hast du es dir auf ganzer Linie vermasselt. Glückwunsch!

Helen ging in ihr Zimmer, schloss die Tür ab, warf sich aufs Bett und weinte wie ein Teenager. Sie hatte sich so wohlgefühlt in dieser WG. Die drei jungen Leute waren ihr ans Herz gewachsen. Konnte sie unter diesen Umständen überhaupt hier wohnen bleiben?

Etwas Weiches legte sich neben sie und schnurrte. Helen hob den Kopf.

Mrs Norris blinzelte sie an.

»Ausgerechnet du machst mir keine Vorwürfe?«

Katzen haben oft andere Wertvorstellungen als Menschen, sagte Mrs Norris und schnurrte weiter.

Helen ließ sich von dem monotonen Geräusch etwas trösten. Als sie aber versuchte, das Tier zu streicheln, sprang es vom Bett.

Sie rief Gitta an, aber die war nicht erreichbar.

Unruhig ging Helen in ihrem Zimmer auf und ab. Sie hielt es hier nicht länger aus. Sie zog sich eine leichte Jacke und Schuhe an und verließ das Haus. Ihr Weg führt sie direkt zum Strand. Wenn eine Tasse Tee nicht mehr reichte, konnte nur noch das Meer helfen.

Es war windig. Wolken flogen schnell am Himmel entlang. Alle paar Minuten änderte sich die Lichtstimmung.

Helen lief an der Wasserkante entlang. Das Meer war aufgewühlt, und die Wellen schwappten stärker als sonst an den Strand. Es spiegelte wider, was sie fühlte. Möwen kreischten über ihr.

Konnte sie irgendetwas tun, um die Sache wieder geradezubiegen? Wahrscheinlich nicht. Vermutlich lief es auf die schwerste Übung überhaupt hinaus: abwarten, bis sich alle wieder etwas beruhigt hatten.

Wenn sie mich vorher nicht rauswerfen.

Sie lief immer weiter den Strand entlang, passierte eine Buhnenreihe nach der anderen. Die Wellen kamen und gingen, genauso die Sonne über ihr.

Bin ich gar nicht so anders als Jürgen? Hätte ich das Ganze auch immer weiterlaufen lassen, wenn es mir nicht um die Ohren geflogen wäre?

Jürgens Worte kamen ihr in den Sinn: »Ich habe versucht, es dir zu sagen, aber es war nie der richtige Zeitpunkt.«

Es gab einfach keinen richtigen Zeitpunkt für solche Dinge.

Ihr Telefon klingelte. Als hätte er ihre Gedanken gespürt, rief Jürgen an. Er wollte sich unbedingt sofort mit ihr verabreden, und da Helen sowieso nicht scharf drauf war, in die WG zurückzukommen, willigte sie ein.

Jürgen bestellte Spaghetti Carbonara, eines seiner Lieblingsgerichte. Helen hatte eigentlich gar keinen Hunger. Ihr Magen war von den unschönen Ereignissen wie zugeschnürt. Sie wählte Rigatoni all'arrabiata, passend zum Tag, und entschied, direkt in die Offensive zu gehen.

»Jürgen, bevor wir zu dem kommen, worüber du sprechen möchtest, muss ich etwas sagen. Ich habe in letzter Zeit unangenehme Dinge nicht angesprochen, und das ist mir heute ziemlich um die Ohren geflogen …«

Bleib beim Thema!

Sie schluckte. »Was ich sagen will, ist: Ich kann die geforderte Summe für die Möbel nicht zahlen.«

Jürgen sah sie an, lächelte und legte seine Hand auf ihre. »Das ist schon in Ordnung. Irgendwie fühle ich mich befreit ohne den ganzen alten Kram. Der Anwalt geht mir sowieso auf die Nerven. Weißt du, wie viel er für den albernen Brief an dich verlangt hat?«

Helen zog vorsichtig ihre Hand weg. »Kommt das nicht immer auf den Streitwert an?«

Jürgen nickte. »Deshalb lasse ich demnächst Briefe von einem Anwalt aufsetzen wegen zweiunddreißig Cent, die mir jemand schuldet. Das wird ein Spaß!«

»Es gibt sicher einen Mindestsatz, damit das nicht jeder macht.«

»Vermutlich.«

Ihre Getränke kamen, und Helen nahm einen großen Schluck von ihrer Apfelschorle. Früher hatte Jürgen immer darüber gewitzelt, dass sie das langweiligste Getränk der Welt bestellte. Apfelschorle.

Es war seltsam, ihm allein gegenüberzusitzen, ohne Steffie, die pufferte. Das Gefühl war fremd und vertraut gleichzeitig.

»Kann ich mich drauf verlassen? Du willst kein Geld mehr von mir?«

Jürgen nickte eifrig und trank von seinem Bier, während er es bereits wieder abstellte.

Helen hatte diese seltsame Angewohnheit schon immer aufgeregt. Warum hielt er es nicht in Ruhe in der Hand, bis er getrunken hatte? Warum musste er im Trinken schon die Abstellbewegung einleiten?

»Du kannst dich drauf verlassen. Vergiss die dreißigtausend Euro. Ich war einfach sauer.«

»Verständlich«, gab Helen zu.

Es entstand eine kleine Gesprächspause. Dann stellten beide gleichzeitig eine Frage:

»Wie läuft es in deiner WG?«

»Wie geht es Steffie?«

Sie sahen sich an und lachten.

»In meiner WG läuft es gerade nicht so rund«, beantwortete Helen seine Frage.

»Steffie geht es gerade vermutlich auch nicht so gut«, sagte Jürgen, ohne auf ihre Antwort einzugehen.

»Warum?«

Er senkte seine Stimme. »Weil ich ihr offenbart habe, dass ich keine Kinder zeugen kann.«

»Oh, das war sicher nicht leicht.«

Jürgen schüttelte den Kopf und machte wieder seine merkwürdige im Abstellen-Trinken-Übung. »Sie ist ziemlich ausgeflippt, ehrlich gesagt. Sie meinte, ich hätte es ihr verschwiegen, und das sei unfair.« Er hob die Schultern. »Findest du, dass man das sagen müsste? Von vornherein? Ich meine, man lernt doch keine Frau kennen und sagt: ›Jürgen, mein Name, ich bin unfruchtbar!‹« Er hatte den letzten Satz in normaler Lautstärke gesagt, und der Kellner, der die Nudelgerichte brachte, gab sich große Mühe, einen neutralen Gesichtsausdruck zu behalten.

Auch Helen musste sich ein Grinsen verkneifen. Als der Kellner wieder weg war, beugte sie sich über den Tisch und fragte leise: »Und du hast es ihr bis jetzt nicht gesagt? Ihr seid seit zwei Jahren zusammen, und sie ist bei dir eingezogen. Habt ihr denn nie über eure Zukunft gesprochen?«

Jürgen stach die Gabel energisch in seine Spaghetti. Seit er einmal gehört hatte, dass die Italiener das so machen, verzichtete er auf den Löffel und drehte die Spaghetti nur mit der Gabel. Bei dem Versuch, sie in den Mund zu schaufeln, fiel ihm regelmäßig die Hälfte runter. Aber immerhin war er jetzt ein echter Italiener.

»Wir haben schon über die Zukunft gesprochen, aber nicht über Kinder.«

»Und du bist einfach davon ausgegangen, dass Steffie in ihrem Alter keine will?«

»Was hat das denn mit ihrem Alter zu tun?« Er klang etwas genervt.

»Na, eine Frau in deinem Alter will vermutlich keine Kinder mehr, eine so junge Frau wie Steffie aber schon.«

»Wie auch immer!«, sagte Jürgen unwirsch. Er hatte es noch nie gemocht, kritisiert zu werden. »Jedenfalls ist sie sauer zu ihrer Mutter gefahren.«

»Das tut mir leid«, log Helen. Die Rigatoni waren lecker, sie hatten genau die richtige Schärfe. »Ich verstehe übrigens, dass du ihr nichts gesagt hast. Ich habe mich in letzter Zeit ähnlich dumm verhalten. Man macht Fehler im Leben, das ist einfach so.«

Jürgen legte die Gabel weg. »Helen, es bedeutet mir sehr viel, dass du so verständnisvoll bist. Ich meine, ich bin eben auch nur ein Mann, da kommt es schon mal vor, dass man sich auf dem Weg etwas verirrt.«

Irritiert sah Helen ihn an.

Was wird das denn jetzt, bitte?

»Mit Steffie, das war einfach ein Abenteuer. Es war schön und spannend, ich habe mich wieder jung gefühlt. Aber es ist einfach nicht dasselbe wie mit dir.« Er strahlte sie an, als hätte er ihr einen riesigen Blumenstrauß überreicht.

Helen war zu perplex, um zu antworten.

»Wir können auf dem Rückweg deine Sachen aus der WG holen, oder wir machen das in Ruhe am Wochenende.« Er stach zufrieden in seine Nudeln, drehte und verlor wieder die Hälfte.

»Wie bitte?« Helen ließ ihre Gabel sinken.

»Du darfst wieder bei mir einziehen!« Jürgen breitete seine Arme aus und lächelte gönnerhaft.

»Das ist ja wundervoll, Jürgen!« Helen warf ihre Serviette auf den Tisch. »Seit Wochen sitze ich nur rum und warte auf den Tag, an dem du mich endlich zurücknimmst. Ich warte auf den

Tag, an dem mein Leben wieder einen Sinn hat! Und heute ist er endlich gekommen!«

»Du klingst irgendwie ironisch.« Jürgen wirkte mit einem Mal verstört.

Helen musste sich davon abhalten, sich nicht die Hand vor die Stirn zu klatschen. »Ja, Jürgen, ich bin auch ironisch, weil ich einfach nicht weiß, wie ich meine Wut in Worte fassen soll! Du gehst wirklich davon aus, dass ich sofort wieder bei dir einziehen würde? Nach allem, was war? Du kommst nicht einmal auf den Gedanken, mich zu fragen, ob ich das überhaupt will? Und du schießt Steffie in den Wind, sobald sie dich – zu Recht übrigens – ein Mal kritisiert? Statt mit ihr zu reden, rennst du zu deiner Ex – mir – und willst mit unserem langweiligen alten Leben weitermachen?«

»Immerhin mit neuen Möbeln«, versuchte Jürgen einen Scherz. »Komm schon, Blaubär, du liebst mich doch.« Er sah sie mit einem Hundeblick an.

Helen schaute ihm in die Augen und sagte ganz ruhig: »Nein. Ich liebe dich nicht mehr.«

Jürgen nickte. Dann befestigte er seine Serviette am Kragen seines Pullovers und fuhr fort, seine Spaghetti zu essen.

Helen sammelte ihre Tasche vom Boden auf. »Es ist ein unglaubliches Glück, dass dir Steffie passiert ist. Ich glaube, sie könnte wirklich die richtige Frau für dich sein. Aber du musst aufhören, immer nur an dich zu denken, Jürgen. Fahr zu ihr, rede mit ihr, und hör hin, was sie sagt.«

Jürgen gab vor, Helen weder zu sehen noch zu hören, sondern trank betont genussvoll sein Bier.

Um sich nicht wieder die seltsame Übung ansehen zu müssen, stand Helen schnell auf. »Leb wohl«, sagte sie. Dann ging sie, ohne ihn noch einmal anzusehen.

»Heilige Zypresse!« Gitta lief im Wohnzimmer auf und ab. Helen hörte diesen Ausdruck heute von ihr zum bestimmt zehnten Mal. Michael war noch unterwegs, er machte irgendetwas im Ferienhaus. Gitta und er waren eigentlich kaum noch zu Hause. Helen hatte großes Glück gehabt, ihre Freundin anzutreffen.

»Was ist eine Zypresse überhaupt?«, fragte sie.

»Ein immergrüner Nadelbaum, der vorwiegend im Mittelmeerraum wächst. Diese langen hübschen Bäume in Italien.« Gitta streckte die Arme nach oben und ahmte eine Zypresse nach.

Helen musste lachen. »Ich brauche jetzt deinen Spezialkakao.«

»Lumumba! Das ist eine hervorragende Idee!« Gitta eilte in die Küche, und Helen folgte ihr. Sie war gespannt, was ihre Freundin zu ihrem Bericht sagen würde. Sehr viel mehr als »Heilige Zypresse!« hatte sie an diesem Abend noch nicht von Gitta gehört.

Gitta stellte einen Topf auf den Herd und schüttelte den Kopf, als sie die Milch eingoss. »Ist es nicht erstaunlich, wie sich alles entwickelt?«

»Wie meinst du das?« Helen nahm einen Lappen und fuhr damit über die Arbeitsfläche.

»Ja, alles. Henning ist tiefenentspannt, Oliver ist verletzt, deine WG ist sauer, und Jürgen … ist ein Idiot.«

»Das hast du schön zusammengefasst. Und was mache ich jetzt mit alldem?«

»Erst mal nur akzeptieren, dass es so ist.«

Helen wusch den Lappen aus. Gitta rührte echten Kakao in die Milch.

»Okay, und dann?«

»Was stresst dich denn am meisten?« Gitta suchte oben im Küchenschrank nach Rum, fand ihn und goss einen großzügigen Schluck in den Kakao.

»Meine drei: Enna, Masha und Paul. Und natürlich Oliver.

Aber am wenigsten kann ich ertragen, dass meine WG so von mir enttäuscht ist.«

Gitta rührte noch etwas Sahne und Zucker in den Topf, ließ das Ganze ziehen und schäumte Milch auf. Sie füllte alles in schöne große Gläser, die so heiß waren, dass man sie nur vorsichtig am Rand anfassen konnte. Gitta schaffte es, sie auf ein Tablett zu heben. Helen trug es ins Wohnzimmer.

»Ich glaube, ich hätte da eine Idee.« Gitta hatte dieses Funkeln in ihren Augen, das normalerweise Großes versprach.

»Her damit«, sagte Helen hoffnungsvoll. Sie liebte es, wenn Gitta diesen Satz sagte.

»Ein schöner Garten verzeiht viel.«

»Wir machen der WG den Garten schön?«

Gitta nickte. »Und zwar in einer Nacht-und-Nebel-Aktion. Wir bereiten alles vor, es muss super geplant sein, und dann rücken wir nachts aus und legen ihn an.«

»Den ganzen Garten, in einer Nacht?« Helen sah sie entsetzt an.

»Den ganzen Garten, in einer Nacht«, wiederholte Gitta.

»Heilige Zypresse!« Helen hob ihr heißes Glas, und Gitta stieß mit ihr an.

Die Wahrheit

Die nächsten Tage in der WG waren nicht schön. Alle gingen Helen aus dem Weg, sogar Paul, der ihr ab und zu verstohlene Blicke zuwarf und immer so aussah, als wollte er etwas sagen. Letztendlich schwieg er dann aber und schlich wieder nach oben. Die Küche und der Esstisch, an dem sich sonst alle trafen, blieben leer.

Helen nutzte die Zeit, um sich um ihre Aufträge zu kümmern, die durch Ennas Zauberkünste im Netz jetzt mehr und mehr eintrafen. Sie übte fleißig, wie man Texte und Bilder bei Instagram postete, und sah sich YouTube-Videos an, weil sie keinen der jungen Leute fragen konnte.

Die Übersetzungen gingen ihr leicht von der Hand, nur vor dem Rechnungen Schreiben drückte sie sich.

Da ihre Mitbewohner sie mieden und Gitta rund um die Uhr mit ihrer Arbeit und der Hausrenovierung beschäftigt war, war Helen oft einsam. Sie dachte viel an Oliver, traute sich aber nicht, ihn zu kontaktieren. Henning hätte sie anrufen können oder sie hätte bei ihm vorbeifahren können, aber ihn zu treffen kam ihr weiterhin so vor, als würde sie Oliver betrügen.

Immerhin kam kein weiterer Brief von Jürgens Anwalt. Er stand also trotz allem zu seinem Wort, dass sie nichts für die Möbel bezahlen musste.

Helen fieberte dem Mittwoch entgegen. Kim hatte versprochen, dann mit ihr zu einem schönen einsamen Strand zu fahren, wo sie mit Ludwig spazieren gehen konnten.

Sie trafen sich am Bojenweg, der zum Strand führte. Ludwig freute sich sichtlich, Helen zu sehen, und sprang wild um sie herum. Kim hatte Mühe, den großen Golden Retriever an der Leine festzuhalten.

Die Frauen umarmten sich und gingen los. Helen fröstelte ein wenig. Es war um diese Jahreszeit wirklich schwer, die passende Kleidung auszuwählen. Sie war immer zu warm oder zu kalt angezogen. Heute hatte sie sich für eine dünne Daunenjacke entschieden, was möglicherweise ein Fehler gewesen war. Doch vielleicht würde es sich durch die Bewegung gleich auch noch ändern. Immerhin war heute schönstes Ostseewetter. Der Himmel strahlte in einem Blau, das beinahe kitschig war. Ein paar zarte Schleierwolken zierten den Horizont, als hätten sie beschlossen, markieren zu müssen, wo das Meer endete und der Himmel anfing.

Kim redete und stellte Fragen. Helen hatte Mühe, ihr zu folgen. Das ging ihr immer so, wenn sie ans Meer kam. Sie verlor sich. Dieser atemberaubende Blick über die Weite. Die Wellen, die Buhnen, die Möwen und der breite, feine Sandstrand. All das löste jedes Mal ein Glücksgefühl in ihr aus. Es wurde einfach nicht zur Gewohnheit für jemanden, der hier nicht aufgewachsen war.

Ludwig, der jetzt frei laufen durfte, rannte bellend den Möwen hinterher. Helen hatte plötzlich Lust mitzurennen.

»Entschuldige«, sagte sie zu Kim, die ihr gerade eine Frage gestellt hatte. »Ich muss kurz rennen!«

Sie flitzte dem Hund hinterher, der sich freute und mit drei Sätzen am Meer war, dann wieder umdrehte und ihr entgegenrannte. Helen rannte, bis sie den Wellensaum erreichte. Es tat gut, sich schnell zu bewegen. Ludwig sprang den Wellen entgegen. Er schien die Kälte des Wassers nicht zu spüren.

Helen ließ sich in den Sand fallen und zog sich Schuhe und Socken aus. Ihre unlackierten Fußnägel sahen nackt und unattraktiv aus, aber das war ihr egal. Sie tauchte die Füße in die kalte Ostsee und sah sich um, wo Kim blieb.

Ihre Freundin kam ganz gemächlich näher. Sobald sie am

Wasser war, zog auch sie ihre Schuhe und Socken aus und stellte sich neben Helen ins Wasser.

»Herrlich, oder?«, fragte Helen.

»Saukalt«, antwortete Kim trocken. »Es ist mir ein Rätsel, wie manche Leute bei den Temperaturen schwimmen gehen können!« Sie zeigte auf eine ältere Frau, die sich gerade auszog.

Das war an der Ostsee kein ungewöhnlicher Anblick. Ab März, wenn die Tage wieder länger wurden als die Nächte, sah man hier und da besonders Mutige in die Fluten springen.

Auch die ältere Dame ging jetzt entschlossen und splitterfasernackt auf das Wasser zu. Helen und Kim beobachteten gespannt, wie sie erst bis zu den Oberschenkeln ins Wasser ging, sich dann an Armen und Nacken mit dem Eiswasser abkühlte und endlich mit einer vogelartigen Bewegung nach vorne schnellte und schwamm. Sie applaudierten, aber die Dame war zu weit weg, um es hören zu können.

Ludwig kam aus dem Wasser und rannte um sie herum.

»Er will weitergehen«, übersetzte Kim.

»Ja, komm.« Helen sammelte ihre Schuhe auf und ging barfuß durch den kühlen Sand. Es war früher Vormittag, am Nachmittag würde er sich aufgewärmt haben und der Strand würde sich mit mehr Leuten füllen. Jetzt waren nur vereinzelt Menschen zu sehen.

Die Freundinnen liefen Seite an Seite am Wasser entlang. Helen war näher an den Wellen dran, und ab und zu berührte das kalte Wasser ihre Füße.

»Was hast du vorhin gefragt?«, knüpfte Helen an Kims Versuch an, ein Gespräch zu starten.

»Du meinst, bevor du deinen Renn-Flash bekommen hast?« Kim grinste. »Ich wollte wissen, wie deine Männergeschichte weiterging, die mit dem jungen Kerl.«

Helen seufzte und erzählte Kim die ganze Geschichte.

»Oha. Das ist ja mal selten schräg!«

»Ja, so könnte man es nennen.«

Eine Weile hing jede ihren eigenen Gedanken nach.

»Mir macht das Mut«, sagte Kim schließlich.

Helen sah sie fragend an.

»Ich habe manchmal Angst, dass alles immer langweiliger im Leben wird, je älter man wird. Deine Geschichte zeigt, dass es nicht so sein muss.«

»Ich weiß nicht, ob ich ein Vorzeigebeispiel für eine Frau Mitte fünfzig bin. Ausgesucht hätte ich mir jedenfalls etwas anderes.«

»Was denn?«

Helen sah über das Meer. Ein paar Möwen schaukelten auf den Wellen, die sanft heranrollten und erst am Strand brachen. »Vermutlich das, was man sich als kleines Mädchen wünscht: die große Liebe, mit der man alt wird.«

Kim nickte verständnisvoll. »In vielen Fällen wird die große Liebe aber zur großen Langeweile.«

Helen zog die Augenbrauen hoch.

Kim machte eine wegwerfende Handbewegung. »Ja, Marcel und ich haben gerade so eine Phase. Also, ich würde momentan nicht von Schmetterlingen im Bauch sprechen, wenn ich ihn sehe, eher so von Klößen.«

»Klöße?«, lachte Helen.

»Ja, wie soll ich das beschreiben? Es ist eben alles sehr gewohnt. So wie ein Sonntagsessen. Klöße eben. Ich würde mir manchmal mehr Aufregung wünschen, mehr Abenteuer, verstehst du?«

»Vielleicht geht ihm das genauso. Redet doch mal darüber.« Helen sah sie ermutigend an.

Kims Blick schweifte zum Horizont. »Ja, vielleicht. Ich habe aber ein bisschen Angst vor dem, was kommen könnte.«

»Ich glaube, du musst mehr Angst vor dem haben, was kommen könnte, wenn du es nicht ansprichst. Wenn es ihm ähnlich geht, könnt ihr zusammen einen Weg finden. Das ist sicher besser, als wenn jeder alleine einen Weg findet«, sagte Helen sanft.

Kim nickte, stellte ihr Schuhe ab und balancierte dann über eine Reihe Buhnen. Helen stieg hinter ihr auf und balancierte hinterher.

Die Holzpfähle waren rau und ein wenig glitschig unter ihren Fußsohlen. Kim lief ein paar Meter auf das Wasser hinaus und blieb dann stehen. Ludwig schwamm aufgeregt neben ihnen her. Er fand allem Anschein nach bedenklich, was die Menschen da veranstalteten.

»Ich habe das meinen Kindern immer verboten. Ich wollte nicht, dass sie reinfallen, nass werden und wir sofort nach Hause fahren müssen.«

Helen schwankte hinter ihr. »Ich will auch nicht reinfallen.«

»Dann lass uns zurückgehen.«

»Dazu müssten wir uns umdrehen.« Helen sah zweifelnd auf die schmalen Holzpfähle. Das hatten sie nicht durchdacht.

Sie hielten sich aneinander fest und versuchten, sich vorsichtig umzudrehen. Schwankend und kreischend standen sie auf den Buhnen. Ludwig versuchte, im Schwimmen zu bellen, und machte lustige gurgelnde Geräusche.

Helen bekam einen Lachanfall, der auch nicht wirklich hilfreich war. Kim ließ sich anstecken, und so standen sich kichernd aneinandergeklammert auf den Pfählen.

»So, Schluss jetzt!«, bestimmte Kim schließlich. »Du bleibst stehen, ich halte mich an dir fest und drehe mich um.«

Helen nickte und blieb so standfest stehen, wie sie nur konnte. Kim schaffte es, sich umzudrehen. Nun standen sie Bauch an Bauch.

»Jetzt du!«, forderte Kim sie auf und hielt ihre Hände fest. Helen hatte den schwierigeren Job, weil sie sich von Kim wegdrehen musste. Sie schaffte es dennoch, und beide kamen sicher wieder am Strand an, wo Ludwig sie stürmisch begrüßte.

Sie liefen weiter, bis sie die Steilküste erreichten, wo überall große Steine im Meer lagen. Die Bäume, die oben an der Steilküste wuchsen und jeden Moment damit rechnen mussten, vom Wasser unterhöhlt herunterzustürzen, standen majestätisch über ihnen. Helen liebte diese Landschaft, in der Meer auf Bäume traf und feiner Sand auf große Steine.

»Du solltest mit Oliver reden. Es ist doch jetzt schon ein paar Tage her. Sich einfach gar nicht zu melden, könnte er als Desinteresse deuten«, sagte Kim leise.

Helen sah ihre Freundin unglücklich an. »Du hast recht. Aber ich weiß einfach nicht, was ich sagen soll.«

»Die Wahrheit.« Kim machte mit ihrem rechten Arm eine Bewegung weg von ihrem Körper. Ludwig rannte sofort los, in der Annahme, sein Frauchen habe etwas für ihn geworfen.

»Die Wahrheit«, seufzte Helen und warf dem suchenden Hund ein Stöckchen hin, das er ihr stolz zurückbrachte.

»Jetzt hast du ihn an der Backe. Das kann er endlos spielen.«

Helen warf das Stöckchen wieder und wieder, und Ludwig rannte besonders begeistert hinterher, wenn es im Wasser landete.

Es wurde langsam warm. Helen und Kim zogen ihre Jacken aus und traten den Rückweg an. Irgendwann machten sie eine kleine Pause und setzten sich auf einen Baumstamm, der früher sicher oben am Abhang gestanden hatte, bis das Meer ihn geholt hatte.

Kim zog eine Tüte Nüsse aus ihrer Jackentasche.

»Wie genial bist du denn?«

Kim zuckte mit den Schultern. »Angewohnheit einer Mutter. Wenn du sie nicht fütterst, werden sie unangenehm.«

Helen lachte.

»Heute Abend, Helen. Heute Abend rücken wir mit der Wahrheit raus. Ich rede mit Marcel und du mit Oliver.«

»Was, wenn er mich nicht sehen will?« Helen warf sich ein paar Nüsse in den Mund.

»Schick ihm eine Textnachricht, jetzt gleich«, befahl Kim. Sie hatte das echt gut raus – diesen Tonfall, der keinen Widerspruch duldete.

Helen zückte gehorsam ihr Handy. »Was soll ich schreiben?«

Kim seufzte ungeduldig, nahm ihr das Telefon aus der Hand und tippte in atemberaubender Geschwindigkeit mit zwei Daumen. »Bitte sehr«, grinsend reichte sie Helen das Gerät zurück.

Aufgeregt las Helen, was Kim an Oliver geschrieben hatte.

Wir müssen reden. Heute Abend? Bitte sag Ja!

»Okay?«, wollte Kim wissen.

Helen nickte. Der zweite Satz war ihr ein bisschen zu viel, aber vielleicht war er nötig. »Und jetzt schreibst du eine an Marcel, damit du dich heute Abend nicht vor dem Gespräch drücken kannst«, forderte sie Kim auf.

Kim aß aufgeregt eine Nuss nach der anderen. Sie sah aus wie ein hektisches Eichhörnchen. Dann legte sie die Tüte weg und schrieb ihrem Mann.

»Gratulation. Wir haben den ersten Schritt geschafft!« Helen schüttelte Kims Hand. Kims Sommersprossen auf der Nase kräuselten sich, als sie lächelte. »Würdest du Gitta und mir bei einer Nacht- und Nebelaktion helfen?«

Kim sagte zu, bevor Helen ihr erzählen konnte, worum es überhaupt ging. Als sie von dem WG-Garten erfuhr, klatschte sie in die Hände. »Was für eine süße Idee! Natürlich bin ich dabei, und Marcel sicher auch. Dann haben wir wenigstens mal ein bisschen Abenteuer zusammen!«

Der Strand füllte sich mehr und mehr. Überall tauchten bunte Strandmuscheln auf und Sonnenschirme. Es herrschten noch lange keine echten sommerlichen Temperaturen, aber sobald an einem Ostseestrand die Sonne schien, beschlossen die Leute einfach, Sommer zu spielen. Helen wunderte sich jedes Mal darüber, dass plötzlich Kinder in Badehosen herumrannten, während sie noch in Pulli und Jeans unterwegs war. Der Strand hatte eben seine ganz eigenen Regeln.

Als sie am Parkplatz ankamen, nahm Kim Helen das Versprechen ab, ihr eine SMS zu schicken, sobald sie mit Oliver geredet hatte. Umgekehrt versprach sie dasselbe nach dem Gespräch mit ihrem Mann.

In der WG stieß Helen in der Küche auf Paul.

Er nickte ihr zu. Helen nickte zurück und nahm sich einen Joghurt aus dem Kühlschrank. Paul tat es ihr nach, und beide setzten sie sich mit ihrem Joghurt an den Tisch. Paul wirkte ebenso unsicher, wie auch Helen sich fühlte.

»Klappt ja gut mit Instagram«, sagte Paul schließlich.

»YouTube sei Dank. Und Enna natürlich«, fügte Helen schnell hinzu.

»Und klappt es? Bekommst du Aufträge?« Paul hatte seinen Joghurt mit seinem großen Esslöffel schon ausgelöffelt.

Helen nickte. »Übersetzen ist kein Ding, aber die Rechnungen stressen mich.«

»Hast du einen, der immer wieder Aufträge an dich vergibt?«

»Ja, eine Firma, die Paloni heißt. Warum?«

»Frag die doch, ob sie dich anstellen. Dann musst du keine Rechnungen mehr schreiben.«

Helen fand den Vorschlag kindlich naiv. Als könnte man einfach jemanden fragen: Wollen Sie mich nicht anstellen?

»Gute Idee«, log sie.

Paul grinste und zeigte mit dem Zeigefinger auf sie. »Du hasst den Vorschlag!«, stellte er fest.

Helen ergab sich und nickte. »Mann, der alles sieht. Wie geht es Enna?«

Beide sahen gleichzeitig zur Treppe.

Paul zögerte, dann sagte er: »Sie kriegt sich schon wieder ein. Es ist natürlich schön, den ganzen Liebesfrust jetzt auf dich zu projizieren. Ehrlich gesagt wäre sie auch unglücklich in Oliver verknallt, wenn du nichts mit ihm angefangen hättest. Und mit seinem Vater. Lebt sein Opa eigentlich noch?«, fragte er scherzhaft.

Helen versteckte ihr Gesicht hinter ihren Händen.

»Wird schon wieder«, brummte Paul, schüttelte seine Lockenmähne und verschwand nach oben.

Helen ging in ihr Zimmer und stieg vorsichtig aus dem Fenster. Sie hatte von Gitta den Auftrag bekommen, den Garten zu vermessen und von allen Seiten zu fotografieren. Solange sie leise war und Enna sich nicht aus ihrem Dachfenster beugte, würde sie keiner bemerken.

Bevor sie pflanzen konnten, musste man erst einmal roden. Und das ließ sich nicht alles leise in einer Nacht erledigen. Helen musste deshalb auf Gittas Geheiß die Stunden nutzen, in denen sich keiner außer ihr im Haus befand.

Nachdem sie alles vermessen und dokumentiert hatte, schlüpfte sie durch das Fenster wieder in ihr Zimmer zurück. Der Zugang zum Garten blieb ein Problem. Man müsste wirklich eine Tür einbauen, aber das ging nicht ohne die Zustimmung des Vermieters, und idealerweise müsste er das auch bezahlen.

Sie checkte zum hundertsten Mal heute ihr Handy. Endlich hatte sie eine Antwort von Oliver. Er schlug eine Pizzeria im Ort vor und eine Uhrzeit. Seine Textnachricht klang so nüchtern, als würde es um einen Geschäftstermin gehen.

Was hast du denn auch erwartet?

Mea culpa

Sie machte sich viel zu früh fertig, zog sich dreimal um, stand lange vor dem Spiegel und war doch unzufrieden mit ihrem Make-up und ihren Haaren.

Sie schlich sich früh aus dem Haus und war als Erste am vorgeschlagenen Treffpunkt. Nervös saß sie am Tisch und knibbelte an der Speisekarte herum, bis Oliver auftauchte.

Er sah viel zu gut aus, und ihr Hals wurde eng, als er auf ihren Tisch zuging. Sie stand auf, um ihn zu begrüßen, wusste aber nicht, wie.

»Hallo, Helen.«

»Hallo, Oliver.«

Beide setzten sich steif.

Der Kellner, ein echter Italiener, war ein Schatz und kam sofort angerannt, was die Situation unheimlich erleichterte. Sie bestellten, und sobald der Kellner weg war, fing Helen, an zu reden, weil sie es nicht aushielt, Oliver so zu sehen. Er sah ihr nicht in die Augen. Sein Gesichtsausdruck war starr.

»Oliver, vielen Dank, dass du gekommen bist. Ich versuche mal, meine Seite zu erklären. Also … Als du mich damals nach Hause gefahren hast, hätte ich nie im Leben daran gedacht, dass aus uns etwas werden könnte. Es war mir sogar etwas peinlich, dass du deine Zeit damit verschwendest, so eine alte Frau nach Hause zu fahren.«

Rede nicht so schnell.

»Dann hast du mich geküsst, und ich habe gedacht, das ist sicher ein Ausrutscher, das hat mit unserem verrückten Abend zu tun. Eine Art Stressreaktion.« Sie zwang sich, damit aufzuhören, die Serviette vor sich ständig immer kleiner zu falten. Oliver sah weiter nur auf den Tisch, und sie redete sofort weiter: »Ich habe mich danach gefühlt wie ein Teenager, hatte dich ständig im Kopf und habe versucht, mir einzureden, dass dieses Gefühl bescheuert ist und wieder weggeht. Aber dann bist du wiedergekommen, und ich habe beschlossen, einfach zu genießen, was passiert, ohne es einzuordnen und ständig Angst zu haben, dass ich viel zu alt für dich bin.«

Oliver sah sie jetzt zum ersten Mal an. Seine blauen Augen wirkten dunkler als sonst. Verletzt. »Und dann kam mein Vater ins Spiel. Der alte, weise, charmante Herr mit den schönen Sprüchen und all den Lebensweisheiten, die man ihm sofort glaubt. Der hat dich so umgarnt, dass du ihm dann leider auch verfallen bist?«

Helen holte tief Luft. »Also erstens wusste Henning nichts von dir und mir, und zweitens, ja, ziemlich genau so ist es gelaufen. Ich finde selbst, dass das schwach klingt. Vielleicht kann ich zu meiner Verteidigung sagen, dass ich die letzten zwanzig Jahre außerhalb jeder Kommunikation mit charmanten Männern gelebt habe. Ich wusste gar nicht mehr, dass ich das Bedürfnis habe, als Frau wahrgenommen zu werden. Es war so normal, dass das nicht stattfand. Ihr habt mich einfach überwältigt, du und dein Vater. Ich war nicht darauf gefasst, dass mir das passieren könnte. Etwa so, wie man gar nicht damit rechnet hinzufallen, weil man nicht weiß, dass man auf Eis steht.«

»Und Henning und ich sind das Eis, auf dem du ausgerutscht bist?«

Helen schüttelte den Kopf. »Ihr seid der See. Meine Sehnsucht ist das Eis, auf dem ich ausgerutscht bin.«

Oliver lehnte sich zurück. Seine Augen verfolgten den Kellner, der die Getränke brachte.

Beide nahmen einen Schluck.

»Und jetzt?«, fragte Oliver.

»Jetzt habe ich es vermasselt. Ich habe dich nicht um ein Treffen gebeten, damit du mir verzeihst. Ich treffe dich, damit du weißt, es war nicht einfach nur ein Spiel mit dir. Es hat mir viel bedeutet.«

Oliver drehte sein Wasserglas auf dem Bierdeckel. »Muss ich jetzt etwas dazu sagen?« Seine Frage klang halb trotzig, halb ehrlich.

Helen versuchte zu lächeln. »Nein«, sagte sie, obwohl sie darauf brannte, dass er etwas sagte.

»Ich weiß nämlich nicht, was ich sagen soll. Ich verstehe diese ganze Alterssache nicht. Zwei Menschen treffen und mögen sich. Das sollte doch genügen. Und wie mein Vater bei der ganzen Sache ins Spiel kommen konnte, ist mir einfach …« Er schüttelte sich. »Ich will mir das gar nicht vorstellen. Es passt für mich auch überhaupt nicht.«

Helen sehnte das Essen herbei. Sie musste an Kim denken, die gesagt hatte: »Füttere sie, sonst werden sie unangenehm.« Eine heiße Pizza war vielleicht das Einzige, was sie retten konnte.

Der Kellner hatte ihr stilles Gebet erhört und brachte, galant auf einem Arm balancierend, zwei Pizzen.

Die ersten zwei Stücke vertilgten sie schweigend. Dann sah Oliver sie an und fragte: »Und Enna? Ist sie sehr sauer auf dich?«

Helen nickte. »Enna – und mit ihr die ganze WG.«

»Sie hat ziemlich heftig reagiert, als ich ihr davon erzählt habe.« Oliver klang so, als hätte er das gleichzeitig angebracht und übertrieben gefunden.

»Du weißt, warum das alles Enna so mitnimmt?«, fragte Helen vorsichtig. Sie konnte nur erahnen, dass Enna ihre Gefühle für Oliver immer noch nicht offengelegt hatte. Sie musste behutsam vorgehen, wenn sie der jungen Frau nicht noch einen weiteren Grund geben wollte, sauer auf sie zu sein.

»Enna reagiert immer so, wenn ich ihr von meinen Fails bei Frauen erzähle. Sie ist eine warmherzige und liebevolle Freundin.«

Helen sah ihn herausfordernd an.

»Was?« Oliver ließ die Pizza zurück auf den Teller sinken.

Helen biss schnell von ihrem nächsten Stück ab.

»Du meinst, Enna …?«

Helen kaute zu Ende. »Ich meine und sage gar nichts. Aber sei liebevoll mit ihr. Das hat sie verdient.«

Oliver ließ nicht locker. »Enna ist in *mich* verliebt?«

»Wenn du das sagst«, blieb Helen unverbindlich.

»Enna? In mich? Verliebt!« Er konnte es nicht fassen. Kopfschüttelnd aß er weiter. »Hast du davon gewusst?«, wollte er dann wissen.

»Nein. Als es mir klar wurde, war schon alles zu spät.« Helen sah ihn an. Als seine blauen Augen ihre trafen, stellte sich ein Kribbeln ein, das sie vergeblich versuchte zu unterdrücken.

»Du hast etwas mit mir und meinem Vater und lebst mit meiner besten Freundin Enna in einer WG, die gleichzeitig heimlich in mich verliebt ist. Kann ich das so zusammenfassen?« Seine Stimme klang belustigt und entsetzt zugleich.

»So kann man das zusammenfassen. Die ganze WG ist deshalb sehr sauer auf mich.«

»Weil du dich in Ennas Schwarm verliebt hast oder weil du Ennas Schwarm mit seinem Vater betrogen hast?«

Es klang furchtbar, wenn er das so aufzählte.

»Vermutlich aus beiden Gründen. *Mea culpa. Mea maxima culpa.*« Helen fühlte sich furchtbar. Auf einmal verstand sie, dass es nicht reichen würde, wenn Oliver und die WG ihr vergeben würden. Sie würde sich auch selbst verzeihen müssen.

»Oliver, ich kann es nicht ungeschehen machen«, sagte sie traurig.

Er nickte und spielte mit dem Pizzarand, den er nicht gegessen hatte. Genauso wie Helen. Die Stücke lagen herum wie traurige Überbleibsel ihrer Liebesgeschichte. »Wenn du eine Wahl hättest, wenn du mich und meinen Vater noch mal neu kennenlernen könntest. Für wen würdest du dich entscheiden?«

»Für dich«, sagte Helen aus tiefstem Herzen. Die Antwort kam einfach aus ihr heraus, ohne dass ihr Gehirn Zeit gehabt hätte, sie vorher zu prüfen.

Er sah traurig aus. »Ich möchte jetzt gehen«, sagte er leise.

Helen konnte nur nicken. Oliver stand auf und verließ den Tisch, ohne sich noch einmal umzudrehen.

Der Kellner stellte ihr schweigend ein Tiramisu hin, das sie nicht bestellt hatte. »Manchmal iste das Leben blöde!«, sagte er in seinem herrlichen italienischen Akzent. »Aber wenn du isst Tiramisu, es bleibt nicht so!«

Helen schluckte tapfer die Tränen runter, die ihr im Hals steckten. »Danke«, sagte sie.

In der Nacht hatte sie einen seltsamen Traum. Sie träumte, sie wäre bei Paloni, um dort ihre Texte abzugeben. Der Chef sah sie durch eine übergroße Brille an und sagte: »Fragen Sie mich! Nun fragen Sie mich endlich!« Er kam ihr dabei immer näher, bis sie nur noch seinen Mund sah, der ständig sagte: »FRAGEN SIE MICH!«

Helen wachte auf und konnte danach nicht mehr einschlafen. Sie zupfte sich die Schiene vom Zeh und schaltete ihr Handy ein. Sie hatte vor dem Einschlafen noch eine Textnachricht an Kim geschickt, wie sie es versprochen hatte. Jetzt hatte sie eine Antwort:

Mein Gespräch lief erstaunlich gut. Wo ist der Haken?

Sie schlich in die Küche. Ein Teil von ihr hoffte, Enna dort am Esstisch sitzen zu sehen, aber stattdessen saß Mrs Norris mitten auf dem Tisch. Die Katze sah sie an, als hätte sie auf sie gewartet.

Helen machte sich leise einen Tee und setzte sich an den Tisch. Jetzt war sie auf Augenhöhe mit Mrs Norris. Die Katze sah sie tiefgründig an.

»Na, hast du heute keine Beschwerden oder Weisheiten für mich?«

Mrs Norris streckte sich und kam dann langsam auf sie zu. Sie stolzierte an Helen vorbei und wedelte ihr dabei einmal mit dem Schwanz durch ihr Gesicht. Die Berührung war sanft und kitzelte angenehm. Dann warf sie sich auf den Rücken und schnurrte.

Vorsichtig streckte Helen ihre Hand aus, und tatsächlich ließ sich das Tier von ihr streicheln. »Meinst du, der Traum will mir etwas sagen?«

Mrs Norris antwortete nicht, sondern schnurrte weiter, und Helen fuhr fort, sie sanft zu streicheln.

»Vielleicht hat Paul recht, und ich sollte einfach frech nach einer Festanstellung fragen.« Helen sprach ganz leise. Katzen hören ja gut. »Ich könnte eine E-Mail schreiben. Eine E-Mail ist nicht so aufdringlich, und es ist dann auch nicht so peinlich, wenn sie mir absagen.«

Die Katze schnurrte zustimmend.

»Warte hier, ich hole meinen Laptop!« Helen huschte in ihr Zimmer und kam kurze Zeit später mit dem Laptop wieder. Mrs Norris hatte sich inzwischen auf die Seite gedreht, um zu beobachten, was Helen machte.

»Ich werde einfach fragen.« Entschlossen klappte sie den Computer auf.

Sie tippte und löschte und feilte am Text, bis sie zufrieden war. Dann fiel ihr ein, dass sie ja sicher auch einen Lebenslauf mitschicken musste.

Unterstützt von Mrs Norris schaffte sie es, aus den Notizen, die sie mit Enna zusammen gemacht hatte, einen Lebenslauf zu basteln. Sie hängte ihn zusammen mit einem Porträtfoto an und schicke die Mail los, bevor sie größere Zweifel befallen konnten.

Hochzufrieden ging sie ins Bett und wurde erst wieder wach, als es hell war.

Serienkiller

»Das ist mir alles zu theoretisch«, stöhnte Gitta. Helen und sie saßen zusammen an ihrem Computer und planten die neue Küche für das Ferienhaus. Es hatte sich tatsächlich jemand gefunden, der die alte »Nostalgieküche« für kleines Geld gekauft und abgebaut hatte. Die Bodenfliesen mussten zwar noch erneuert und die Wände neu gestrichen werden, aber Gitta wollte unbedingt mit der Planung loslegen und am liebsten auch schon alles einkaufen. Sie befürchtete nämlich, dass am Ende der Renovierung kein Geld mehr übrig sein würde.

»Dann los. Wir fahren zu IKEA!« Helen stand auf und streckte sich. Ihr ging es genauso wie Gitta. Auch sie machte es wahnsinnig, alles am Bildschirm zu planen. Als sie bei Gitta ins Auto einstieg, stöhnte sie. »Gartenarbeit«, erklärte sie. »Heute Vormittag war keiner zu Hause, da habe ich gerodet.«

»Wunderbar, wie weit bist du gekommen?«

»Das kommt drauf an, aus welcher Perspektive man es betrachtet. Rein gartentechnisch habe ich nicht mal die Hälfte geschafft, aber auf der emotionalen Ebene bin ich weit gekommen.«

Gitta setzte den Blinker und fragte nach: »Auf der emotionalen Ebene?«

Helen rieb sich die Arme. »Ja, ich habe mir vorgenommen, mit dem Gestrüpp auch meine Schuldgefühle zu roden.«

Gitta sah sie an. »Das ist gut! Das ist sogar sehr gut, Helen!«

»Finde ich auch. Es klappt auch ganz gut, weil ich sie mir so besser vorstellen kann. Ich reiße sie praktisch zusammen mit dem ganzen Unkraut heraus.«

Gitta nickte zustimmend. »Und wie ist die Stimmung in deiner WG inzwischen?«

Helen öffnete ihr Fenster einen kleinen Spaltbreit. Es war ein warmer Tag, und Gittas Volvo roch nach Hund. »Paul redet wieder ganz normal mit mir. Masha würde, glaube ich, gerne mit mir reden, und Enna geht mir nach wie vor völlig aus dem Weg.«

»Dann wird es Zeit für unsere Gartenaktion. Ich muss sehen, wann ich meine Leute aktivieren kann, du musst unbedingt dranbleiben und den Rest roden. Schmeiß alles auf einen Haufen, das nehmen wir mit, wenn wir nachts kommen. Ich habe schon mit den Nachbarn gesprochen, wir dürfen ihr Grundstück zur Anfahrt nutzen.«

»Die hinter uns mit den Tannen?«

Gitta nickte und fuhr schwungvoll in eine Parklücke.

Sie betraten das schwedische Möbelhaus, und sofort stieg in Helen das Gefühl auf, das sie jedes Mal hatte, wenn sie hier war: Die Welt war in Ordnung. Jürgen hatte IKEA gehasst, ihm kamen keine »Billigmöbel« – so nannte er sie – in die Wohnung. Helen war deshalb immer allein hingefahren. Bis heute ahnte Jürgen nicht, dass alle Sofakissen, Bilder und Vasen, die Helen kaufte, hierherkamen.

In der Küchenabteilung fand Gitta schnell ihre Lieblingsküche. Eine Weile zogen sie Schubladen auf und zu und bewunderten die schwarzen Griffe, die Gitta so schön fand. Helen notierte auf einem Blatt Papier, welche Schränke und Schubladen ihre Freundin haben wollte.

»Kann ich Ihnen helfen?«

Helen blickte auf. Ein Mann um die dreißig war neben sie getreten.

»Wir haben zu Hause schon etwas geplant, kamen aber irgendwie nicht weiter«, gab Gitta zu.

»Wollen wir es zusammen noch einmal versuchen?« Der junge

Mann lächelte sie an. Das gelbe T-Shirt, das er als Mitarbeiter tragen musste, passte gut zu seinen braunen Haaren und braunen Augen. Helen fand ihn ungewöhnlich nett.

Sie ließen sich von ihm zu einem Computer führen, und er gab schnell und geschickt die Maße von Gittas Küche ein. Er zeichnete Fenster und Türen ein und fragte dann, welches Küchenmodell Gitta sich ausgesucht hatte. Die Planung kam mit seiner Hilfe sehr viel schneller voran als vorhin in Gittas Wohnzimmer.

Helens Handy klingelte. Eine unbekannte Nummer. Sie entschuldigte sich und ging dran. »Helen Lindner?«

»Frau Lindner, hier ist Klöppke von der Firma Paloni.«

Helens Herz begann wild zu klopfen. Parallel zu ihrem steigenden Puls wurde auch die Verbindung schlechter. »Warten Sie, ich muss mal eben ans Fenster gehen.« Helen rannte durch das Möbelhaus. Wo war das Restaurant? Wo?

Sie lief den Rundweg zurück, wich Leuten aus und erreichte völlig außer Atem das Restaurant.

»Sind Sie noch dran?«, keuchte sie in ihr Handy.

»Ja, ich bin noch dran. Ich würde gern mit Ihnen über Ihre Bewerbung sprechen.«

Helen versuchte verzweifelt, wieder zu Atem zu kommen. Sie stand japsend am Fenster des Restaurants. Um sie herum saßen ein paar Familien, die gerade damit beschäftigt waren, Pommes in ihre kleinen Kinder zu füllen. »Ja«, sagte sie. »Ich habe mich bei Ihnen beworben.«

Das weiß er doch, du Hirschkuh!

»Wir hatten ja keine Stelle ausgeschrieben, aber ich finde Ihre Idee gar nicht so schlecht. Wir brauchen täglich Übersetzungen, und vielleicht könnten Sie … Eine Frage: Ist Englisch Ihre Muttersprache?«

»Ja. Meine Mutter ist Engländerin.«

»Das ist wunderbar. Würden Sie sich zutrauen, auch Projektunterlagen von uns ins Englische zu übersetzen und Präsentationen zu halten?«

Hat er gerade »Präsentationen« gesagt?

Helen wurde heiß und kalt. Sie setzte sich auf einen freien Stuhl. Die Familie, die ihr gegenübersaß, lächelte ihr zu. Helen lächelte zurück. Sie dachte daran, wie gern sie früher vor Freunden gesungen hatte. Es war ein schönes Gefühl gewesen.

»Das kann ich mir sehr gut vorstellen«, sagte sie mutig, auch wenn ihre Stimme dabei etwas dünn klang.

»Ja, wunderbar!« Herr Klöppke schien dieses Wort zu lieben. »Dann kommen Sie doch nächste Woche vorbei, und wir besprechen die Einzelheiten. Mittwoch, so gegen zehn?«

Helen sagte zu und legte dann mit zitternden Fingern auf. Sie war nass geschwitzt. Die Mutter des Kleinkinds, die ihr gegenübersaß, reichte ihr mitfühlend ein Glas Cola.

»Danke!« Helen trank es in einem Zug aus. »Ich hole Ihnen schnell ein neues«, bot sie an.

Die junge Mutter schüttelte lächelnd den Kopf. »Danke, aber ich bin froh, wenn ich das süße Zeug nicht in mich reinschütte. Ist nicht gut für die Mitte.« Sie klopfte grinsend auf ihren kleinen Bauch, der aus ihrer Schwangerschaft übrig geblieben war. Er war kleiner als Helens Bauch, den sie, ganz ohne Kinder bekommen zu haben, mit sich herumtrug.

Helen bedankte sich noch einmal und machte sich dann auf den Weg zurück in die Küchenabteilung.

»Helen!« Gitta winkte aufgeregt, sobald sie in die Nähe kam. »Hast du noch das Foto von der Küche? Ich will Matts zeigen, wie sie aussah.«

Seit wann duzt Gitta den netten Küchenplaner?

Ein wenig verwirrt holte Helen ihr Handy raus und scrollte durch die Bilder. Sie fand das Gesuchte und reichte es Matts. Der sah sich das Bild an und lächelte.

»Wer ist das?«, fragte er.

Helen verstand die Frage nicht.

Er zeigte auf das Bild, das Enna zeigte, die sich auf eine Schaufel stützte und für die Kamera posierte.

»Oh, da bin ich verrutscht!« Helen wischte über den Bildschirm, und das Küchenbild erschien.

Der Küchenplaner beachtete es gar nicht. Seine braunen Augen blieben fragend auf Helen gerichtet.

»Das war meine Mitbewohnerin. Enna«, sagte sie.

»Enna«, wiederholte er.

»Also, das hier sind die Fronten – orange, zeittypisch, hässlich«, fing Gitta, die links neben ihm saß, an, die Dinge auf dem Küchenbild zu erklären. Doch Helen konnte sehen, dass Matts nicht bei der Sache war.

»Entschuldigung, das ist jetzt wirklich unprofessionell, aber ich muss das einfach fragen: Hat Enna einen Freund?«, fragte er mitten in Gittas Beschreibung hinein.

»Nein«, antwortete Helen perplex.

Gitta schaute nur kurz auf und fuhr sogleich fort, von der Küche zu reden. Matts nickte und konzentrierte sich jetzt wieder brav auf seine Kundin.

Helen saß mit Herzklopfen daneben. Das Telefongespräch mit Herrn Klöppke ging ihr nicht aus dem Kopf. Ihre nächtliche Mail war erfolgreich gewesen. Pauls naiver Vorschlag hatte sich als erfolgreich erwiesen! Sie konnte das Ende der Planung kaum abwarten und zupfte aufgeregt an Gittas Arm herum, als die Küchenarbeitsplatte bestellt war und sie endlich gehen konnten. Die Schränke würden sie zusammen mit der Arbeitsplatte abholen, wenn es so weit war. »Ich muss dir was erzählen! Du ahnst nicht, wer mich eben angerufen hat!«

»Jürgen?«

»Doch nicht Jürgen!« Helen schüttelte entrüstet den Kopf.

»Ich habe einen Anruf von der Firma bekommen, bei der ich mich beworben habe.«

»Die nächtliche Initiativbewerbung?« Jetzt kam Leben in Gitta. »Und? Was haben die gesagt?«

»Entschuldigung!« Wie aus dem Nichts stand Matts vor ihnen.

»Haben wir etwas vergessen?«, fragte Gitta und checkte, ob sie ihre Handtasche hatte.

Der Verkäufer schüttelte den Kopf. »Ich muss Sie einfach fragen, sonst bereue ich das die nächsten Wochen. Oder Monate. Oder Jahre!« Er bemerkte, dass er etwas dramatisch wurde, und machte eine beschwichtigende Handbewegung. »Also …« Er holte tief Luft. »Ich möchte Sie bitten, mir Ennas Nummer zu geben. Ich weiß, es klingt verrückt, aber ich habe mich gerade in ihr Foto verliebt.«

Helen sah Gitta hilfesuchend an.

»Bitte, ich bin ein echt netter Kerl! Ich studiere nebenher Architektur, und normalerweise verliebe ich mich auch nicht in Bilder von Frauen, aber dieses Foto hat etwas in mir ausgelöst.« Er faltete bittend die Hände.

»Gib ihm doch die Nummer. Ich glaube, er ist harmlos«, urteilte Gitta.

»Und was, wenn er ein Serienkiller ist?«, fragte Helen leise zurück, was natürlich ein Witz war. Immerhin stand der Verkäufer direkt vor ihnen und konnte alles mithören.

»Ein Serienkiller, der bei IKEA arbeitet?«

»Irgendwo müssen Serienkiller ja auch arbeiten«, gab Helen zu bedenken.

»Ja, aber dann doch eher in Laboren oder bei der Bahn!«, argumentierte Gitta.

»Oder in Archiven«, mischte sich Matts ein. »Bei IKEA, das ist wirklich selten. Also, ich kann Ihnen versichern, keiner meiner Kollegen mordet in seiner Freizeit.«

Gitta und Helen sahen ihn prüfend an.

»Okay, dann machen wir es andersherum. Sie machen ein Foto von mir und bekommen meine Nummer. Beides leiten Sie an Enna weiter. Und wenn ich Glück habe, ruft sie mich an.« Er strahlte sie an.

Helen seufzte. Sie war gerade nicht in der Position, Enna andere Männer vorzuschlagen.

Kurz entschlossen nahm Gitta die Sache in die Hand. »So machen wir es. Ich leite das an Enna weiter, dann bist du aus dem Schneider!« Sie sah Helen an. Als Helen nickte, knipste Gitta acht Fotos von Matts – nicht ohne ihm Tipps zu geben, wie er gucken sollte. Endlich war sie zufrieden und gab Matts ihre Nummer, damit er sie anrufen konnte und sie automatisch seine hatte.

Nachdem sie sich endlich voneinander verabschiedet hatten und Matts in seine Abteilung zurückgekehrt war, konnten sie sich endlich den anderen Dingen auf Helens Liste widmen. Sie kaufte einen Gartentisch und sechs Stühle, Lichterketten, Solarleuchten und jede Menge Dekokram.

»Du musst aufhören, das kriegen wir nie in mein Auto!«, sagte Gitta besorgt.

Tatsächlich mussten sie am Ende auch ganz schön basteln, aber glücklicherweise bekamen sie alles rein.

Als sie endlich losfuhren, hatte Helen ganz vergessen, dass sie Gitta etwas Wichtiges zu erzählen hatte.

An einer roten Ampel fiel es Gitta wieder ein. Sie macht eine hektische Bewegung und krallte sich in Helens Unterarm. »Was haben die gesagt? Die Firma?«

Helen erschrak, erzählte dann aber zügig von ihrem Telefonat.

»Das ist fantastisch, Helen. Glückwunsch!« Gitta trommelte auf das Lenkrad. »Siehst du, es geht voran. Man muss einfach eine Sache nach der anderen angehen, wie bei unserem Haus.«

»Ihr habt nicht mehr das Gefühl, dass es nicht zu schaffen ist?«

»Doch!«

Beide lachten.

»Aber ich weiß jetzt, dass ich mich von diesem Gefühl nicht unterkriegen lassen darf. Sicher können wir das Haus nicht dieses Jahr fertig renovieren und vermieten, aber vielleicht nächstes Jahr. Und wenn uns zwischendurch das Geld ausgeht, dann –«

»Dann gibt es eben Kartoffeln am Meer!«

»Wieso?«

»Na, weil Kartoffeln günstig sind und es am Meer schön ist. Man braucht gar nicht so viel, um glücklich zu sein«, erklärte Helen. »Und vielleicht muss man auch akzeptieren, dass es immer eine Baustelle im Leben gibt. Wenn du einen Job hast, ist gerade deine WG auf dich sauer, und wenn es in der Beziehung gut läuft, hast du plötzlich Wasser im Keller!«

»War das mit dem Wasser jetzt eine Metapher?«, fragte Gitta.

»Ja. Ich hätte auch sagen können: Wenn es in deiner Beziehung gut läuft, lernst du aus Versehen einen Serienkiller bei IKEA kennen.«

»Matts ist kein Serienkiller«, verteidigte Gitta ihn.

Wenig später schleppten sie alle Sachen heimlich in Helens Zimmer, das mit den sperrigen Gartenmöbeln übervoll war. Wenn sie nun ins Bett wollte, musste sie über die Stühle steigen.

»Wir kriegen das hin mit deiner WG!«, sagte Gitta zum Abschied.

Helen nickte und winkte.

Bessere Fehler

Helen wälzte sich schlaflos herum. Ihre Fußschiene drückte, und ihr Gedanken kamen einfach nicht zur Ruhe. Sie versuchte es mit einer Meditation, aber sie schweifte ständig ab. Seufzend richtete sie sich auf. Sie würde sich einen Tee machen und dann wieder ins Bett huschen.

Die Küche war dunkel und leer. Nicht einmal Mrs Norris war zu sehen. Helen machte so wenig Licht wie möglich. Leise hantierte sie mit dem Wasserkocher.

»Machst du mir auch einen Tee?«

Helen erschrak fürchterlich. Masha stand in einem bodenlangen Blümchennachthemd in der Küche. Sie sah aus, als wäre sie aus einer anderen Zeit.

»Ja, sicher.« Helen nahm schnell eine zweite Tasse aus dem Schrank und machte auch ihrer Mitbewohnerin einen Tee. Zusammen setzten sie sich an den Tisch.

»Wie geht es dir?«, fragte Masha zart.

»Okay«, antwortete Helen unbestimmt. »Und dir?«

»Auch.«

»Keine bösen Stimmen?«

»Doch. Schon.«

Helen nickte. »Hat es geholfen, als Paul neulich bei dir geschlafen hat?« Sie sagte »neulich«, obwohl es ihr vorkam, als läge der Grand Canyon zwischen dem Abend und jetzt. So viel war passiert.

»Ja, die Stimmen waren dann weg, aber …«

Helen sah sie aufmunternd an.

»Ich konnte dann trotzdem nicht schlafen. Paul …«

»Paul«, wiederholte Helen.

Masha sah verlegen in ihre Tasse.

»Ihm geht es übrigens genauso«, verriet Helen.

Mashas dunkle Augen glänzten. »Echt? Woher weißt du das?«

»Lebenserfahrung.«

»Es ist also nur eine Vermutung.« Masha sah enttäuscht aus. Sie wirkte so jung in ihrem Nachthemd.

Helen kramte eine Packung Kekse aus ihrer Schublade. »Masha, es ist so offensichtlich. Paul mag dich. So richtig!«

Masha unterdrückte ein Lächeln.

»Ich habe ihm Mut gemacht, es bei dir zu versuchen, also bevor …«, sie nahm sich einen Keks, »bevor ich alles vermasselt habe.«

»Enna ist über Oliver hinweg. Du musst dich also nicht mehr so furchtbar fühlen.« Masha biss auch in einen Keks.

Helen wartete, ob sie noch mehr sagen würde.

»Enna hat mir erzählt«, Masha dämpfte ihre Stimme zu einem Flüstern, »dass Oliver und sie sich getroffen haben. Und Enna hat ihn dann einfach geküsst!« Sie machte eine bedeutungsvolle Pause, in der Helen versuchte, ein adäquates Gesicht zu machen. Es gelang ihr nicht.

»Und?«, fragte sie gespannt.

»Er bedeutet dir noch was«, stellte Masha fest.

Helen wurde rot. »War das ein Trick? Hat sie ihn wirklich geküsst?«

Masha flüsterte: »Sie hat ihn wirklich geküsst. Und er hat sie zurückgeküsst, und dann haben beide festgestellt, dass es zwischen ihnen nicht knistert. Null.« Masha machte mit ihrer rechten Hand eine schwebende Bewegung über den Tisch, um das Gesagte zu unterstreichen.

Jetzt musste Helen ein Lächeln unterdrücken.

»Sie bleiben also einfach nur Freunde.«

»Das ist gut!«, entfuhr es Helen. »Also für die beiden«, beeilte sie sich zu sagen.

Masha grinste und nahm einen Schluck Tee. »Ich habe über das nachgedacht, was du gesagt hast. Ob wir glauben, dass nur junge Leute Fehler machen dürfen.«

Helen nickte.

»Ich denke, jeder darf in jedem Alter Fehler machen. Aber man sollte sich steigern.«

»In seinen Fehlern?«

»Ja. Man sollte bessere Fehler machen. Andere Fehler als früher.«

»Also das ist mir definitiv gelungen. Ich habe noch nie mit dem Vater meines Freundes geschlafen.« Es sollte scherzhaft klingen, aber Helen erschrak jedes Mal über den Inhalt dieser Worte, wenn sie sie aussprach.

»Jetzt mal ganz egoistisch gedacht: Wenn du mit dieser Aktion keinen verletzt hättest, war es gut für dich, diese Erfahrung zu machen? Hat es dich erfüllt?« Masha sah sie interessiert an.

»Ich weiß nicht, wie ehrlich ich sein darf«, gab Helen zu.

»Sagen wir, ich frage als interessierte Psychologiestudentin und nicht als Mitbewohnerin.«

»Dann würde ich sagen: Ja, es hat mich erfüllt. Ich hatte in meinem Leben bisher nur Sex mit meinem ersten Freund und mit Jürgen. Ich habe sehr wenig Erfahrung im Flirten. Ich bin neben Jürgen gealtert und habe vergessen, dass ich eine Frau bin. Oliver und Henning haben mir dieses Gefühl zurückgegeben. Ob es allerdings die Schuldgefühle wert war, weiß ich nicht.«

»Das Leben beinhaltet immer negative Gefühle«, antwortete Masha.

»Ist das so?«, fragte Helen.

»Sag du es mir. Du bist schon doppelt so lange wie ich auf der Welt.«

Helen dachte nach. »Ich würde sagen, es gibt Inseln. Glücklich verliebt zu sein, zum Beispiel, ist eine großartige Insel, auf der man kaum negative Gefühle hat. Kann ich dir also sehr empfehlen.«

»Soso.« Masha seufzte. Dann flüsterte sie. »Und wenn Paul es nicht schafft, den ersten Schritt zu machen? In letzter Zeit geht er mir eher aus dem Weg.«

»Sicher, dass du Tipps von *mir* möchtest?«, witzelte Helen. Sie aß noch einen Keks. Es tat so gut, dass Masha wieder mit ihr redete.

»Immerhin hast du in letzter Zeit gleich zwei Typen rumgekriegt.«

»Ja. Ich bin echt ein Vamp!« Helen zog sich die Strickjacke straff, und beide kicherten.

»Such einfach seine Nähe, und gib ihm ein gutes Gefühl. Dann traut er sich schon.«

Masha sah sie an. »Es ist schön, mit dir zu reden, Helen. Das hat mir gefehlt.«

»Mir auch, mein Liebes, mir auch.« Helen legte ihre Hand auf Mashas, und beide blinzelten die Tränen weg.

Am nächsten Tag war Helen wieder ein paar Stunden allein in der WG, und sie nutzte die Gelegenheit, um den Rest des Gartens zu roden. Gitta hatte einen Tiefbauer geschickt, der eine verdichtete Schotterschicht anlegte, auf der sie einen Sitzplatz anlegen wollte. Helen brachte ihm einen Kaffee, den er dankbar annahm.

Später gönnte Helen sich einen Spaziergang am Strand. Das Wetter war heute stürmisch, und deshalb waren nicht so viele Leute unterwegs. Die meisten verschanzten sich in ihren Strandkörben.

Helen wählte den Weg oben durch den Küstenwald, weil dort der Wind weniger wehte. Das Meer tobte an den Strand, und sie konnte sich nicht satt sehen an dem Blau, das an manchen Stellen in ein Türkis überging. »Wozu in die Karibik fahren, wenn es die Ostsee gibt?«, hatte ihr Vater immer gesagt.

Helen genoss den Blick von hier oben. Plötzlich fiel ihr eine Farbe auf, die nicht hierhin gehörte. Der Ast eines Baumes ragte in ihr Blickfeld. Etwas Pinkfarbenes leuchtete dort oben. Helen ging näher heran und sah, dass sich ein Drachen in dem Ast verfangen hatte.

Sie stellte sich auf die Zehenspitzen und bekam seinen bunten Schweif zu fassen. Helen zuppelte an der Schnur, und der Drachen fiel ihr in die Arme. Es war kein übliches Modell, kein Lenkdrachen mit zwei Schnüren. Dieser hier war ein altmodisches Modell. Er sah aus, als wäre er aus den Achtzigerjahren herübergeflogen.

Helen fuhr über das bunte Plastik.

Es war sicher über dreißig Jahre her, dass sie zuletzt einen Drachen hatte steigen lassen. Dieser hier hatte sich wohl losgerissen, jedenfalls war nur ein kleines Stück seiner Schnur vorhanden.

»Wenn ich dir eine neue kaufe, kannst du wieder fliegen«, sagte sie leise zu dem Drachen. Er raschelte sanft im Wind, als würde er ihr antworten.

Als sie sich mit ihrem Schatz auf den Rückweg machte, klingelte ihr Handy. Es war Kim.

»Und wie war euer Ehegespräch?«, fragte Helen, nachdem sie sich begrüßt hatten.

»Ganz interessant. Wir haben sehr ehrlich über Dinge gesprochen, über die wir längst hätten reden sollen.«

»Das ist toll. Und wie geht es jetzt weiter?«

Kim seufzte. »Das wissen wir nicht. Wir haben erst mal eine Art Bestandsaufnahme gemacht. Was wir jetzt als Nächstes tun, ist noch unklar. Immerhin haben wir uns den Mittwoch als Gesprächsabend reserviert. Also, falls kein Elternabend ist und kein

Kind krank und niemand bei der Polizei abgeholt werden muss, treffen wir uns, um zu reden. Mir kommt es zwar seltsam vor, dass wir uns dazu verabreden müssen, aber die Erfahrung zeigt, dass wir zwischendurch einfach nicht dazu kommen.«

»Das wundert mich nicht. Das bleibt auch bei Paaren ohne Kinder auf der Strecke. Ich weiß gar nicht, wie man das mit Kindern schaffen soll.«

»Mal sehen, wie es läuft.« Kim seufzte. »Und du? Wie lief dein Gespräch mit Oliver?«

Helen fasste kurz zusammen, wie sie den Abend beim Italiener erlebt hatte.

»Also war es beinahe gut? Nur das Ende nicht so?«, fragte Kim vorsichtig.

»Könnte man so sagen. Ich warte jetzt ab. Vielleicht braucht er Zeit. Vielleicht ist es aber auch längst vorbei. Ich kann das gar nicht einschätzen.«

Eine Windböe erfasste den Drachen und riss ihn Helen aus der Hand. Sie beendete abrupt das Gespräch und lief ihm nach. Er wirbelte über den Strand, und immer, wenn Helen ihn fast hatte, machte er wieder einen Satz und trudelte weiter.

Schließlich schnappte ihn ein Mann, der ihr entgegenkam.

»Henning?«

»Sieht so aus, als sollten wir uns mal wieder sehen.« Er lächelte sie an.

»Das ist doch kein Zufall.«

»Nein, ist es nicht. Ich habe gehofft, dich hier zu treffen.«

Helen schwieg.

»Das ist aber ein schöner Drachen.« Henning besah sich den Drachen und reichte ihn dann Helen.

Sie klemmte ihn sich unter den Arm, um dem Wind keine Angriffsfläche zu bieten. »Ich habe ihn im Baum gefunden. Er ist ganz wild aufs Fliegen.«

»Sind wir das nicht alle?« Henning sah über das Meer, das nur wenige Meter von ihnen entfernt an den Strand toste.

»Henning.« Helen schluckte, dann setzte sie noch mal neu an. »Ich glaube, ich liebe deinen Sohn.«

Henning nickte. Beide sahen hinaus auf das Meer. Sie schauten auf die Wellen, die unermüdlich kamen und gingen. Das Wasser war so beruhigend. Der Himmel schien endlos. Schweigend standen sie nebeneinander. Das Meer und der Wind rauschten und brausten, und alle Gedanken in Helens Kopf wurden leiser und leiser, bis sie schließlich ganz verschwanden.

Die Ordnung der Dinge

»Punkt ein Uhr hatten wir gesagt! Punkt ein Uhr! Wir haben hier einen Zeitplan, Helen!« Gitta stand schwarz angezogen vor ihr, in einer Profi-Outdoorjacke und Gummistiefeln, die geschmeidig und biegsam an ihren Füßen saßen.

»Jetzt hör auf zu meckern, Helen ist doch nur fünf Minuten zu spät!«, beschwichtigte Michael, der neben ihr stand, seine Frau.

Helen begrüßte die zwei Männer, die Gitta aus ihrem Team mitgebracht hatte, und Kim und Marcel, die ebenfalls gekommen waren, um zu helfen. Noch eine Gestalt trat aus dem Dunklen hervor, Küchenplaner Matts. »Was macht er denn hier?«, fragte sie Gitta erstaunt.

»Ich dachte, jede hilfreiche Hand kann uns nützen. Und er wollte unbedingt dabei sein!«

Matts nickte. »Das ist so. Aber könntet ihr vielleicht aufhören, über mich zu reden, als wäre ich nicht anwesend? Das fühlt sich seltsam an.«

»Ich verspreche dir, dass wir uns am Riemen reißen und erst später darüber spekulieren, ob du nur dabei bist, um uns heute Nacht alle umzubringen.« Helen grinste ihn an.

Gittas Männer luden bereits die ersten Pflanzen von der Ladefläche. Gitta selbst wies Marcel und Matts an, wo sie Löcher graben sollten. Sie legte den Gartenplan mit einer Taschenlampe auf einen Klapptisch und war völlig in ihrem Element. Fünf Minuten später schuftete jeder in der ihm zugewiesenen Ecke.

Helen hatte den Job, das ganze Gestrüpp, das sie gerodet hatte, auf die Ladefläche zu werfen. Diesmal ging sie vorsichtiger vor als beim Schuttschaufeln und versuchte, sich ihre Kraft einzuteilen. Als sie etwa eine halbe Stunde konzentriert gearbeitet hatte, trat eine weitere Gestalt zu ihr an den Wagen. Eindeutig ein Mann, denn die Gestalt warf Gestrüpp und Gräser mit viel Schwung und Kraft auf die Ladefläche. Etwas an ihren Bewegungen war Helen sehr vertraut.

»Oliver!«

»Ertappt. Ich bin's.«

»Woher weißt du …?«

»Deine Freundin Gitta«, erklärte er. »Sie hat mich angerufen und mir erzählt, was du vorhast. Da dachte ich, dass ich Enna ja auch etwas schulde. Schließlich habe ich mich bei ihr rausgeschlichen, um dich zu küssen, da bietet es sich eigentlich an, dass ich mithelfe, den Garten hier schön zu machen.« Während er redete, warf er alles, was noch herumlag, auf den Transporter.

Bevor Helen antworten oder darüber nachdenken konnte, wie Gitta an Olivers Telefonnummer gekommen war, kam ihre Freundin auf sie zugeschossen. »Ihr zwei pflanzt die Hortensien.« Sie zeigte auf die Pflanzen. »Hier in einer Reihe, nicht zu ordentlich, immer etwas versetzt. Ihr müsst dafür Löcher im Abstand von fünfzig Zentimetern graben.«

»So viel?«, wand Oliver ein.

»Wenn du so fragst, mach eher sechzig Zentimeter. Das werden Riesendinger. Großzügig graben, Erde kommt hier in die Schubkarre, und dann«, sie zeigte auf Helen, »schüttest du die Rhododendronerde hier in die Löcher und setzt die Pflanzen ein. Wenn ihr alle gepflanzt habt, sagt Bescheid.«

Helen und Oliver arbeiteten zügig Hand in Hand. Es machte richtig Spaß, eine Pflanze nach der anderen zu setzen. Die Rhododendronerde war locker und fluffig. Helen verstand, warum sich Hortensien darin so wohlfühlten. Der Boden war hier so nah am Meer zudem sandig, was Oliver beim Graben entgegenkam.

Ab und zu sah sie Oliver heimlich an, schaute aber weg, sobald er ihren Blick spürte und sie ebenfalls ansah.

Der ganze Garten war voller emsig arbeitender Gestalten, die im Halbdunklen herumhuschten und mit gedämpften Stimmen sprachen. Etwas lauter wurde es erst, als Gittas Männer das Holzdeck zusammenschraubten.

Helen sah Gitta besorgt an, als die beiden mit den Akkuschraubern loslegten und das Geräusch laut durch die Nacht hallte.

»Leise geht das leider nicht. Wir haben ja extra schon das Verdichten des Schotters vorgezogen!« Gitta sprach jetzt etwas lauter, um die Schraubgeräusche zu übertönen.

Helen hoffte inständig, dass ihre WG-Kinder tief und fest schliefen und von dem Krach nicht aufwachten.

Das Holzdeck wuchs in Rekordzeit. Die beiden Gartenbauer wussten auch im schummrigen Licht genau, was sie taten. Jeder Handgriff saß. Eine Schraube nach der anderen fand ihren Weg in das Holz.

»Rollrasen«, kommandierte Gitta, sobald Oliver und Helen mit den Hortensien fertig waren.

Marcel und Oliver hoben den gerollten Rasen von der Ladefläche des Pflanzentransporters. Helen und Kim platzierten die Rollen an der richtigen Stelle und breiteten sie aus. Helen fand es herrlich zu sehen, wie sich die braune Erde in frisches grünes Gras verwandelte.

Gitta schleppte ihren Klapptisch weg, damit auch dort Rollrasen gelegt werden konnte. Kurz danach kam sie mit einem Gartenschlauch zurück, den sie an den verwaisten Wasseranschluss an der Hauswand anschloss.

Helen betete, dass er funktionierte, und zeigte Gitta zwei Daumen nach oben, als wirklich Wasser aus dem Schlauch spritzte.

Gitta schlämmte alle Pflanzen ordentlich mit Wasser ein. Auch der Rollrasen bekam seine Portion ab – und jeder, der Gitta nicht schnell genug aus dem Weg hüpfte.

»So, wir sind so weit, du kannst jetzt die Möbel und die Deko bringen«, erlaubte die Chefin endlich.

Als Helen durch das Fenster in ihr dunkles Zimmer stieg, erschrak sie beinahe zu Tode, als sich auf ihrem Bett plötzlich etwas bewegte.

Ein spitzer Schrei entfuhr ihr.

»Pst, Helen, wir sind es nur!«

»Alles okay?«, fragte Oliver von draußen.

Helen erkannte jetzt, dass es Paul und Masha waren, die auf ihrem Bett lagen und das Gartenspektakel offenbar schon eine Weile beobachteten. Es sah sehr gemütlich aus, wie sie da zu zweit unter einer Decke lagen.

»Haben wir euch geweckt? Das sollte eigentlich eine Überraschung werden«, sagte Helen enttäuscht.

»Aber hallo! Das war ja megalaut, das Geschraube!« Paul richtete sich auf, und Helen konnte sehen, dass er im Liegen den Arm um Masha gelegt hatte.

»Ist Enna auch wach?«

»Ich glaube nicht«, sagte Masha, die wieder ihr altmodisches Blümchennachthemd trug. »Sie schläft doch immer mit Ohrstöpseln. Das ist so eine Macke von ihr.« Sie saß ganz eng neben Paul und strahlte Helen an.

Helen schmunzelte. Es war vermutlich noch ein bisschen mehr passiert, während die beiden die Arbeiten draußen beobachtet hatten. »Ich störe euch Turteltauben in meinem Bett ja ungern«, sagte sie, »aber könntet ihr mir die Gartenmöbel angeben?« Sie selbst hätte über das Bett klettern müssen, um an Möbel und Deko zu kommen.

Paul wühlte sich bereitwillig aus der Decke und reichte alles an Helen weiter, die es dann durch das Fenster an Oliver weitergab.

»Wir brauchen dringend eine Tür in den Garten«, stöhnte Helen.

Als alles draußen war, kletterte sie durch das Fenster in den völlig verwandelten Garten.

Gitta und Kim waren schon dabei, den Tisch und die Stühle auf dem Holzdeck aufzustellen.

Helen dekorierte die Lichterkette und verteilte die Leuchten im Garten. Sie hatte dafür gesorgt, dass sie alle aufgeladen waren, und so erstrahlte jetzt ein Licht nach dem anderen.

»Ich dachte, du hast viel zu viel Kram gekauft, aber jetzt könnte es fast noch mehr sein«, sagte Gitta.

»Ich finde es perfekt«, schaltete Kim sich ein, die begeistert den Garten betrachtete.

»Wir auch!«, erschallte es vom Fenster.

Masha und Paul standen nebeneinander und hatten sich Helens Bettdecke wie einen Mantel umgelegt.

»Ihr dürft das noch gar nicht sehen!«, sagte Gitta.

»Wecken wir jetzt Enna?«, fragte Paul.

»Au ja!«, entfuhr es Matts.

»Eigentlich wollte ich euch morgen früh damit überraschen«, sagte Helen.

»Aber jetzt ist es so romantisch beleuchtet«, warf Marcel ein.

Helen sah in die Gesichter der Helfer. Alle brannten darauf, Ennas Reaktion zu sehen. »Okay, dann weckt sie!«

Paul und Masha flitzten los. Die Gartenhelfer räumten alle Spaten und Geräte in den Transporter, und als Enna ein paar Minuten später mit einer Augenbinde an Helens Fenster geführt wurde, war der kleine Garten bereit für seinen großen Auftritt.

Helen fasste sich ein Herz und ging auf Enna zu. Sie berührte leicht ihren Arm und sagte: »Liebe Enna. Ich habe lange darüber nachgedacht, wie ich die Geschichte mit Oliver wiedergutmachen könnte. Neues Vertrauen muss wachsen, und deshalb schenke ich dir und der ganzen WG einen Garten.«

»Du darfst die Augenbinde jetzt abmachen«, sagte Masha neben ihr.

Enna nahm die Augenbinde ab, und gleichzeitig ertönte die Titelmelodie von *Fluch der Karibik* aus Pauls Lautsprecher-Ei. Die Melodie jagte voran, und Enna schlug sich die Hände vor den Mund, als sie den hübsch beleuchteten Garten sah, der ganz und gar kein Urwald mehr war.

Statt des Gestrüpps standen jetzt Hortensien und Staudenbeete am Rand. Die Felsenbirne war geblieben und bot eine hübsche Rückwand für das Holzdeck, auf dem einladend die Gartenstühle um den Tisch standen. Die Lichterkette strahlte in ihren Zweigen und ließ die weißen Blüten feenhaft aussehen.

»Das ist verrückt«, flüsterte Enna in die Piratenmusik.

Sie drückte Helens Hand, als Helen ihr half, über die Brüstung zu klettern. Langsam und vorsichtig entdeckte Enna den Garten. Sie blieb an jeder Pflanze stehen und bewunderte sie. Masha und Paul liefen inzwischen in ihrem eigenen Tempo Hand in Hand durch den Garten.

Es gab eine Menge Umarmungen, aber für Helen zählte vor allem die von Enna.

»Danke«, sagte Enna, als sie sich wieder anschauten.

»You're welcome.« Helen blinzelte.

»Und das goldene Ei kannst du haben. Er macht sich doch besser als Freund«, sagte Enna mit einem Blick auf Oliver. »Wir haben es getestet«, fügte sie geheimnisvoll hinzu.

»Leute! Wer kommt schnell mit, Fish and Chips holen?«, fragte Oliver mitten in den Trubel.

»Nimm mal den hier mit. Der steht auf Enna, und wir müssen noch checken, ob er nicht vielleicht ein Serienkiller ist.« Gitta zeigte auf Matts.

»Sie macht es schon wieder.« Matts schüttelte ergeben den Kopf.

»Du bist der von dem seltsamen Bild, das Gitta mir geschickt hat, oder? Der Typ, der bei IKEA arbeitet?« Enna ging einen Schritt auf Matts zu.

»Genau der Typ bin ich. Matts.« Er hielt ihr die Hand hin.

»Enna«, stellte sie sich vor und nahm seine Hand mit dem für sie so typischen Lächeln.

»Das reicht für den Anfang.« Oliver stupste Matts, damit der ihre Hand losließ. »Na denn gahn wi mal Fisch halen, mien Jung«, sagte er auf Platt.

»Jo, denn man tau!«, antwortete Matts und trabte mit ihm los.

Die WG-Bewohner schleppten über Helens Zimmerfenster alle verfügbaren Stühle, Getränke und Gläser aus dem Haus, und Helen konnte nicht aufhören zu wiederholen: »Wir müssen dringend eine Tür einbauen lassen!«

Paul setzte sich auf einen Stuhl und zog Masha auf seinen Schoß. Marcel tat dasselbe mit Kim, jammerte dann aber eine Minute später, dass sie zu schwer sei.

Als Oliver und Matts mit Fisch und Fritten zurückkamen, hatte Helen dafür gesorgt, dass auf der Gartenbank nur noch der Platz neben ihr frei war.

Da Matts sich auf den Platz sinken ließ, den Enna neben sich freimachte, blieb Oliver nichts anderes übrig, als sich neben Helen zu setzen.

Es wurde geschlemmt und gelacht, bis die Nachbarn gegenüber es endgültig aufgaben zu schlafen und mit einem Kasten Bier vorbeikamen. Uschi und Torben stellten sich als sehr nette Leute heraus und machten Gitta und ihren Männern sofort ein Angebot, auch ihren Garten etwas aufzuhübschen.

Michael fing irgendwann an *The Wellerman* zu singen, ein altes Seemannslied, und Oliver und Matts fielen sofort mit ein.

»Ihr kennt das?«, fragte Helen erstaunt.

»Das ist gerade bei TikTok der Hit«, schmunzelte Enna.

»Was ist TikTok?«, fragte Helen ahnungslos.

»Das bringen wir dir auch noch bei«, sagte Masha und umarmte sie von hinten.

»Ja, das lernst du auch noch!« Paul prostete ihr mit seiner Flasche zu.

Glück durchströmte Helen. Ihre drei WG-Kinder! Sie hatte sie nicht verloren.

The Wellerman wurde ausgiebig gesungen, bis Gitta auf die Idee kam, Helen könnte einen Song vortragen.

Helen sah sich zweifelnd um. »Wollt ihr das wirklich?«

Alle nickten und klatschten, und Oliver neben ihr sagte: »Oh ja, bitte!«

Also stand Helen auf und schloss kurz die Augen, um sich einen passenden Song zu überlegen.

Sie wählte *Vincent*, den Song, den sie in jener ersten verrückten Nacht mit Oliver für ihn gesungen hatte. Ihre Blicke trafen sich, und er sah nicht weg, als sie ihm in die Augen sah und für ihn sang.

Rückenwind

Gitta schenkte Helen noch etwas Prosecco nach. Es war warm, ein leichter Wind wehte über die Dünen.

»Das ist das erste Mal, dass ich am Meer picknicke«, stellte Helen erstaunt fest.

»Das müssen wir unbedingt zu einer Gewohnheit machen. Nur du und ich!« Gitta hob ihr Glas und trank daraus. Sie konnten sich nicht satt sehen am Meer und der untergehenden Sonne.

»Weststrand«, sagte Gitta triumphierend und zeigte auf das wunderschöne Farbenspiel am Himmel. Die Sonne tauchte die Wolken in ein rotgoldenes Licht. Manche waren lila, andere rosa.

Die Wellen machten das herrliche Meeresgeräusch, das mit nichts auf der Welt zu vergleichen ist.

Sie knabberten Weintrauben und Käsewürfel und genossen den leeren Strand.

»Kommt ihr voran mit dem Haus?«, fragte Helen vorsichtig. Wenn gerade einmal wieder etwas auf der Baustelle gar nicht lief, reagierte Gitta auf diese Frage manchmal sehr sauer.

»Ja. Ja, wir kommen voran, nur in einem völlig anderen Tempo als erhofft.«

»Das ist doch mal eine kluge Antwort!«

Gitta zuckte mit den Schultern und sah wieder aufs Meer. »Es ist eine unendliche Schweinearbeit und ein unendliches Geldgrab, aber so sind Träume, wenn man sie verwirklicht. Schmutzig und anstrengend und am Ende einfach großartig.«

»Du hast heute einen sehr weisen Tag, Gitta«, lobte Helen sie.

»Und dich muss ich gar nicht fragen, wie es mit Oliver läuft. Deine Verliebtheit ist geradezu unverschämt!«

Helen lächelte und trank ihr Glas aus. »Ja, die Single-WG hat sich zur Pärchen-WG entwickelt.« Sie strahlte bei der Erinnerung an die vielen schönen Abende, die sie in letzter Zeit mit Paul, Masha, Enna, Matts und Oliver im Garten verbracht hatte.

»Genieß es, du weißt, es ist nur eine Phase«, warnte Gitta.

»Die Verliebtheit?«

»Die auch, aber ich meine dein momentanes Leben, in dem nahezu alles läuft. Als ich jung war, dachte ich, ich muss da nur hinkommen. Wenn das Problem gelöst ist, wenn ich das Haus habe, den Mann, die Kinder – dann beginnt das Happy End. Aber in Wahrheit kommt nach dem Happy End immer ein neues Problem, eine neue Phase, in der es schwierig wird.«

Zwei Möwen flogen kreischend über sie und schielten auf ihr Baguette. Helen deckte es schnell mit einem Geschirrtuch zu. »Damit hast du zwar leider recht, aber das ist mir zu düster. So wartet man ja immer auf das nächste Problem!« Sie breitete die Arme aus.

»Nein, so meine ich das gar nicht«, widersprach Gitta. »Ich meine, man sollte die guten Zeiten mehr wertschätzen. Man weiß nie, was kommt.«

»Ich weiß, was jetzt kommt«, sagte Helen und stand auf.

Sie zog den pinkfarbenen Drachen aus ihrer Tasche. Er hatte wochenlang auf seine neue Schnur warten müssen, aber heute war es endlich so weit. Er würde wieder fliegen.

Gitta kam leichtfüßig zum Stehen. »Tolle Idee. Wie ging das noch mal?«

»Einer hält die Schnur fest, und der andere rennt und lässt ihn los, irgendwie so.«

Sie liefen barfuß ans Wasser und diskutierten, woher der Wind kam und wohin Gitta rennen musste.

Gitta rannte los, den Drachen hoch über ihrem Kopf. Sie machten es nicht perfekt, doch der Wind erfasste den Drachen mit Leichtigkeit, und als Gitta losließ, stieg er in den dämmerigen Himmel, an dem bereits die ersten Sterne erschienen.

Helen fühlte die Spannung auf der Schnur und sah begeistert nach oben. »Er fliegt!«, rief sie Gitta zu.

Der Wind kam von hinten und wehte ihre Haare nach vorn. Sie lehnte sich leicht dagegen. Der Drachen flog ruhig und zog am Himmel seine Kreise. Es sah aus, als würde er tanzen.

Es ruckelt ein bisschen, wenn das Leben in den nächsten Gang schaltet

Ella Rosen
SIEBEN TAGE AM MEER
Roman

288 Seiten
ISBN 978-3-404-18346-3

Seit Schulzeiten sind Gitta, Marlies und Cornelia Freundinnen. Inzwischen sind sie Anfang 50 und ziemlich unzufrieden mit ihrem Leben. Während ihres Mädelswochenendes auf Sylt stoßen sie deshalb ordentlich mit Gin Tonic an und beklagen, was nicht nach Wunsch gelaufen ist: die ausgebliebene Karriere, den unerfüllten Kinderwunsch, den weggelaufenen Ehemann. In der Nacht haben sie eine denkwürdige Begegnung: Ein Engel trägt ihnen auf, dankbar für das Schöne in ihrem Leben zu sein und anderen zu helfen. Am nächsten Morgen sind die drei überzeugt, zu viel getrunken und alles nur geträumt zu haben. Oder etwa nicht?